爱如繁星

匪我思存 著

九州出版社

有 人 爱 ， 是 这 世 界 上 最 强 大 的 资 本 ，

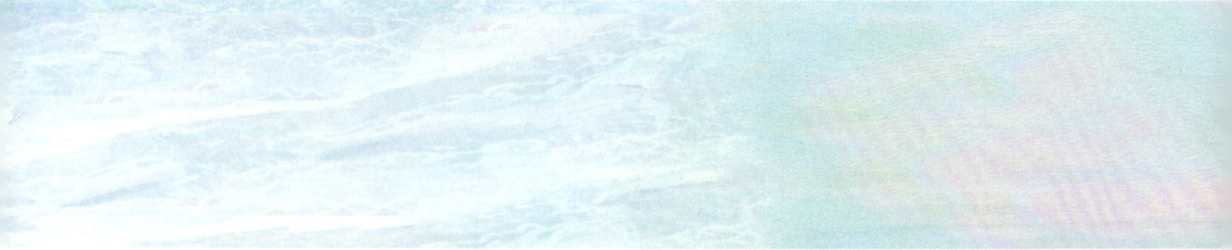

AI RU FAN XING

赤 手 空 拳 的 时 候 也 不 会 怕 。

AI RU FAN XING

"蒙茸一架自成林,
窈窕繁葩灼暮阴。
南国红蕉将比貌,
西陵松柏结同心。"
像松柏一样,高高的,直立的,
并肩直入青云。
这是繁星想象过的,
最好的爱人与爱己的方式。

爱如繁星

我爱你,虽然当初我设定这个程序的时候,还不知道你是谁,也不知道你说什么语言,用什么名字,是因为什么样的因缘来到我身边,我爱你,这是世上最重要的事情,也是我给你的,最郑重的承诺。

目录
CONTENTS

第一篇	新　生	001
第二篇	初　绽	079
第三篇	惊　浪	143
第四篇	注　定	197
第五篇	微　光	265

外传

奇妙的缘分	346
情醉十年不能醒	365
再见美人鱼	375

| 后　记 | 385 |

第一篇

新生

入职五年，祝繁星第一次休年假。

也是迫不得已，因为志远给她下了最后通牒。

两个人都要结婚了，双方父母都还没有见过面。

祝繁星工作繁忙，去年过年的时候说好了和志远一起回繁星的老家，顺便也让双方父母见见，志远父母老早就在催促婚事，他们是老派人，认为应该先主动去女方家里见见未来的亲家，然后提亲。

结果公司在美国成功上市，CEO要去纳斯达克敲钟，这事整个公司忙活了几年，比天还大，全体高管齐刷刷放弃春节与家人团聚的机会，分成好几拨陆续飞往美国。繁星是CEO最得用的行政秘书，忙前忙后，协调各种行程安排，大年三十的晚上跟着CEO一起飞往纽约。

回家过年的事自然是黄了，志远对此不是没有怨言。

祝繁星连续几天加班，累得够呛，在飞纽约的航班上迷糊睡了几个小时。CEO对手下人从来大方，本来她级别不够，但每次出差CEO总是自掏腰包给她升级头等舱。对此顾欣然很羡慕。祝繁星不以为然，尤其是跨国航线，下飞机通常连时差都不倒就要开会，不躺平了睡一觉哪有足够精力应付。

敲钟之前CEO其实还是略紧张,全世界大约只有她一个人知道。因为他在敲钟前,如同平时开重要会议之前一样,随手把自己的手机交给她,她接过手机时,只觉得他手指微凉,祝繁星下意识一抬眼,发觉CEO的眼神里竟然有一丝难以觉察的焦虑紧张。

祝繁星不由自主嘴角一弯,笑容里饱含鼓励和赞赏,像幼儿园阿姨对小朋友的那种眼神,几近哄劝,CEO不禁错愕半秒,等半秒后,他已经如常般镇定自若,祝繁星几疑自己看错。

外人眼里的CEO大约是如神祇一般的存在,二十二岁名校肄业,二十三岁创业失败破产,二十六岁再次创业,三十岁的时候,公司已经占据全球市场份额的65%,公司内部从上至下也十分尊敬他,虽然技术型公司总免不了争执,会议室里吵得不可开交,但最后只要他出面,再倔强的技术人员也会服气。

在公司,"舒总说过"四个字简直有魔力,并非因为他是公司创始人,也不是因为他付大家工资,而纯粹是一种实力认可。那帮技术宅男才不管技术之外的事情,他们唯一会敬佩的是实力。

舒熠三十二岁,才华横溢,人还长得眉目端正清俊秀雅,一直低调到几近隐匿,但因为公司成功上市,闲置多年毫无成就感的公关部苦苦哀求,舒熠难得点头,公关部心花怒放地将纳斯达克敲钟照片发往各媒体,第二天就上了财经头条,各方媒体突然发现有如此低调的青年才俊,蜂拥而来想要约访,这次公关部再怎么苦苦哀求,CEO也不肯接受任何采访。

公关部被媒体逼得焦头烂额，祝繁星见着公关部那个巧舌如簧的经理各种强调公司形象、舆论红利，舒熠只是静静地听完，说道，这些不是我想要的。公关经理不甘心，说为了公司……舒熠说，公司也不需要这些。

所以外界唯一的照片，就是在纳斯达克敲钟仪式上，一溜儿因为穿不惯西服而显得有些严肃和拘谨的高管中间，就数舒熠笑得肆意飞扬，眉梢眼角是一种轻松的愉悦，好似刚刚拿到满分的大学男生。

祝繁星在这张大合影中忝陪末座，她本来按惯例躲在人群之外的角落里，但敲钟现场其实热闹而混乱，那个美方的接待人员通过邮件跟她打了好多天的交道，见面的时候已经自来熟，此刻大大咧咧在她肩头一揽，说笑得开心点，然后她就也被收入了镜头。

镜头里的祝繁星其实一点也没笑，她拿着舒熠的手机，嘴唇微抿，神色中还是若有所思，一半是因为刚才递错了眼神，一半是因为惦记待会儿的答谢晚宴，舒熠邀请了自己当年的导师出席，老人家年纪大了，却不肯带助理，独自飞过大半个美国来赴宴，敲钟仪式一结束，她要立时赶去机场接机，不知路上会不会堵车，千万别迟了。

所以难得一张上了头条的照片，祝繁星却显得心事重重。

顾欣然看到这张照片时，一点也没注意到祝繁星，只是盯着照片中央的舒熠，嚷嚷说："天啊，你老板竟然这么年轻这么帅！"

祝繁星不以为然，其实CEO应该有女友，只不过舒熠不愿意向任何人透露自己的私生活，再加上公司全是技术宅男，各个都不爱打听闲事，有入职好几年的高管都不知道CEO是否已经结婚，更遑论其他人。

祝繁星帮舒熠订过几次花，还有一两次只适合情侣的餐厅。还曾经接到一个女声的电话，十分大方地说："舒熠手机关机，估计是没电了，你帮我看一看，他是否又在办公室睡着了。"

舒熠加班是常态，有时候太累了会躺倒在办公室沙发里睡着。祝繁星刚上班时第一次遇见，是早上提前到公司，推开老板办公室的门准备打扫清洁，结果发现老板盖着西服睡在沙发里，她吓一跳。后来就习以为常，祝繁星在淘宝上订了一个羊绒毯子，很中性的蓝灰色，平时收在自己的储物柜，每天晚上下班时，祝繁星都把毯子放在老板沙发上，好多个早上她轻轻推开门，舒熠都盖着这毯子，睡得像个婴儿一般。

那天祝繁星吃完午饭回来，桌子上搁着一个牛皮纸文件袋，里面是厚厚一叠两万块，信封上是舒熠的字迹，"毯子"，如同文件签名一般凌厉飞扬。寥寥两个字，正如他平时说话一样简洁。

祝繁星心想老板真是不识人间烟火，这毯子淘宝哪能卖到两万块。不过多余的钱她也没退，陆续替老板买了很多零碎东西，比如毛巾牙刷，隔段时间在老板洗手间里换上新的。

最新出了声波牙刷，祝繁星不知道好不好用，立时给老板买了一支。他试新产品永远有兴趣，如果不好用，第二天会告诉她，再换一支牙刷。

渐渐地祝繁星对市面上高端男性用品了如指掌，托老板的福，还成了好几个专柜的VIP，柜姐每次都是羡慕的口吻，说你对你男朋友真好。

祝繁星笑笑不说话。

志远有时候颇有微词,因为他住城市另一边,在大城市里,这代表两个人每到周末才有机会见面,如果两人中有一个人再加班或出差,大半个月见不着都正常。祝繁星也觉得无奈,她和志远是大学同学,两个人进校门谈恋爱,毕业工作后仍旧感情稳定,只是几年恋爱谈下来,像已经结婚的老夫老妻,未免平淡。志远只是觉得她没出息,他们金融专业人才辈出,师兄们有的都已经做到了500强的高层,志远雄心勃勃,一心打拼积极向上,她好歹也是名校毕业,这行政秘书简直是……

好在她是女人,女人事业不用那么强,志远是这么想的。

祝繁星不争辩,从小她并不争强好胜,成绩也是中等偏上,老师喜欢的老实学生,没有花俏,不走捷径。高考时发挥超常,竟然进了名校最热门的专业,夹杂在一群天才中,未免就显得平庸。学校的各种荣誉自然也轮不到她,毕业时也有500强公司校招,但她偏偏就选了这一家新公司,职位还是秘书。

说来好笑,当初选这个工作,纯粹因为这家公司跟志远签约的那家500强在同一幢双子座写字楼,两人合计好了,中午吃饭时都能在一块儿。没想到的是,大半年后志远就跟着自己上司跳槽到另一家公司,薪水倒是立时翻了一倍,只是从此离她隔了大半个城市。

远点就远点吧,志远当时也撺掇她跳槽,换掉秘书这个工作,最好离他现在的单位近点,这次她坚定地说不,谁知道志远还会不会跳槽。

志远就说她没出息,害怕改变。

为此两个人还吵了一架,说是吵架其实是冷战。

祝繁星最害怕冷战,志远不接电话,不回信息,也不理她,她觉得自己像是一条咸鱼,被放进巨大的冰箱里,到处都是冷冰冰的霜雾,四面密闭四合,特别令人绝望。

特别小的时候,那时候父母还没有离婚,每天都冷战,祝繁星回家后连饭都没得吃,她还不敢说饿,只要一说饿,父母就给一个白眼,瞪她,说:"让你爸(妈)给你做去!"

父母好几年不说话,有事只管叫她传话,最后甚至就给对方写条子,也不跟她说话了。家里每天都像冰窖,等到她小学毕业,父母终于离婚。两个人都不想要她,推来推去,后来父母各自组成新家,她在每一边的新家里待一个月。

不用说,每个月都像是从一个冰箱换到另一个冰箱。

祝繁星的小心谨慎,遇事多想,宁可多做也不愿犯错的习惯,就是那时候养出来的。

她进这家公司时,顾欣然最反对,说大材小用,这种创业的新公司,是不是没几年就倒闭了啊!你别成天惦记着跟志远在一块儿,你为他牺牲太多了!

祝繁星只回答前半句,这家新公司欣欣向荣,一点也不像要倒闭的样子。

后半句就不搭腔了,顾欣然哪里知道,她特别想要有个家。

自己的家。

想要一样东西的时候，自然必须得为之付出，这是她很小明白的道理。比如父母都不肯做饭时，她小小年纪就学着做蛋炒饭，把手烫了也没人带她去医院，就着自来水龙头冲一冲，不疼了自己搽点药膏。后来她做得一手好菜，父母虽然依旧冷淡，倒也肯给三分颜色给她看。

到底是有用的人呢。

就如同她勤勤恳恳工作，公司一点也不亏待她，每年给她加薪，上市前还给她期权，那可是很大一笔钱。

不知道为什么，祝繁星没跟志远提期权的事，也没跟任何人提。其实公司所有资深员工都有期权，她也不好打听别人有多少，祝繁星按照时价算了算自己那份，竟然价值千万，她一方面觉得这不是真的，一方面又诚惶诚恐，总觉得这馈赠太大手笔，公司迟早会反悔收回去。

从小就是这样，太过美好的事物她都不相信是真的，总觉得自己不配拥有，后来她看心理学的书籍，说是因为缺乏安全感。

在学校里，志远追求了她好长时间，她也不敢答应，怕自己配不上这份爱情。但幸好是，青春热烈到底战胜了她心底的怯懦，而且志远是多么阳光的一个少年，爱踢球爱运动，平时给她买水果买零食，在她生日时跑到女生楼下摆了无数蜡烛拼成巨大的心形。

虽然后来辅导员冲出来拿灭火器把蜡烛给喷熄了，祝繁星没有目睹盛况，但同寝室的姐妹大胆冲到窗前拿手机拍了好些照片给她看。

祝繁星几乎是在全楼女生的起哄声中接受了志远的追求，大学时不谈恋爱还能做什么呢？何况志远也是好学生，她也规规矩矩地去图书馆，认真完成老师布置的作业和论文，然而也没有考研的打算。

志远倒是劝过她考公务员，看她没兴趣，也就算了。

祝繁星最怕是没钱，公务员太清贫了，那点工资，在这偌大的城市里，真只够吃饭的。她怕养不活自己。

不能挣钱养活自己是祝繁星最大的噩梦。

当初肯来做这份秘书工作，也有一部分原因是薪水开价比500强更高。

舒熠出差越来越频繁地带着祝繁星，所有高管都喜欢她，有她在，茶水永远对每个人的胃口，开会开到绝望的时候哪怕要一杯现磨的意式，她都能面不改色端出来。中午即使在会议室吃盒饭也不潦草，她记得每个人爱吃什么菜，有什么样的忌口，能发掘全然陌生的城市里最接近家常口味的食物，永远不是那种常见的油腻腻外卖。餐后有水果，洗净切块，白瓷小碟每人一份，搭配的颜色漂亮赏心悦目。等到下午正困乏时，她恰到好处送上热茶与点心。

技术宅男也是人，也知道什么舒服什么不舒服。

有她在，永远都舒服。

所以难得的，祝繁星完全不懂技术，却备受公司所有技术宅男的尊崇喜爱。

也有人想要追求祝繁星，但技术宅男毕竟老实，吭哧吭哧纠结着尝试表白，祝繁星只要说一句我有男朋友了，立时知难而退。

今年公司业绩良好，发完年终奖，各部门陆续开始放假。每年老板总是最后一个放假，她也就成了坚守岗位的灯塔。

今年比较特别，舒熠破天荒地没有把自己行程排满到大年三十，提前好多天就让她订了清水湾的酒店，包下整幢度假别墅。一应细节都是祝繁星替他安排，由此得知老板这次特别大手笔，酒店的VIP客服经理在邮件里给她开列一项项清单，鲜花从北京名店订好，全部由比利时空运而来，配的一种香氛蜡烛则从法国特意进口。乐队专程从上海飞过去，为了演奏服务，同行的还有一位大厨及助手，只是为了做地道的上海菜，另外还有超豪华游艇出海，甚至还租了一架直升机。

祝繁星松了口气，心想CEO终于打算好好跟女友度假了。

CEO每年加班比她更甚，成年累月如此，有几个女人受得了？

酒店的VIP客服经理特意给她发各种视频，偌大的海边别墅，泳池波光粼粼，草坪绿绒如毯，鸡蛋花盛开，私家沙滩椰风摇曳。VIP客服经理一边走一边介绍，特意打开主卧的门，高举手机让她通过摄像头看清楚房间细节，哗，白色的床幔被海风吹得轻微拂动，一切的一切，都美得简直像电影里的镜头，梦幻而浪漫。

说来惭愧，祝繁星还没有去过三亚。

她对大海的全部印象，还是大一时全班同学自费结伴去大连旅行。

三亚的海，原来是完全不一样的。繁星不由得为之心动。

她今年的航空公司积分算下来，正好够换四个免费的国内航线头等舱，于是立时做了决定，打电话跟志远商量，不如把双方父母都带去三亚度假顺便见面，大冬天的，谁不向往阳光沙滩？何况三亚空气清新，对老人甚好。

她的积分，正好可以让双方父母全部升到头等舱，让老人搭飞机也舒服一点。她和志远反正年轻，经济舱挤挤也就行了。

志远说要问问父母。毕竟老人比较传统，认为春节是团聚的日子，不见得肯出门去。

没过五分钟回过电话来，说父母都答应了。

倒是祝繁星自己父母这边出了麻烦。

祝繁星的爸爸听说要去三亚，满口答应，只是他离婚后就再娶了，给繁星找的这后妈有个儿子，比繁星还大几岁，早早结婚生子，老祝在家跟繁星后妈一起帮忙带孙子。如果要去三亚，他得带着繁星后妈和小孙子，这倒也罢了，没过两分钟，又打电话来，说自己不去了，因为儿媳妇听说老人要去三亚，顿时不高兴甩脸子了。

祝繁星叹了口气，自己的爸自己知道，话是没明说，要么就不来，要来他们一家子全得来。

可是他们一家子五口全来，自己又算什么？

更别提繁星的亲妈了，听说要去三亚，兴致缺缺，说飞机要坐好几个小时，腿都伸不直，憋屈得很，不想去。

繁星只好说自己的积分兑头等舱，挺宽敞的。

繁星的亲妈这才有了兴致，说那酒店也要五星级哦，到三亚不住五星级算白去了，一定要海景大套房。

繁星犹未答话，亲妈说，我跟你叔叔今年还没有度过假呢，正好趁着过年放假，跟你叔叔还有你妹妹出来走走。套房才住得下三个

人，不然你订两个房间，不划算的。

说起来，倒是挺为她考虑似的。

繁星哭笑不得，这位亲妈在内退后仍旧是风头正劲的时髦人物，比如她的那些老闺密们都说出去旅游啦，只有她说度假，高下立现。

这个妹妹也不是繁星亲妈生的，而是那位权叔叔跟前妻的女儿，只是繁星妈因为后妈不好当，名声要紧，所以处处对这前房女儿比亲生女儿更和善更客气，娇养得十分不像话。繁星每年回老家，哪怕不给自己亲妈买礼物，也一定要给这位妹妹买礼物，不然亲妈一定会给脸色看的。

繁星只觉得头痛，她的计划和预算里当然没有这么多人，当初志远说要去她老家她心里就打鼓，自己父母多年积怨，偶尔见面还会吵起来，会发生什么事她完全无法控制，心里忐忑。

所以那次过年双方父母没能见面，她事后隐隐约约竟然还是松了一口气似的，仿佛逃过一劫。

只是在劫难逃。

这次要真把这两家八个人弄到三亚，怕不把志远父母给吓着？

幸好这么多年做秘书历练下来，繁星适应了不动声色解决棘手问题。

首先婉转地向父亲说明，自己实在无法安排他们一家五口前来三亚，春节房源紧张，自己这也是托关系才能订到房，不如还是按原计划带着阿姨和小孙子来，当然了，自己特意给"嫂子"准备了护肤品做礼物，正好托父亲和阿姨带回去。另外给龚阿姨——她始终这么称呼后妈，也准备了礼物，希望她辛苦一点，跟老爸一起带小孙子来。

爸爸勉强答应了，她又转头给自己母亲打电话。海景大套房真的订不上了，您天天手机里看新闻，三亚现在什么情况您也知道，而且机票只有一张头等舱，妈你不如跟叔叔一起来，我陪你逛逛，给妹妹买个包包，她刚上班，正是用得着好包的时候。而且每年过年，她不是都要跟她妈妈回姥姥家吗，她要是来了三亚，她妈妈不高兴了，万一打电话来说什么，叔叔也跟着不高兴。

到底是亲妈，听懂了她话里的暗示，于是欣然答应了。

说到底，还是用钱解决一切问题。好在公司刚发的年终奖不菲，又事关终身大事，祝繁星早就知道这一关难过，所以大包大揽多多花钱，准备渡过难关。

确定了机票，祝繁星又开始订酒店，春节是三亚的旺季，她还真怕订不上。好在公司每年几次活动，涉及CEO的行程都是由她与市场部协调，市场部的同事替她找了熟人，酒店顺利地订上了。

祝繁星当然没有把酒店也订到清水湾，跟CEO住一个地方，那可不是疯了。哪怕在一个海湾里都不行，太近。再说了，他住的那酒店，贵！

她选了最稳妥的亚龙湾，而且将父母两家人安置在两个酒店里，两个酒店还相距甚远，最大程度避免碰面。

在电话里祝繁星就讲清楚了，来三亚可以带着叔叔阿姨来，可是去见志远的父母，当然只得自己父母两个人，不然怎么好介绍。

父母总算在这个问题上都没有跟她多纠葛，大约是因为她许诺要

带他们去海南的免税店买买买，所以花钱有太平。

办妥了自己父母这边，祝繁星又给志远父母订机票酒店，特意选了亚龙湾里第三家酒店，正好不偏不倚住在她父母两家酒店的中间。

最后才是她和志远的机票酒店。

机票好说，住在哪里让她犯了愁，总不能再订亚龙湾的第四家酒店，不然市场部只怕都要纳闷她是不是在做代订酒店业务了，不然亲朋好友为什么就不能住在一块儿呢？

可是跟父母两家哪家住一块儿都不合适，跟志远父母住一家酒店，她还是比较传统，总觉得不妥，纠结了一会儿，到底拿不定主意，只得打电话问志远。

志远正开会，走到走廊接电话，听说是这事，挺不耐烦的。

"你不是当秘书的吗，这么点小事都办不好还要来问我，你们老板平时是怎么忍受你的？"

没等她再说什么，他就把电话挂了。

繁星没有跟他生气，他最近又升职了，薪水是加了不少，可是压力也大，尤其年底，他们的业绩压力大得不得了，她确实不应该拿这种小事去烦他。繁星想了想，还是决定硬着头皮拜托市场部同事多订两间房，一间跟自己妈妈同一个酒店，她去住，一间跟志远父母同个酒店，他去住。

机票不好订，每天都只有全价头等舱，好几千块钱，她有些肉痛。春节期间三亚酒店贵得要上天，她和志远的相处模式一直是谁出的主意谁花钱，她出主意去三亚，所以她负责全部费用。光酒店的钱就花掉不少，到全价头等舱这儿，真有点下不去手。

最后繁星到底还是抢到了两张经济舱，虽然是早上六点多飞，但是她和志远早早去三亚，还可以给双方父母接机，更方便。

CEO飞去三亚的第二天清早，繁星终于和志远一起，也飞去三亚。

说是一起，其实是去机场碰头，繁星住得离机场近，五点闹钟响了，匆忙洗漱就出发，路上还化了妆。这本事是繁星上班后练出来的，总加班睡不够，每一分钟睡眠时间都弥足珍贵，早晨实在困得不能提前起床化妆，终于被迫学会了在出租车上化妆。谁能想得到呢，大学那会儿她连粉底有哪几种都不知道，如今她手稳又快，趁师傅停个红灯就能把眼线迅速地描好。

志远离机场比较远，好在早上不堵车，他也到得很准时。

春运的机场，人山人海，大清早就安检大排队，两个人站在蜿蜒如长蛇的队伍里，没睡够的脸，都有几分惨淡。

不料这天首都机场大雾，航班一直延误到下午，两人白起一个大早。本来机场就满负荷运转，这一大面积延误，简直比战场还要混乱惨烈，每个登机口都塞满了人，候机厅座椅早就不够用了，很多人干脆席地而坐。

志远坐在箱子上靠墙养神，繁星比较惨，因为要去三亚她特意穿了裙子和高跟鞋，站了一会儿就腿软得不得了，又不能像志远一样坐在箱子上，更不能坐在地上。

她只好将背靠在墙上，借一点力，可惜行李早就已经托运，不然翻出双沙滩鞋来换上，还能稍微舒服点。

有人跟登机口的工作人员吵起来了，志远连眼皮都没抬，繁星发现他真的睡着了。或许是最近太累了，他住得离机场远，今天怕不是凌晨四点就起床了。

繁星深悔没有买全价头等舱，不过是咬咬牙的事，她却一时小气。不然这会儿在头等舱休息室，起码有沙发可以让志远躺得舒服点，还有计钟点收费的休息舱可以睡觉。

好容易挨到航班终于起飞，落地之后取完行李一看，父母的航班们已经纷纷要落地，繁星只好当机立断，拿起手机订了好几辆接机的车辆。

志远父母的飞机最先落地，繁星接到他们，通知第一辆接机的车上来，让志远先带他们去酒店check in，她在机场继续等父母的航班。

幸好做了这样的安排，因为父母的航班先后落地，在机场一见面就大吵了一架。

原因挺可笑的，繁星特意把他们的航班没有订同一班，但没想到省城的机场也大面积延误，相隔四个小时的航班竟然差不多先后到。繁星的爸爸心疼老伴带孙子，让老伴和孙子搭了头等舱，繁星的妈妈当仁不让是头等舱，落地发现对方也是从头等舱摆渡车上下来的时候，繁星妈自然特别不服气，冷嘲热讽繁星后妈占自己女儿便宜。

繁星后妈龚阿姨年轻的时候有个花名叫"朝天椒"，可见有多厉害，不然也不能这么多年把繁星爸管得服服帖帖，听了繁星妈这种指桑骂槐的话哪里还忍得住，立刻反唇相讥。

两人在机场到达处就你一句我一句隔空对骂起来,最后到底是繁星妈念过大学更吃亏,她自诩知识分子,没法跟这种庸俗的小市民欧巴桑一般见识,所以一见了女儿,繁星妈就恨铁不成钢:"你有钱给别人买头等舱,就不舍得给你叔叔买头等舱,你叔叔个子有一米八几,年纪又大了,人又胖,硬塞在经济舱里有多难受你知道吗?"

繁星只好赔笑,说那头等舱不是自己花钱买的,而是积分兑的,自己也是给爸爸用积分兑了头等舱,没给外人买。

繁星妈越发恨铁不成钢了。

"给你爸买!你知道你亲爹那德行,什么香的臭的不拿去给狐狸精献宝?你给他买,你还不如把积分扔在水里,你怕经济舱塞不下他那么大个人是吗?你挣几个钱容易吗,被他坑了去便宜别人!"

繁星还没说什么,龚阿姨已经跳起来骂。

"谁是狐狸精,你骂谁呢?我跟老祝是合法夫妻!老祝心疼我让我搭头等舱怎么了?你心疼你老公,你也掏钱给他买头等舱啊!你抠门不舍得你还在这儿瞎嚷嚷啥?"

繁星妈气得浑身哆嗦,眼看就要扑上去手撕龚阿姨,繁星赶紧拦在前头。一边朝自己亲爹使眼色,一边说:"爸你们都累了,你看孩子也睡着了,你赶紧带阿姨上车去酒店吧,这里空调太冷别让孩子着凉感冒。司机电话我已经发你手机上了。"

繁星妈被女儿死死拖住,直到上车后还怨恨不休,责怪繁星:"胳膊肘朝外拐,不帮着自己亲妈竟然帮着后妈!"

繁星只好满脸堆笑说假话:"妈,我怎么能不向着你!"

"那你还让他们先走！"

繁星："我这不是要陪着您和叔叔去酒店吗，能不让他们先走吗？"

繁星妈一想，确实，女儿到底还是向着自己的。前夫跟狐狸精可不就得抱着孩子大太阳底下自己去找司机吗？

繁星妈彻底心平气和了，等到了酒店，繁星本来在这家酒店订了两间普通大床，但她跟着CEO常年出差住酒店住成了SPG白金，酒店慷慨地给她本人升级到了豪华海景套房，繁星立刻把这豪华海景套房让出来给亲妈和后爸，自己拿着行李去住了另外一间普通大床。

这下繁星妈喜出望外，没什么不满意了。

繁星一进了房间，赶紧打电话给志远，得知他父母那边一切妥当，又赶紧打电话给自己亲爹。

"爸，你到酒店了吗？怎么样？房间还可以吧？嗯嗯，我知道……嗯嗯……龚阿姨怎么样？那就好，房间水果可以吃，那是我订好的，不会另外收钱，您放心吧。明天我已经订好车，司机带龚阿姨和小宝宝去海洋馆和天涯海角……您就放心吧！"

打完这个电话，繁星才顾得上坐下来脱掉穿了一天的高跟鞋，赤脚踩在房间的木地板上，终于松了口气。

结果第二天一早，繁星就被亲爹的电话吵醒。原来小孙子昨天半夜就闹不舒服，上吐下泻。亲爹慌了神，好容易等到一大早，看着孩子还没好转，就给繁星打电话。

繁星只好迅速洗漱，赶过去亲爹住的酒店，看龚阿姨急得团团转，立刻叫了车赶去医院。医生诊断是水土不服，开了药剂，结果刚在急诊室里喂下去，小宝宝又吐了满地。龚阿姨急得要跟医生吵起来，繁星一边劝，一边打电话给自己在海南的同学，问清楚最好的儿科在哪里，又带着亲爹后妈和小宝宝赶过去。

三亚就这么一家医院算是颇有名气，冬季旅行高峰人山人海，排队的时候还有车祸急诊，还没轮到小宝宝挂的专家号就已经中午了。

本来约了志远的父母中午吃饭。繁星见亲爹实在不愿意走，龚阿姨一个人带着哭闹的孩子也确实不行，自己又蓬头垢面待会儿只怕还要排队拿药，只好打电话给志远父母，再三道歉，撒谎说自己父亲身体有点不舒服，将聚餐改到晚上。

志远父母倒是客气，问了说是水土不服肠胃炎，还客套了两句，说要来医院看望，繁星连忙拦住了。

好不容易等小宝宝挂上输液，已经是下午三点多钟，繁星先叫车回酒店换衣服化妆，收拾好了又打电话给后妈龚阿姨，客客气气地问小宝宝好些没有，还需不需要自己过来帮忙。

幸好龚阿姨会做人，说："好多了，现在不哭不闹了，刚才还吃了半瓶牛奶，多亏你一早上赶过来忙前忙后，跟着找医院又出钱拿药。你放心吧，一会儿我就叫老祝过去，我一个人应付得了。"

繁星再三道谢。

繁星亲爹到底还是迟到十分钟，繁星妈不由得瞪了他一眼，用眼神责备他，女儿的终身大事当头还迟到。繁星唯恐亲妈跟亲爹又吵起来，只好紧紧攥着母亲的手。

好在住在无敌海景套房的繁星妈心情甚好，没有跟前夫多计较，

— 019 —

只是当着志远父母的面,将自己女儿夸成了一朵花。

志远父母对繁星也是满意的,志远家在一个二线城市,志远父亲是当地知名重点高中的校长,母亲则是事业单位的小领导,两个人都挺喜欢繁星。

繁星皮肤白,相貌温柔,逢人先笑,眉眼弯弯透着和善。说话轻言细语,办事周到。又是名校毕业,跟自己儿子是同学,能考上名校的姑娘自然不傻,她和自己儿子的基因都这么好,将来的孙子那还得了,一定是常青藤的苗子。

所以志远妈妈拉着繁星的手,怎么看都看不够,怎么爱都爱不够。口口声声感谢繁星妈妈,谢谢她培养了这么优秀一个女儿。

志远爸爸跟初次见面的未来亲家也没什么好说的,所以只是微笑劝酒,繁星爸爸一天都没吃东西,半夜就开始张罗小孙子不舒服的事,空着肚子被他劝得喝了七八杯酒,顿时就脸红到脖子里。

繁星妈被未来的亲家母这么一通奉承,不由得得意忘形,夸耀说:"你不知道繁星多孝顺,昨天酒店给她升级到海景套房,她立刻就让给我住,昨天晚上还带我们去吃了海鲜大餐,哎哟亲家母,那个酒店是真的好!桌椅就摆在沙滩上,比韩剧还浪漫呢!一边吃海鲜一边吹海风,不知道多惬意,还有菲律宾乐队在旁边演奏,哎哟,不瞒您说,活了一大把年纪,我就享这个女儿的福。"

繁星连使眼色也拦不住亲妈的夸耀,志远妈妈犹未觉得什么,繁星亲爹倒不高兴起来,因为早起龚阿姨骂他,昨天晚上是他非要去海鲜市场吃海鲜,小宝贝孙子也吃了一整个海胆蒸蛋,一定是海鲜市场大排档不干净吃坏了！他是被龚阿姨降服惯了的，当下不敢顶嘴，心里也犯嘀咕，他还是好多年前跟团来过海南，这次也是出发前听人说海鲜市场便宜又好，才带龚阿姨和小孙子去的，从亚龙湾打车花了一百多块呢，结果吃完还挨骂。

这时候听见前妻炫耀，一口一个我的星星乖女儿，一想自己两头受夹板气，从早上忙到现在，从医院离开的时候，妻子还好一顿挖苦，冷嘲热讽赶他走，说别耽搁了前房女儿的终身大事！

酒劲一冲，他就"砰！"将桌子一拍。

"你带你亲妈住套房吃海鲜，就不管你亲爹的？祝繁星，你别忘了当年离婚的时候你妈连生活费都不肯给你，你高中学费谁给的？你上大学谁偷偷塞了你一千块钱私房钱，我还是你亲爹吗？没良心的白眼狼！"

志远父母早就愣在当地，繁星妈不甘示弱："怎么了？女儿对我好怎么了？我告诉你，女儿就是跟妈亲，谁真心疼她她知道！你个丧良心的东西，这会儿倒跟女儿算起账来，不就是姓龚的狐狸精挑唆的？果然古人说得好，有了后娘就有后爹！"

繁星赶紧劝，哪里劝得住，繁星妈还不肯罢休，痛骂前夫："这是什么场合，你就冲女儿嚷嚷？你还是个人吗？老话说虎毒不食子，你简直连禽兽都不如！"

繁星爹冲上去就要动手，志远父亲连声叫着"老哥老哥算了"，和志远一起赶紧拦，没想到繁星爹喝多了蛮劲大，一甩手一巴掌，"啪"清脆响亮正好打在志远父亲脸上。

繁星眼前一黑，耳中嗡嗡乱响，这一耳光比打在她脸上更难过，她心乱如麻，像被捅了一万刀，她定了定神，赶紧叫服务员拿冰块来。

志远终于将繁星爸架到了一旁，繁星接过冰块，匆忙用餐巾包好，递给志远妈妈："阿姨，您赶紧让叔叔敷上。"

志远妈妈看繁星一张小脸都急得惨白，拿着冰块两眼焦急凄凉地望着自己，心里一软，到嘴边的一句话就咽了下去，不作声接过冰块，给丈夫敷上。

繁星妈这边却不干了，立刻拿起手机，打通龚阿姨的电话，噼里啪啦就把龚阿姨骂了一顿，骂她狐狸精，挑拨离间，竟然叫老祝来砸亲生女儿的场子，自己哪怕拼了这条命，也不能叫她称心如意……

繁星急得在旁边直拉妈妈的衣袖，连声叫："妈你别说了！"

繁星妈骂了个痛快，繁星爹按捺不住，又要冲上来跟她拼命。志远赶紧抱住他的腰，醉汉劲大，志远眼镜被撞到了地上，被繁星爹踩了个稀碎，人也被摔得一个趔趄，繁星爹终于冲到了前妻面前，没想到繁星不声不响就挡在了中间，两只眼睛里全是泪水。

"爸爸，你要打就打我吧。"

繁星爸举起的拳头终于放下去，他跺了一下脚，不顾这包厢里一片狼藉，转身就走了。

繁星妈恨恨地说："丧良心！不管亲生女儿死活的浑球儿！"

繁星只觉得筋疲力尽，志远近视度数很高，一直拖延着没去做手术，眼镜一摔，隐形又放在房间没有带下来，现在眼前白茫茫一片什么都看不见，摸索着只能先坐下来。志远妈既心疼被打的丈夫，又心疼儿子，不知不觉眼泪就涌出来了。

繁星妈一看她哭，觉得大大地失了面子，前夫这么一闹，女儿和自己都在未来的亲家面前丢尽了脸，以后女儿在公公婆婆面前还要怎么做人，就连自己，只怕永远也在亲家母面前抬不起头来。

她这么好胜的一个人，一辈子在亲家母面前抬不起头，简直比要了她的命还难过，立刻眼泪唰地就流下来了。

两个妈妈都在哭，志远父子沉默着，繁星便再机灵也想不出办法来收拾这样的残局，只觉得万念俱灰。

正在这时候，繁星手机响了。

繁星看是CEO打来的，不能不接。

舒熠的声音很低沉，仿佛感冒了，仍旧和平时一样客气，上来却先道歉，说："抱歉，休假了还打电话给你，但我这边临时出了点状况，你能不能马上买机票，赶过来处理一下？"

繁星十分诧异，下意识支吾："舒总……"

舒熠说："你是不是回老家了？要是没有航班了，我让商务机去接你。"

繁星大惊失色，上次CEO让她租商务机，还是因为CEO的母亲病危他要赶去上海。她顿时知道若不是十万火急，他不至于打电话给自己。

繁星告诉他自己正在亚龙湾。

舒熠的声音在电话里透着深深的疲乏，说："那正好，我叫直升

机去接你。"

繁星强自镇定下来,先叫了车送自己妈妈回酒店,又亲自陪志远一起,送他父母回房间去。

志远回房间戴上隐形,才发现手肘紫了一块,是被繁星爸刚才那一摔给撞的。但看看繁星站在眼前,楚楚可怜,什么也说不出来,只是叹了口气。

繁星说:"你替我向叔叔阿姨赔罪,我爸他喝醉了就这样,我实在是……"

繁星眼眶发热,她实在不愿意再哭,只怕自己忍不住。

志远扶一扶她的肩,安慰似的拍拍她的背。

繁星告诉他,自己马上要去清水湾,老板估计有要紧事叫自己过去处理。

志远终于忍不住爆发。

"你来休假还管什么老板,刚出了这么多事你能扔下就走吗?"

繁星不忍心,但她做惯了秘书,这职位就是事无巨细风雨无阻,再说要不是十万火急,舒熠应该不会打电话给她。

繁星稍稍解释两句,志远不理她,自顾自上阳台抽烟去了。

繁星最怕冷战,忍不住觉得冰箱又回来了,自己又变成了小小的鱼,被塞在冰箱底格,挣扎不了,连空气都凝结成冰。

繁星想了一想,还是走到露台上跟志远解释。

"老板估计是真有急事,他都说要派直升机来接我了……"

谁知道这句话彻底惹毛了志远,他一下子扔掉烟蒂,盯着繁星。

"甭在这里炫耀了,谁不知道你们公司上市,你们个个都拿了期权!我辛辛苦苦干好多年,不如你马上就能兑千万的股票!"

繁星不知道他竟然知道这件事,仓促而下意识地分辩:"可那是期权,还不作数呀……"

志远怒极反笑:"祝繁星,你忘了我跟你一样,是学金融的?"

繁星只觉得胸口发紧,她没有跟志远提过期权的事,原因很复杂,自己也不愿意去深想,到这当口被他一语道破,不由得有几分心虚。

繁星嗫嚅:"我总觉得应该拿到手才算,所以没有跟你提过……"

志远:"你就这样看不起我,觉得我会贪图你的钱?"

繁星慌乱了:"志远,你怎么这样说,你明知道不是。"

志远扭过头去,脖子里有根青筋在缓缓跳动。其实有句话他不能说,毕业后他工作一直比繁星强,他前途远大一片光明,他也习以为常,总觉得男人应该比女人更强,就如同自己父母那样夫唱妇随,那不挺好吗?固然繁星愿意去做秘书有点胸无大志,但女人嘛,将来有了孩子,回家当全职太太好了,他有信心养活妻儿。

可是没想到,一个在投行工作的同学告诉他,你小子真行嘿,当初你女朋友去当秘书,我们都死活想不通,你也不拦着,现在繁星他们公司在美国上市,听说所有资深员工都有了期权,像繁星这样服务了五年的员工,期权一定在千万以上。没想到你真是眼光长远,会布局!

志远当时脑子里就嗡一声,知道自己在短短数年内,只怕赶不上

繁星了。

凭什么？

当年她去做秘书时，自己是怎么嘲笑她的？

简直就像打他的脸。

尤其想到繁星只字不提期权的事，他的心像是有一万只蚂蚁在啃。

或许是嫉妒，他不肯承认的嫉妒。

他在学校时成绩比繁星好，毕业后职位比繁星高，每天辛苦地工作，跟世界一流的精英斗智斗勇，他清楚自己如果运气够好，再过几年或许就能升到更高的职位赚到人生第一桶金，可祝繁星就在会议室端茶倒水，替CEO订机票，轻轻松松就要拿到千万。

凭什么？

世界何其不公！

这一切根本就不应该属于她！

他忍不住说出伤害繁星的话。

"我们还是分手吧，免得耽误你搭直升机去为慷慨大方的老板效力。"

直升机就停在酒店的停机坪上，繁星心事重重地上了直升机。

飞机腾空而起，繁星心里才翻江倒海地难过起来。

繁星下飞机的时候，已经重新补过妆，一路走一路飞快地绾好被螺旋桨吹乱的头发，从停机坪走到别墅草坪的时候，她已经平静得像每一个去上班的早晨一样，看不出丝毫破绽。

偌大的别墅被布置得像梦境一般，地上到处都是从比利时运来的那些花,花艺师精心设计的造型,还有香氛蜡烛,草坪边放着几排椅子,她知道那是给乐队坐的,酒店曾经给她确认过PPT。只是乐队现在不知去向,泳池旁安静得很,舒熠就坐在泳池旁的长桌边,眼神涣散,领结被他解了搁在桌子上,桌上还有一枚硕大的钻戒,天鹅绒衬着粉钻璀璨的光芒。

舒熠失魂落魄,繁星从来没见过这般模样的他,她走近了他都没发觉,还是她轻轻叫一声"舒总",他才抬起头来,两眼无神,仿佛在梦游,根本就没看见她似的。

繁星又叫了一声"舒总",他才似乎回过神来,答非所问地说:"她没答应。"

繁星看这样子,大约是CEO精心准备的求婚却被拒了。

这么大的场面,这么多的昂贵鲜花,这么大的粉钻……

结果……

看到CEO这样子,繁星都不觉得自己惨了。

CEO站起来,说:"你处理一下现场,乐队的人刚走,别有什么不好的流言传出去。"

繁星点头,开始打电话,给酒店付清洁费,让他们来收拾这一地的鲜花,繁星决定给乐队领队封个大红包,免得他们胡乱八卦传话给媒体。

一个电话还没打完,只听"扑通"一声,繁星回头一看,CEO正在泳池中笔直下沉。

繁星来不及多想,扔掉电话就跳进泳池。繁星还是大学为了体育课学分学的游泳,其实并不擅长,在池中好容易扑腾着抓住了CEO,自己倒呛了好几口水,拼尽全力拉着他浮上水面,一边咳嗽一边劝他。

"您别这样啊……天涯何处无芳草……她不答应您就再找啊,您这么年轻有为、一表人才,还怕找不到女朋友吗?"

CEO面无表情地盯着她,繁星这才注意到CEO踩水比自己娴熟很多。

舒熠说:"我就是打算游个泳,冷静一下。"

繁星讪讪地放开紧抓他的手。

舒熠往后一仰,以标准的仰泳姿势游开了。

繁星却脚脖子一痛,抽筋了。

繁星"咕嘟咕嘟"地往下沉,最后还是舒熠发现不对,游过来把她捞起来。

繁星灌了半肚子的水,瑟瑟发抖,裹着浴巾坐在泳池边,呜呜咽咽地哭,她还没在外人面前这样哭过,可是一整晚她紧张、焦虑、委屈,说不出的难过,到这时候成了压垮骆驼的最后一根稻草,她实在是绷不住了。

繁星哭了个昏天暗地,舒熠看她哭得稀里哗啦,也不问什么,就坐在旁边默默发呆,想自己的心事。

繁星哭累了,最后终于觉得不好意思,擦干眼泪,张嘴欲解释,看舒熠仍旧是郁郁寡欢的样子,知道他不关心为什么自己会失态,于是也不解释了。

舒熠看她不哭了，打电话叫酒店管家送来威士忌和全新的女装裙子。要不说管家真是见惯了大场面，看到披着浴巾浑身湿透脸上带泪的繁星，连个诧异的眼神都没有，只是说舒先生您要的东西我放在这里了，然后转身就走。

舒熠倒了一杯酒给繁星，繁星一仰脖子就喝了，舒熠自己那杯却是慢慢品，他问："你怎么就认为我打算自杀呢？"

繁星酒壮怂人胆，说："因为您太优秀了啊，优秀的人都受不了打击，真的，我从P大毕业，听说前几届物院有个师兄是天才，学物理的却能挑出计算机老师的课件错误，可他最后疯了。"

舒熠说："我也是P大的，你说的那个师兄，是我。"

繁星张大了嘴，嘴里简直能塞下整个鸡蛋。

舒熠说："也没疯，就是抑郁症，出国治了两年，最后治好了，可是就不想回去念书，于是考了普林斯顿，念了一年觉得状态不好，不想念了，就出来创业。"

他说："我的抑郁症早好了，创业失败的时候我都没想过自杀，你放心吧，失恋更不会了。"

繁星没想到舒熠会跟自己讲这些，包括刚刚求婚失败的恋人。

"最困难的时候她在我身边，我一直想，上市成功就向她求婚，因为终于有能力给她最好的生活，可她说，这不是她想要的。"

他还是很伤心，眼神都看得出来，失落中透着黯然。

繁星沉默地喝酒，从很小的时候她就知道，有些伤口只能自己愈合，旁人说什么都没有用。

舒熠问她:"你呢?三亚假期怎么样?是和男朋友一块儿来的吗?"

繁星叹了口气,说"别提了"。然后原原本本,向他讲述今天晚上发生的事情。

舒熠很同情她,但也无从劝解,两个人只是默默地碰杯,然后喝酒。

最后舒熠喝高兴了,打电话叫了西班牙火腿来佐酒,酒店管家仍旧面不改色,除了片得薄如蝉翼的西班牙火腿,还送上了咸橄榄。

舒熠说:"这个管家很有你平时的风采!"

繁星说:"谢谢啊老板,我当你夸我了。"

舒熠说:"是真的!那次老宋跟我打赌,我说不可能有难倒你的事,他不相信,所以开会开到一半,他嚷嚷饿了要吃馄饨,还要手工裹的那种,结果半小时后,你就送来一碗热腾腾的手工馄饨。然后我就打赌赢了一百块!"

老宋是主管技术的副总裁。

繁星心想那次把我急得,费了好大工夫才找到手工馄饨,你们这群技术宅男真无聊,真是幼儿园小朋友,幼稚!

繁星伸手。

"一百块,归我!"

舒熠错愕了几秒,掏出湿淋淋的皮夹子,翻了半晌没翻到现金,面露尴尬。

舒熠讪讪地说:"先欠着你吧,真要命,除了A轮融资之前,这辈子还没这么窘迫过。"

繁星哈哈大笑，舒熠也哈哈大笑起来。

笑痛快了，舒熠躺倒在草坪上，他说："你看，星星。"

繁星抬头，清水湾空气清透，天空繁星灿烂，跟平时看到的都不一样，北京的星光也是微弱的，在城市光害下几乎看不见。

舒熠躺在草坪上一直没有再说话，繁星还以为他醉得睡着了。

过了好久，舒熠才说："今天晚上的事你千万别跟人说，太丢人了。"

繁星说："您放心，我也有把柄在您那儿。"

舒熠这才想明白她为什么告诉自己她的私事，这个祝繁星，真是水晶心肝玻璃人。

两人相顾无言，唯有再次举杯。

舒熠喝醉了。

繁星觉得挺好的，要是真跟平时一样若无其事冷静理智，那不憋出毛病来，既然是失恋不如痛快发泄一下就好了。

繁星其实也喝得差不多了，撑着劲叫酒店管家还有几个男服务生过来，几个人一起把舒熠抬回房间去，她和管家一起看着人收拾这遍地的鲜花，好容易忙完了，她看看已经凌晨三点钟，问清楚别墅还有客卧，决定胡乱将就一晚。

酒店管家叫住她，递给她一样东西。

"祝小姐，这个太贵重了，麻烦您代舒先生收好。"

繁星接过大粉钻戒指，泳池边大灯还开着，照得钻石流光溢彩，粉透了半边指甲。

繁星心想这怕不值好几百万，刚才忙忙乱乱都没留意到，幸好管家有心，特意交给她保管。

繁星把粉钻放在包包里，习惯性掏手机打算给舒熠留言，告诉他粉钻在自己这里，这才发现手机不见了，寻了一圈才发现是被自己适才一急扔泳池里了。

捞起来也没法用，全灌的是水。

算了，一切明天再说。

酒店管家还是那样面不改色，给她安排好夜床就退走了。

大约是喝了酒，繁星竟然睡得很好。

第二天醒来，简直觉得恍若梦境，只是宿醉头痛得很，而且眼睛肿得像桃子一样，是昨天哭得太厉害。

繁星草草洗漱走出去。

舒熠坐在泳池边吃早餐，神色自若地跟她打招呼。

"早！"

一点尴尬都没有，真不愧是CEO。

舒熠问她："要直升机送你回去吗？"

繁星摇头。

繁星自己叫了出租车回亚龙湾，想想还是先去向志远父母当面赔罪。毕竟昨天都没有亲自道歉，自己匆匆忙忙又有事走掉，总是对长辈的不尊重。

谁知道到客房按门铃没有人，志远那间房里服务员正在做清洁，繁星犹以为他们都去了海滩，结果一问，服务员说这两间客房的客人都已经退房了。

繁星方寸大乱，在大堂借了电话打给志远。

志远在机场，看到大堂的电话号码，还以为落了东西在酒店，所以就接了。

繁星十分焦虑，直叫了一声"志远"就说不出话来。

志远问："你打电话来干什么？"

繁星说："你们怎么退房了，我特意来向叔叔阿姨道歉。"

志远说："不必了，我们都已经分手了，这事已经和我父母没关系了。"

志远把电话挂掉，繁星失魂落魄。

志远其实心里也不好过，挂完电话收起手机，旁边志远妈妈问："是不是繁星？"

志远既不点头也不摇头，志远妈妈说："昨天你不是说了嘛，她跟老板不清不楚的，这样的女孩子，我们家哪里敢招惹？"

其实昨天晚上志远跟繁星吵架，吵完他也后悔。繁星的家庭是什么样子，早在交往之初她就曾坦诚相告，他一直觉得，这不是繁星的错，昨晚也是迁怒居多，才一赌气说出分手的话来。等繁星走后，妈妈又过来看他，听说他和繁星吵架闹分手，并不清楚真正的缘由，只当是为了晚餐亲家大闹的事，劝他别斤斤计较，两个人都只差要结婚了，可不就得接受对方的好与不好。繁星家里是乱，可她本人是真的好啊。

志远妈妈几十年人生经验，觉得繁星将来一定是个好妻子好母

亲,亲家公亲家母是难缠,但他们不早就离婚了,各有各的家,这种情况下,繁星将来也不会怎么惦记娘家,她一心一意把小家过好,这不是利大于弊吗?

志远犹豫再三,想想这几年来的感情,又听妈妈各种劝,还是给繁星打了电话。

结果繁星的电话怎么也打不通。

志远妈妈首先着急起来:"她不是被老板叫走了吗?这大晚上的,一个女孩子孤身去见老板,怎么把手机关了?她老板到底什么人啊?繁星也真是,怎么这么不通事理,瓜田李下,大晚上的,怎么能老板一叫就走!这能有什么工作非得晚上去办?"

志远心里正有一根刺,脱口说:"她老板最大方不过,给她成千万的股票,她能不尽心尽力吗?"

志远妈妈一听这话,更急了:"繁星不是秘书吗?她老板为什么给她股票?你说给了多少?成千万的股票?"

志远不吭声,他没法跟妈妈详细说这事,也觉得没脸说。叫他怎么说呢,一样的专业,一起毕业,他当年高考分数比繁星高,在校期间各种专业课成绩也是他比繁星好,他一直认为自己比繁星优秀,但现在繁星比他挣得多。难道要向自己妈妈承认,自己还没女朋友优秀?

志远妈妈看儿子不吭声,心里顿时凉了半截。繁星长得好,又是秘书,秘书这职业,在传统看法里,总归带了几分暧昧,电影电视里那些妖妖道道的女人,成天跟老板不清不白的,可不就是女秘书吗?

早几年的时候,志远妈妈对繁星这职业是有点犯嘀咕的,但繁星气质端庄,办事又利落,志远妈妈才没多想,今天儿子半含半露几句话,她顿时惊出了一身冷汗。

志远妈妈拍板了:"我们清清白白的人家,不能让这样的女人进门,你说分手说得好,明天我们就回家。"

志远明知道妈妈是误会了,但不知道为什么不愿意去解释。不然他该怎么跟家里交代呢,恋爱是他自己谈的,繁星是自己主动追求的,父母又特别喜欢繁星,总觉得她会是个好媳妇,妈妈一听说吵架先劝他与繁星和好。

可自己心里那根刺,真没法跟父母说。跟繁星分手吧,不甘心,跟她结婚吧,更不甘心。

志远纠结着,志远妈妈就更以为自己猜对了。儿子竟然受了这样大的委屈,儿子竟然有这样重的心事,儿子竟然瞒着父母,还总说繁星工作忙她也不容易。

一想到这些,志远妈妈就心疼得要掉眼泪,所以态度越发坚定,一大早就收拾行李退房走人。

等繁星失魂落魄地赶到机场,志远一家早就走了。

繁星从高架桥上走下去,一路车子纷纷按喇叭。

繁星觉得全身都没有力气,走着走着腿一软,人就倒在了地上。

舒熠意兴阑珊地吃完早餐,让酒店安排了车送自己去机场,在车上正好小憩片刻,眼看车已经上了机场出发的高架,突然前方司机纷纷按喇叭。

舒熠一抬头，正好看见繁星晃晃悠悠倒下去。

司机还以为是碰瓷，吓得一脚急刹将车停住了。舒熠推开车门下去的时候，倒下的繁星旁边已经围了一圈人在指指点点。

有人说这是中暑吧，有人说打120，还有人说会不会是心脏病哟，看着怪年轻的……

舒熠把繁星抱上车，对司机说，不去机场，先去最近的医院。

繁星从小身体就不错，出校门后更是没怎么病过，这下真的病来如山倒，烧得人事不省，意识恍惚。

她似乎做了很多噩梦，最大的噩梦是恍惚回到小时候，忘记带钥匙，然而父母都不在家，她敲开邻居的门，想从阳台上爬回自己家，结果一脚踏空，从七楼直坠下去，一直摔下去，似乎永远落不到底，四面像冰箱一样，飕飕的冷风往上吹，她就从冷风里一直往下坠，一直往下坠……

繁星还梦见高考，老师告诉她说高考不算数了，得重新考。繁星知道如果重新考自己绝对考不上P大了，她急得一身汗，如果考不上P大，她就没那么容易找到工作，没有工作，她拿什么养活自己？她如果不能养活自己，爸爸妈妈是绝对不会管她的。

她在噩梦里大喊大叫，却似乎发不出什么声音，没有人来救她。

连志远也不要她了。

繁星彻底醒过来的时候，才发现自己躺在床上，偌大的房间很整洁，窗外远处就是碧蓝的大海，海风吹起床上白色的帐幔，露台上爬满红艳艳的三角梅，一个长腿帅哥穿着蓝色的睡衣，坐在露台躺椅上对着笔记本回邮件,他敲打键盘的声音清晰地传入屋内,越发显得安静。

繁星的第一个念头是自己发烧烧糊涂了,做梦都梦见CEO了,不知道下一秒会不会梦见CEO要开除自己。

她一直做噩梦,都做怕了。可一抬胳膊发现手背上贴着半透明胶带,胶带下是打完点滴的针眼。她有点糊涂,这梦太真了,哪有梦到这么细节的。

一扭头,看见舒熠也发现她醒了,放下笔记本走进来。

繁星看见CEO凝重的脸色,不由得问:"老板,我没得什么绝症吧?"

舒熠一愣,说:"医生说你是脱水,补充液体多休息就好了。"

繁星狐疑问:"那您脸色怎么这么难看?"

舒熠说:"我走进来才想起来,还是忘了取现金,那不还欠你一百块钱。"

没想到舒熠还记得这事,繁星终于"扑哧"一笑。

舒熠说:"今天是大年三十,我们老家的规矩,病人是不能在医院过年的,医生说你没事,我就把你从医院带出来。正好酒店这房订了好几天,又不能退。"

繁星对CEO感激涕零。

在机场那困惑、焦虑、窘迫的一幕幕,她都想起来了。她本能地不愿去回顾那难堪的时刻,有什么比被曾经最亲密,曾经以为要共度一生的爱人抛弃更伤人的呢?繁星下意识逃避。

在她心里有个小盒子,这是她很早之前学会的本事,那个盒子里关着她最不愿意记得的事,每次遇到特别难过的情形时,她都对自己说我不要再想了,我要把这些东西收起来,统统塞到那个小盒子里去,就像从来不曾发生过。

现在繁星也把志远一家的不辞而别塞到小盒子里去了,关得严严实实,就像从来没有发生过。

这是她自我保护的一种本能。

每次她把什么东西塞到小盒子里去,她都会努力想点别的,让自己赶紧快乐起来。

所以她就想到CEO这次救了自己,名副其实的救命之恩,自己以后做牛做马地报答,再也不嫌技术宅男每次点的餐太麻烦,等春节假后上班就给CEO换更好的咖啡豆,买新的咖啡机,以后再也不把他当小白鼠乱买新产品了,起码看看评价再买!

CEO都没想到她会一瞬间有这么多想法,看她思潮起伏的样子,于是说:"你不要太难过了。多危险啊,差点就出了车祸。"

繁星十分感激舒熠,如果不是他及时在机场外救了自己,没准这个年就真得在医院冷冷清清一个人过了,那滋味一定孤独绝望得令人发狂。她不由得说:"老板,我包饺子给你吃吧!"

CEO愣了一下。

繁星说:"今天不是大年三十吗?这都下午晌了,您都来不及赶回去过年了,我包饺子给您尝尝,也算过年了。"

CEO说:"没什么关系,反正我就一个人,在哪儿过年都一样。"

繁星心细如发，CEO说这话的时候，语气怅然而寂寥。

繁星对每年的过年都很畏惧，从前是不论去父母哪边家里过年，自己都是个拖油瓶，不尴不尬显得多余。后来念大学了，父母只差没直接说你别回来过年，她厚着脸皮只作不知，在父母两家一边混一年，倒也公平。等到工作之后，回家过年必然要买很多礼物，老的小的，哪个人都不能轻易打发，还要小心地平衡，自己家父母不算完，还有志远那边的长辈们，她每年都把年终奖花个七七八八，父母对她态度倒好了很多，但过年到底是何种滋味，她心里一清二楚。

虽然过年时总是跟很多人在一起，其实她明明白白地知道，自己本质上就是一个人过年罢了。

没想到CEO也得一个人独自过年。

繁星真准备包饺子，不为别的，包饺子算是有个仪式感，总能驱逐一些她和CEO不得不独自过年的冷清感。

没想到CEO说："算了吧，要包饺子还是我来吧。"

繁星十分惊诧："您还会包饺子啊？"

CEO淡淡地说："我还会办公司IPO上市呢，你亲眼见过的。"

繁星发现老板还蛮会讲冷笑话的。

繁星忘了CEO曾经是留学生，大部分留学生都被逼上梁山做得一手好菜，CEO何止会包饺子，还煎得一手好牛排，用一点点红酒烹，香飘十里。

繁星饿了一整天，闻见喷香的牛排，肚子咕咕叫。

她羞愧得脸红。

CEO装作没听见,却给她盘子里盛了一大份,把较小那份留给自己。

两个人坐在无敌海景的露台上吃牛排。

繁星吃得嘴角流油,一边吃一边夸:"老板你这手艺真是绝了,我跟着您吃过米其林也没这么好。"

CEO说:"不能因为我今年发了十九个月薪做年终奖,你就说这种昧良心拍马屁的话。"

繁星诚恳地说:"我那不是指望您明年发二十九个月薪吗?"

繁星吃得饱饱的,瘫在躺椅上不想动弹。

天空已经暗下去,满天都是晚霞,有一颗明亮的大星升起来,不知道是不是启明星。

繁星说:"这里真美啊,真想一辈子都像现在这样,什么都不想,什么都不做,吃饱喝足,就瘫在这里发呆。"

CEO说:"洗手,包饺子。"

酒店送来的面粉,不怎么好揉,舒熠卷着袖子一边加水一边和面,繁星给他打下手。

舒熠竟然会擀皮,而且同时能擀两张,中间厚四周薄,又圆又好,繁星佩服得五体投地。但她馅调得香,饺子包得也好,每只鼓鼓的像金鱼。

两个人一本正经在开放式厨房里包饺子,客厅电视里叽里呱啦播春节联欢晚会,光听那背景音,倒是很热闹。

繁星说:"您真是让我刮目相看,您不是上海人吗?怎么擀皮这么利索。"

舒熠说:"我妈妈习惯大年夜要包饺子,小时候都是我陪着她包,所以就学会了擀皮。"

繁星哦了一声,不晓得怎么往下接口,因为知道CEO妈妈已经去世了,是两年前的事了。

繁星只好忙忙地岔开话,说:"哎,要不我们在饺子里包钱吧,吃到就大吉大利!"

繁星跑去翻零钱,可惜只有几枚一元的硬币,繁星觉得有点大,其实五角最好,金灿灿的像金币,但也就这样了,反正只是好玩。她细心地拿了酒店牙刷认真清洗,又放在锅里煮着高温消毒。

等煮透了十分钟,才拿起来包进饺子里。

舒熠看到有点不以为然:"吃朵菊花出来,哪里吉利了?大菊(吉)大利吗?"

繁星跟着顾欣然看过几本小说,听到这句话再也绷不住,把钱一扔哈哈大笑,直笑得弯了腰。舒熠被笑得莫名其妙,说你笑什么?

繁星笑得眼泪都出来了,但又不能跟CEO解释为什么好笑,可是越看他的困惑的眼神,就越发觉得好笑,只能忍住笑,撒谎说:"您鼻尖上有面粉。"

舒熠扭过头去想照镜子:"哪儿?"

繁星趁他扭头,赶紧用手指沾了点面粉,走到他面前,踮起脚做擦拭状。

"这儿!"繁星轻轻在他鼻梁上一抹,给他看手上的面粉,"还没擦干净,您等等。"

繁星拿起面纸,认真将他鼻梁上她刚刚抹上去的那层面粉全部擦掉,然后说:"好了。"

舒熠鼻梁挺高的,而且眼睛极亮,眼角的形状微微上挑,是传说中的桃花眼,水汪汪的,繁星还是第一次离舒熠这么近,被他这双眼睛这么盯着一看,她心虚刚才玩的小花招,心里跳得像小鼓一样,赶紧想要往后退。

结果"哐当"一声撞在后面椅子上,顿时就摔了个四脚朝天。

繁星狼狈无比,舒熠还以为她又犯病晕过去了,赶紧过来扶她,问:"怎么了?又晕了?要不要叫医生来?"

"没事没事!"繁星心想真不能干坏事,这不刚捉弄完老板,自己立刻摔跤了。

"我就没注意到后面这椅子。"

舒熠眼里却蕴含着一点笑意,那点笑像涟漪一般,渐渐扩散开,这次轮到繁星被笑得心慌了。

"老板你笑什么啊?"

舒熠手上全是面粉,刚才急着扶繁星,可不蹭了她一脸。

舒熠说:"别动。"

他认真地用手指上的面粉在她嘴旁画了两道,这下好了,像圣诞老人。

繁星哈哈笑。

两个人包了八十个饺子,太多了吃不完,冻在冰箱里。

坐在客厅沙发里守岁,有一搭没一搭扯闲话,等着交子时再烧水下饺子。

繁星讲起外婆,小时候外婆对她最好,有一年跟着外婆守岁,她困得直打盹,外婆到子时把她叫醒,给她留了最大的福橘,还有红包,然后叫她和表哥去门外放烟花,是小时候难得的美好回忆。

舒熠说:"烟花还有啊,待会儿我们一块儿放去。"

繁星想起确实酒店备有烟花,准备求婚成功后在海滩上燃放的,她怕大过年的老板又想起失恋的事,赶紧乱以他语。

"您小时候,过年有什么特别开心的事?"

舒熠说:"也没什么,小时候过年,我妈妈每次总是放个红包在我枕头底下,新年一大早我掀开枕头,看到那个红包,就觉得挺开心的。后来我去北京念书,放寒假回去,大年初一一掀枕头,还是有个红包,我妈还把我当小孩呢,就觉得像回到小时候,特别幸福,特别满足。"

他怅然地说:"去年过年的时候,我早上醒过来,还是习惯性地将枕头一掀,只是现在再也没有人在我枕头底下放红包了。"

正说着话,电视里开始倒数了。

十九八七六五四三二一。

礼花腾空而起,万家鞭炮声,主持人说着吉利话,音乐响着喜庆的旋律。

繁星说:"新年快乐!"

舒熠也说:"新年快乐。"

两个人喜气洋洋煮饺子。

第一锅饺子煮好,繁星捞起来分成两盘,其实每盘也就七八个,吃个吉利意头罢了。

她捞饺子的时候手上有轻重,果然,舒熠吃到第二个饺子,就"嘎嘣"一下,吃到了硬币。

繁星忍住笑,一本正经说:"大吉大利!"然后说,"吃到金钱要许愿嘛!赶紧许愿,挺灵的!"

舒熠只是微笑:"我没什么愿望,要不让给你许愿。"

繁星说不用,果然她也吃到硬币,赶紧放下半个饺子双掌合十许愿。

"大吉大利!今年老板更上一层楼给我们发二十九个月薪!"

她许愿声音挺大的,一边说,一边偷眼瞄舒熠,他可不是在忍笑。

吉利话说完,繁星说:"我借用下电话,给我爸妈打电话拜年。今天一天都没给他们打电话,也不知道他们在酒店怎么样了。"

舒熠挺意外的,说:"他们对你那样,你还这么关心他们啊?"

繁星说:"好不好生我一场也把我养到这么大,总不能跟父母记仇吧,没他们哪有我,他们是对我不怎么好,可他们也没义务对我好啊。我要是连亲爹亲妈都不认了,那我还是个人吗?"

不知道为什么,舒熠的脸色渐渐沉下去,他没说什么,搁下筷子就上楼去了。

繁星不知道哪句话触怒了老板,只好先给父母打电话。

父母倒是蛮高兴的,繁星爸说小孙子已经好多了,完全不用吃药打针了。龚阿姨也挺好的,今天他们三个人参加了酒店的除夕活动,大年夜过得很高兴。

末了,繁星爸才讪讪地说:"昨天我喝多了酒,志远父母那里……"

"爸,没事。"繁星快刀斩乱麻,"都已经过去了,我就是打电话来给您和龚阿姨拜年。"

繁星妈更好哄,她还以为女儿这两天跟志远住一块儿,说:"男人就是要哄的嘛,你说两句软话,好好陪志远爸妈逛逛,哎呀,你说这事……我这老脸都没处搁……"

"没事妈,我能处理,您安心过年吧。"

等哄完父母,繁星放下电话才琢磨,CEO怎么啦?一晚上他都和蔼可亲平易近人,刚刚怎么就甩脸子走人了?

繁星躺在床上的时候,还在翻来覆去,自己好像也没说错什么话,怎么就把老板给得罪了。

失恋事小,失业事大,繁星一点也不想这当头失业。她在床上躺了半天睡不着,侧耳倾听隔壁房间也静悄悄的,万籁俱寂,只有窗外传来轻微的海浪声,想必CEO早就睡了。

繁星干脆坐起来,仔仔细细将今天晚上自己的所作所为,还有CEO说过的每一句话都回忆了一遍,怎么也想不通自己到底哪儿得罪老板了,最后她决定不想了。

她决定亡羊补牢,不就是哄老板开心嘛,平时她做得很好,这次一定也能做到。

繁星爬起来,从包里拿出红包封,这是她来之前预备下的,原本是打算给爸爸带来的小孙子,现在另派用场。繁星拿出钱包,抽出几百块,正打算塞进红包,想想又咬牙从钱包里多抽出几张百元大钞,数一数然后装进红包里。

老板不是说了嘛,小时候最开心的是初一早上醒来,一掀枕头,就看到枕头下的红包。

满足他好了,他开心一笑,不就不计较她曾经说错话了嘛。

她赤脚下床,蹑手蹑脚走到CEO房间门外,听了听,室内悄无声息。

她轻轻地扭动门钮,挺好的,没锁。

她一步一步,轻轻地走到床边。

只是这床实在是太大了。繁星一只手拽住床柱,另一只手拿着红包,尽量伸长胳膊。

她不由得屏息静气,轻轻地,慢慢地,只要推进枕头底下,就万事大吉!

还差一点点,只差一点点,最后一点点!

"啪!"

灯突然亮了,繁星吓了一大跳,她本能手一缩身子一仰,却用力过猛,后脑勺"咚"地不知道撞到什么,直撞得头晕眼花立刻失去平衡,整个人"啪"摔到被子上,她懊恼地抬头,床上的舒熠正面无表情看着她。

"你干什么?"

繁星心想我这浑身是嘴也说不清楚自己为什么半夜偷偷摸摸跑进

CEO的房间现在还趴在他床上啊！但！必须得解释啊！

她深深吸了口气："老板，我给你讲个笑话吧，有天我跟我妈吵架了，吵完架我非常后悔，想给我妈买条珍珠项链，但我又不知道我妈戴多长的项链，所以半夜的时候，我偷偷拿着绳子溜进我妈的房间，想把绳子套在她脖子上，量一量她戴多长的项链合适，可我刚把绳子套她脖子上，我妈跟您一样，突然醒了，问，你想干什么？"

舒熠面无表情地看着繁星。

繁星目光灼灼地看着舒熠。

舒熠一点一点将繁星手里攥着的那个红包抽出来，繁星眼睁睁看着他将红包随手塞进他枕头底下。

"好了，谢谢，现在你可以回去睡觉了吧？"

繁星心想真不愧是我P大的天才师兄，泰山崩于前不改色。她不能丢P大的脸，繁星从床上爬起来，掸掸衣服，理直气壮地说："不客气！晚安！"

繁星果然好梦，睡到日上三竿，她忘记关窗帘，太阳一直晒到枕头上，才把她晒醒。

繁星伸个懒腰，一低头突然发现枕头下露出红色一角，她掀开枕头，一只红包静静地躺在枕头底下。

繁星好奇地打开红包，里面一叠钱，其实就是她昨天打算放进CEO枕头下的那个，不过多了张纸条，字迹熟悉而凌厉飞扬，上写欠条两百元整。

按过去拜年的风俗旧礼，红包是不兴原封原样还回去的，一定要多加一点钱。所以现在CEO欠她两百块了。

繁星不由得微笑。

CEO还是挺有人情味的嘛。

大年初一,繁星陪父母去拜观音。经过这次的事情,她反倒想开了。反正见面就会吵架,回避也免不了风波,你们又都信菩萨,那就一块儿去拜观音呗,有本事你们当着菩萨的面吵啊!

她厌倦了居中调和,新一年了,爱咋咋地。

果然,虽然爸爸带着龚阿姨和小孙子,繁星妈带着贾叔叔,但竟然都心平气和,一路爬台阶拜菩萨,客客气气。贾叔叔还帮繁星爸爸一起抬小宝贝的婴儿车,两边都相敬如宾了。

大年初一,谁都得讲点吉利话办点吉利事。

吃饭的时候仍旧是繁星订好的包厢,旅游景点人山人海,也没啥好东西吃,但大家其实都饿了,这顿饭竟然吃得香甜又和睦。

繁星买完单想,要是早两天能像这样多好啊,那不就不会出事了嘛。

父母都不知道她跟志远已经分手,一径催促她。

"你都出来一天了,赶紧回去陪陪志远父母。"

"就是,人家也人生地不熟的,我们这里你别管了,我们自己打车回酒店。"

繁星还是坚持分头把父母送回酒店,自己去通信市场胡乱买了台新手机,然后补了卡。犹豫着还是给志远打了个电话。

久久没有人接,也不知道是不是因为看到是她的号码。

繁星挺灰心的。

认识这么多年了,每次吵架其实都是她主动求和,她总觉得自己是女孩子,柔一点没关系,男人要面子,不给他台阶下哪成。这次是自己父母大大的不对,但他就这样一声不吭就走了,一点解释的余地都不给自己。

繁星想他或许想冷静一段时间,那么好吧,冷静一段时间也好。自己也能想想清楚。

虽然是这么想的,心里还是很难过。

难过的时候她最喜欢的地方是菜场,人来人往,全是新鲜的蔬菜,瓜果鲜灵,水鱼肥美,特别有人间烟火气。

繁星难受的时候最喜欢做饭,做饭能让她忘记好多事情,专心致志,心无旁骛。

她在菜市场买了一堆食材。

大年夜的CEO还煎牛排给她吃,投桃报李,她决定好好做几个上海菜,给CEO改善生活。

三亚的菜市场品类还比较齐全,就是冬笋难买,繁星跑了几个超市才买到,叫车赶回清水湾。

舒熠一看食材,果然挺高兴的,说:"要是有腌肉就好了,可以做腌笃鲜。"

繁星说:"没有腌肉,但买了火腿。"

火腿其实更香一点,繁星切冬笋的时候,有人按门铃,繁星正忙乎着,于是舒熠走过去开门。

繁星以为是酒店管家:"哎,忘了买姜,酒店厨房一定有……"

一边说,她就一边朝外走,打算跟酒店管家说借姜的事。

舒熠打开大门,主管技术的副总裁宋决铭拿着瓶红酒笑容满面地站在门口。

"Surprise?"老宋笑嘻嘻地搂住舒熠的肩膀,"哎,我陪我父母在三亚过年,我知道我打扰你恩爱,放心,我就是来蹭顿饭就走!"

老宋一边说一边往里面走,舒熠拦都拦不住。

半秒钟后,拿着红酒的老宋跟拿着菜刀的繁星狭路相逢,面面相觑。

老宋没把红酒瓶子当场落地上算是镇定过人,繁星拿着菜刀一瞬间血冲大脑,张口结舌。

反倒是舒熠破罐破摔,跟没事人似的。

"祝繁星,我秘书,你认识的。宋总,公司管技术的副总裁,你认识的。"

老宋心想我能不认识吗?她办公室就在你办公室外头,成天给你收拾桌子端茶倒水,每次开会盒饭都是她安排,我们还拿她打赌赌过一百块钱,想到这里,老宋恨不得抽自己一耳光。

祝繁星也想,能不认识吗?公司统共才几个副总裁?这一个脾气最耿直,冲进办公室就跟CEO吵架,吵完还死皮赖脸让自己给倒杯特浓的咖啡,不加奶不加糖,解解渴好再跟CEO继续吵。哦对了,他还拿自己跟CEO赌过一百块钱。

老宋看了看满砧板的菜,搭讪着把红酒放在桌上,说:"那什么……我刚想起来我还有点事,你们先忙,我先走了!"

祝繁星心想别啊,你这一走,我跳进黄河都洗不清了!

她赶紧说:"别别,您都来了,我也是做两个小菜,给舒总换个口味。您留下一块儿吃饭吧!"

舒熠也说:"是啊,来都来了,一块儿吃。"

老宋惴惴不安,看看舒熠,又看看繁星。

"一块儿吃?"

他也好纠结的,这叫什么事啊!自己为什么脑抽了大年初一跑来找CEO,明明知道CEO在跟女朋友度假,这不就无意间撞破了天大的秘密,回头自己不会被灭口吧!

舒熠坚定地将他拉回客厅:"一块儿吃!"

老宋其实是有事跟舒熠聊,拿了手机调出图纸就跟舒熠讨论实验室的新产品,两个技术宅男一聊到技术,简直两眼放光,就在客厅里激烈地讨论起来,老宋照样口沫横飞,跟CEO就某个指标参数争得你死我活,最后愤怒地一拍沙发扶手,说你要这么着,我不干了,我要回实验室做技术员。

CEO冷冷地说:"你不干了行啊,你看公司哪个实验室敢收留你,哪个敢我把哪个的预算砍一半。"

老宋委屈得像大金毛一样只差伏在沙发里呜呜哭了。

繁星恰到好处地说菜好了,老宋恨恨地坐到餐桌边,一边咕哝着抱怨,一边开那瓶红酒。

"没想到你真不同意我的观点,这么贵的酒,我白拿来给你喝了。"

CEO眼皮子都不撩,说你拿回去好了。

老宋转脸向繁星求援:"你看他像话吗?见过这样欺负人的老板吗?"

繁星笑嘻嘻接过酒瓶,把酒倒进醒酒器里面,说:"技术呢我不懂,菜凉了不好吃,赶紧趁热。"

老宋还是气哼哼的,但繁星手艺是真好,老宋吃得眉开眼笑。

酒过三巡,CEO才说:"抱歉啊老宋,其实繁星也知道的,我刚刚失恋,心情不好,所以刚才说话只怕过分了点,你别往心里去。"

老宋再次瞠目结舌,心想这又是唱哪出,不过老板都赔礼道歉了,技术宅男再不通人情世故,也赶紧打圆场。

"没有没有,咱们不是从上下铺就开始吵架,一直吵到今天嘛,哪能跟你一般见识,不然早被你气死了。"

繁星挺好奇:"你们是同学啊?"

"不是啊,我T大的,他P大的,我还比他大两岁呢,我们哪能是同学。就是大学那会儿在外头租房,穷学生嘛,租那种群租房,那间房特别小,就搁得下一个上下铺,关门不侧身都关不上,我们恰巧租到同一间房,我睡上铺,他睡下铺。两个人睡不着,半夜爬起来打游戏,放假就一起跑去中关村攒主板、内存条什么的,嘿嘿,其实想想那时候的日子,也蛮有意思的。"

不知道为什么,舒熠低头只是喝汤,好像有点意兴阑珊。

繁星心想CEO还是挺细心的,挽留老宋吃饭,特意还说出失恋的事情,以撇清跟自己的关系,不然回头公司要传得满城风雨,自己可没法见人了。

他很少在下属面前提自己私事的,这算打破常规,何况失恋这种事,其实没必要跟任何外人交代。

繁星挺感激的。

酒足饭饱,老宋摇晃着脑袋说:"哎呀繁星,你手艺真好,做菜这么好吃,谁那么有福气把你娶回家!你要是没有男朋友,我一定追你!"

繁星不过微笑。

舒熠说:"追啊,她刚失恋!"

繁星再次血气上涌,虽然餐刀就在手边,可她总不能手刃刚发了十九个月薪年终奖的CEO。

舒熠好像一点也没意识到自己说了什么不该说的话,自顾自就在那里吃餐后水果。

繁星痛恨自己为什么要把水果洗净切块,连子儿都用牙签挑了,码得整整齐齐给他吃。

老宋喜出望外,兼之被酒盖了脸,乐呵呵就开口问:"繁星你看我怎么样,我虽然已经三十五了,比你大好几岁,但我从来没谈过女朋友,我纯洁啊。"

CEO"哐啷"一下子把西瓜皮扔在盘子里。

老宋兀自在那里喋喋不休:"收入嘛你知道的,公司反正上市了,我有股票有分红的呀,年薪也不少呢。"

CEO拿起火龙果,一整块放进嘴里。

繁星微笑着收拾碗盘，百忙中用眼角瞥了CEO一眼，心想刚才把火龙果切得太真好，噎得你！

"我是独生子女，不过我父母都有退休工资，放心，他们不跟我一块儿住，而且就喜欢到处旅行，还说要趁着这两年还没孙子给他们带，要环游世界呢。但因为我是独生子女啊，可能将来父母年纪再大点，我得给他们买同一个小区，方便照顾，经常过去看看。不过繁星你脾气这么好，一定跟他们相处没问题的。"

繁星眼前金星乱迸，心想我脾气好什么啊，现在就想拿起块西瓜塞住你的嘴。

老宋却越说越自信："你看，我T大毕业的，不懂什么花哨，就是踏实过日子的那种，你们女孩子不是说我这种是什么……什么，经济适用男！"

繁星心想，好嘛，一个上市公司高管，每年的分红都超过千万，竟然在这儿声称自己是经济适用男，还留不留活路给别人走了？

舒熠慢条斯理吃着杧果，说："追女孩子不是你这样追的，你这样一百年也追不上，怪不得你打光棍到如今。"

老宋不服气："那该怎么追？你示范给我看看啊！"

舒熠没料到他说出这句话来，不由得一愣。

这倒也是企业文化的一种，技术型公司嘛，不打嘴炮，谁要觉得谁不行，谁做得不对，那你就做对的示范啊。

舒熠是鼓励这种文化的，因为他本身是技术至上的信奉者，公司所有研发小组都不会攻击竞争对手，觉得对手不行，那就做出更好的产品来让对手瞧瞧，他们到底是哪里不如自己呗。

所以被老宋这么一将军，舒熠就愣住了。

老宋见他愣住，不由得得意："你看，你也不懂吧！你要真懂，你咋会失恋呢！"

繁星看CEO的脸色都变了，心想这老宋真是喝大了，何必要在老板心口捅刀，把老板逼到这种地步呢。

繁星赶紧打圆场："好了好了，其实女孩子想法是挺难琢磨的，而且一人一个样，要不怎么说，女人来自水星，男人来自火星。谈恋爱这种事要看缘分的，跟你们做研发不一样，不是怎么追，什么样的技巧，就能追到对方。再说了，我暂时不想谈恋爱。"

跟志远的事都还没最后讲清楚，老宋这都哪儿跟哪儿啊。

老宋倒是很失落："那你想谈恋爱的时候考虑一下我啊！"

繁星啼笑皆非，只好收拾了碗盘拿去水槽。

老宋坚忍不拔工科男的韧劲又上来了，跑到水槽边给她帮忙："哎，繁星，你明天有时间么，我们一块儿去天涯海角。我还没去过呢，听说虽然是老景点吧，但还不错。"

繁星微笑说："天涯海角就不去了，我明天要陪舒总。"

她本来是随口扯个缘故，老宋却一回头就嚷嚷："哎，舒熠，你明天一个人能行吗？我跟繁星出去玩儿。"

舒熠还在那里吃杧果，繁星买的水果，又大又甜，再加上杧果整片对剖切下来，用刀划成丁翻起来又不显，一整个儿都被他吃了。

吃着吃着，他说话就含糊起来："你问繁星。"

他自己还没觉得,老宋已经叫起来:"哎呀舒熠,你这是怎么啦?"

繁星听他声音不同寻常,忙摘了橡胶手套走过来看,只见舒熠半边脸都肿了,嘴角一圈全是红的。

繁星吓了一跳,定了定神才想起来可能是过敏,连忙让舒熠用冷水洗手洗脸清洁皮肤。

舒熠洗完脸后连眼睛都肿起来了,繁星一看不行,立刻联络酒店派车,送舒熠去医院。

大年初一的晚上,繁星就在兵荒马乱中度过,幸好送医及时,清洁完过敏的皮肤给药后,急诊医生就批评舒熠。

"就算是好吃,也不能吃那么多杧果啊!"

繁星怯怯地替舒熠分辩:"只是吃了半个。"

"自己是过敏体质不知道啊?严重的会出人命的,大过年的,就不能管住嘴吗?"

舒熠大约成年之后还没有被人这样当小朋友似的训过,但他嘴都肿了,说话也不利索,干脆一言不发。

繁星说:"以前好像也吃过杧果,也没过敏啊。"

医生说:"今天晚上喝酒了吧?吃海鲜了吧?总贪嘴吃了七八样东西吧?一整个杧果他拿着啃的吧?果汁蹭到脸上没擦对吧?"医生痛心疾首,"别心疼你老公,他要再这么馋,下次更严重!"

老宋赶紧解释:"这不是她老公,这是她老板。"

医生诧异地看了老宋一眼:"那你是病人家属?"

老宋说:"不,他也是我老板。"

出医院来，已经是半夜，舒熠的脸终于开始消肿，看着好很多，说话也清楚了："老宋你回去吧，大半夜了。"

老宋贼心不死地看着繁星。

繁星赶紧说："您看舒总这样呢，明天我得留下来照顾他。"

老宋到底是兄弟情深，顿时愧然："对，对，你好好照顾舒熠。"

回去的路上，舒熠上车就睡着了。口服抗过敏的药里面有镇静成分，他的脸已经消肿大半，就是嘴角还有一点红，像是小孩子吃完糖没有擦干净。

从市区医院到清水湾，路颇有点远。繁星其实也很困，她白天陪父母去拜菩萨，晚上又从做饭折腾到现在，但老板已经睡着了，自己睡着了多不合适，她告诫自己，别睡别睡，不能睡，挺住回去再睡。可是眼皮沉重得很，不知不觉，她就迷糊着了。

车身微微震动，舒熠醒来，发现繁星睡着了，车子摇晃，她睡得并不安稳，长长的睫毛下眼珠在微微转动。真皮座椅很滑，她的头总是往一边垂，垂着垂着整个身子就歪了，看姿势并不舒服。

舒熠想起来，有一次开会，也是熬到了凌晨三四点钟，大家一杯接一杯地灌着浓咖啡，最困乏的时候，他站起来活动手脚活跃思路，一扭头，发现繁星缩在会议室角落里睡着了。

大约会议室里空调太冷，她缩成很小很小的一团，背抵在椅子里，头深深地埋下，像婴儿蜷缩在子宫中的姿势。舒熠看了两年的心理医生，知道这种睡姿最没有安全感了。

当时他心想，平时看繁星成天笑嘻嘻的，什么事都难不倒她的样子，公司福利待遇又好，她名校毕业专业热门，资质不差，人又开朗活泼，跟公司谁都处得来，研发团队那票技术宅男个个都暗恋她，她到底哪里缺乏安全感了。

前两天听她原原本本说父母男友的事才知道，原来是原生家庭的问题。

怎么说呢，同是天涯沦落人。

他一个大男人都曾经扛不住抑郁两年，何况她这么一个小姑娘。女人心思更细腻，百转千回，一定比他想得要多得多。看她平时的做派就知道，她是宁可多想也不愿做错的人。这世上每个人都如此孤独，谁知道每个人欢笑背后的眼泪呢。

现在看她睡得啄木鸟似的一点一点，他就觉得怪可怜的。

眼看她猛然往下一滑，就要磕在座椅中间那扶手上，怕不磕个鼻青脸肿。舒熠眼明手快，一下子扶住她的额头，轻轻一侧身，繁星靠在他肩膀上，终于睡安稳了。

舒熠觉得没什么，她成天忙前忙后围着他转，再棘手琐碎的公事私事都是她处理，自己帮这点小忙，该当的。

繁星睡到车进酒店大门，轮胎碾过减速板才醒，一醒发现自己竟然靠在舒熠肩窝里，不知为什么车颠得都跟CEO睡到一块儿去了，顿时闹了个大红脸，赶紧起身。

幸好舒熠没醒，不然太尴尬了。

繁星摸摸嘴角，没流口水吧？沾到CEO衬衣上那真是太丢脸了。

繁星痛下决心以后一定坐在副驾位置上，再也不犯这种错误了。

今天这不是舒熠过敏,为了中途方便照顾,才坐在后座,偶尔跟老板并排坐,就这么丢人现眼。

车到别墅前,繁星才叫醒舒熠。

舒熠假作迷糊,揉了一下眼睛,说:"快上去休息吧,都要天亮了。"

繁星失了困头,躺床上倒睡不着了。

她是个气味敏感的人,总觉得似乎手指上有点陌生的气味,像是薄荷香气,又有点像草坪刚修剪完青草的气味。她都洗过澡了,但这气味隐隐约约,一直存在。到最后终于想起来,好像是过敏药膏的味道。

太丢人了,难道自己睡着了还摸了CEO的脸?

繁星忐忑不安地睡着了,仿佛刚睡了没多大会儿,就被自己妈妈打来的电话吵醒。

原来志远妈妈回家之后,左思右想委实咽不下这口气,何况大过年的,亲戚朋友们全知道他们一家三口去三亚度假并见未来的亲家商量志远的婚事了,所以提前回来,她都窝在家里三天没出门,接到拜年的电话也只字不提,只装作还在三亚。

不然亲戚们问起来,脸往哪里搁。

到了大年初二的时候,志远妈妈终于忍不住了,瞒着志远,偷偷给繁星亲妈打了个电话。志远妈妈好歹也是事业单位的小领导,兼之丈夫做了这么多年的校长,教育工作者的妻子,说起话来,有条不紊,滴水不漏,委婉又犀利,其实就是一个主题:繁星妈你到底是怎么教育女儿的,怎么把女儿教成这样,脚踩两条船狠狠伤了我儿子的心,可怜志远一片痴心竟然落到如此地步,简直是明月照沟渠。

繁星亲妈最开始还有几分不好意思,毕竟那次晚餐是繁星亲爹大闹饭局,还打了亲家的脸,总归是自己这边不对。但她以为这事已经过去,女儿也明明像没事人一样,结果后面越听越不对劲,等听明白来龙去脉,繁星亲妈简直如五雷轰顶。

女儿竟然把自己蒙在鼓里,亏自己还以为她天天在陪志远父母。

繁星妈搁下电话就直接给繁星打了电话。

她劈面第一句就是:"祝繁星你能耐啊!你这是跟谁学的?好的不学你学你亲爹拈花惹草,脚踏两条船,你还是个人吗?"

繁星睡意蒙眬地接电话,一时都蒙了。

繁星妈在电话里骂个痛快,根本不给繁星插嘴解释的机会,到最后撂下一句狠话:"你立刻滚过来跟我当面说清楚,人家志远样样都好,你怎么就跟那些狐狸精一样臭不要脸跟老板不清不楚的,我告诉你,你今天要不来跟我说清楚,我马上跳海自杀,死在三亚,也胜过没脸回去见人!"

繁星放下电话后去洗手间洗脸,看着镜子里自己煞白的脸,她心想为什么亲妈都不相信自己呢?

从小就是这样,考了一百分,欢天喜地拿回家,亲妈瞥一眼,冷冷地说:"抄的吧?"

她委屈地哇哇哭,心想从今后只有每次都考一百分,才能证明自己并不是抄来的成绩。

她一直很努力,考上P大,在小城里如果换成别人家估计早乐疯了,父母倒也难得,联合起来请老师吃饭,谢师宴吗,老师夸她高中三年多么多么努力才能考上P大,繁星妈说:"哪儿啊,自己的丫头自己知道,她就是运气好。"

一直到后来,连繁星自己都觉得自己是运气好,才能考上P大。

那些每天只睡六个钟头,做过比所有同学更多一倍的练习题,在洗手间都背单词的日子,仿佛是另一个人的经历。

繁星稳稳地对着镜子打着粉底,心里对自己说我都已经二十多岁了,独立工作五年,我再也不是那个彷徨无助的小孩,我能面对这一切。

但她下楼后见到舒熠,跟他请假说有点私事要去处理的时候,仍旧是无精打采。

想到要去应付亲妈滔滔不绝的怒斥,没准亲爹还会在旁边火上浇油,她只觉得心力交瘁。

舒熠觉得只过了一晚上,自己这小秘书跟换了个人似的。说得俗点,就像霜打的茄子。简直像前两天他刚从机场高架把她捡回来的时候一样。

舒熠不动声色,说:"你本来就在休假,特意抽出私人时间过来照顾我,我还没有说谢谢,无所谓还要跟我请假。你要用车吗?我让司机送你。"

繁星摇头,她匆匆忙忙绾好的头发,有几缕碎发落下来,就垂在颈旁,一摇头,那碎发就轻轻地摇晃,毛茸茸的,像一只小狗,不,还是像猫,机灵,可有时候又呆呆的。

舒熠问:"有什么要帮忙的地方吗?"

繁星有点怔忡地看着他,舒熠心想这时候就挺呆的,像猫看见窗外的蝴蝶,让人忍不住想帮它打开纱窗。

舒熠说:"我看你满脸愁云,想必是遇上什么难事,有什么可以帮忙的话,尽管说,除去工作关系,我们总算是朋友吧。"

繁星心想你还说呢,罪魁祸首可不就是你。

她很坦诚地说:"没事,就是我妈知道我跟男朋友吵架的事,要把我叫过去教训一顿。我妈那脾气,念叨个没完,也不会听我解释。"

舒熠注意到她的用词,她说的是"跟男朋友吵架"而不是"跟男朋友分手"。

他说:"那吃了早饭再去吧,空着肚子挨骂,太惨了。"

繁星苦笑:"清水湾过去还有点远,我妈现在怒不可遏,我再去得晚,她更要生气了。"

"那就让她气呗,你都成年了,在感情上做出自己的选择非常正常,为什么还要顺从她?"

繁星说:"不是顺从她,就是……"她讲到一半忽然气馁,自己为什么要跟CEO讲这些呢?

"我说了,我们也算朋友对吧,作为朋友,其实我建议你冷一冷她,有时候年纪大的长辈就像小朋友,你越是在她气头上想要去哄她,她越是大哭大闹给你看。等她发现你不关注的时候,她就知道这些手段对你而言是无效的,下次她就不会再这样了。"

舒熠打开冰箱，倒了一杯牛奶，随手放了两片吐司进炉。

"吃了早餐再去，让她也冷静想想，她有没有权利干涉你的感情。我给你煎两个鸡蛋，你要单面双面？流心还是全熟？"

CEO都亲自给自己做早餐了，繁星只好坐下来，这早餐不吃，就是不给老板面子了。

繁星两害相权取其轻，毕竟老板不高兴就事关饭碗，而亲妈，她早就知道亲妈不会给她饭吃，不管亲妈高不高兴。

吃过早餐，繁星问："您中午吃什么，要不我安排酒店送餐？"

她做习惯了秘书，哪怕明知道CEO本人亦能做得一手好菜，她也得安排好他的每顿饭。

舒熠轻描淡写地说："不用，我陪你去见你父母。中午我们就在亚龙湾吃点得了。"

繁星再次五雷轰顶，看着舒熠说不出话来。

舒熠说："公司传统，下属扛不了的雷上司出面，我不觉得你能很好地应付你妈妈。"

繁星张口结舌："可是……"

"别可是了，走吧。"

繁星跟在舒熠身后，一路愁眉不展低头只顾琢磨怎么措辞，好劝阻舒熠不要跟自己一起去，等走到停机坪看到直升机停在那里，繁星还傻乎乎的。

"你不是说赶时间吗？我们开直升机过去。"

舒熠把她拉上直升机，因为太高了，他腿长一跨就上去了，她还在五雷轰顶,所以被老板拽上去了,还没反应过来。

直到戴上耳机,繁星才战战兢兢:"老板你自己开飞机?"

"在美国学会的,放心吧,我有直升机驾照,而且我技术不错的,曾经跟朋友们一块儿穿越过大峡谷。"

舒熠拿起手册核对各项参数,繁星吓得赶紧闭嘴,别打扰老板驾驶,她一点也不想机毁人亡。

一路上她都屏息静气,生怕说一个字让舒熠分心。

结果舒熠还真飞得挺稳的,一路沿着海岸线,碧蓝的海水,银色的沙滩,广阔的大海像是一卷巨大的油画,铺陈在脚下。

螺旋桨的声音吵得繁星心烦意乱,这是第二次搭直升机了,只是两次她都没什么心思看风景。

等到舒熠在地面人员的指挥下,将直升机稳稳地停好,螺旋桨逐渐静止,繁星才找到机会说话。

"舒总,我妈虽然念过大学,但她其实这辈子顺风顺水惯了,我继父对她又好,她在家说一不二的,她说话挺没分寸的,她不会因为您是我老板,就对您客气的,她不是那种能讲道理的人……"

这叫什么事啊,她真怕自己亲妈把自己饭碗砸了。

舒熠说:"挺好的啊,你别告诉她我是你老板,你跟她说我是你新男朋友就行了。"

雷太多,繁星被劈得无话可说。

繁星喃喃说:"老板你别这样啊,我妈真会动手打你的,真的。"

舒熠说:"她打得赢我吗?"

繁星想起老板的拳击教练,不由得又开始担心自己亲妈。

"万一我妈说了什么难听的话,您别跟她计较啊。老板您还是回去吧,您是不是想逛亚龙湾,要不我帮您订个酒店喝下午茶,亚龙湾沙滩好,要不下午您到海边游泳去?我自己见我妈去就行了,真的!"

繁星简直要声泪俱下,苦苦哀求了。

舒熠说:"你放心,看在你昨天半夜还送我去医院的分上,我能帮你搞定的。"

繁星心想这哪儿跟哪儿啊,送你去医院第一是职责,第二就是因为枇果是我买的我削好了给你吃的嘛,我也怕你过敏严重了人命关天啊。

繁星认为,老板是因为失恋了魔怔了,失恋这种事吧,就像快刀子捅人,刚捅进去都不觉得痛,事后反应过来才痛不欲生。一定是这样,老板失恋好几天了,现在终于有了失恋综合征,都愿意扮演居委会大妈,要去调解母女矛盾了。

繁星知道今天会很麻烦,但万万没想到亲妈竟然摆出了三堂会审的阵仗。

繁星妈其实本来只是打算把繁星爹叫来,两个人一起好好教训一下女儿,当然了,主旨是要骂女儿,像谁不好,像你亲爹,真是老祝家的孬种。

这种话,当然得老祝也在一旁亲耳听着才有意义。

谁知道龚阿姨不放心老伴,她怕老祝镇不住场子,又被繁星亲妈欺负，繁星妈多厉害的女人啊，没事都敢打电话把自己骂个狗血淋头，老祝那么老实，被前妻生吞活剥都不够，所以龚阿姨坚定坚决地带着小孙子，陪老祝一起到繁星妈住的酒店来。龚阿姨振振有词："她要敢打你我还能在旁边拦着点，拦不住我还能报警，我要是不在，你被她打死了我都不知道。"

老祝是被她收服了的，老婆说一不敢说二，只好带着她和小孙子一块儿来了。

繁星妈下楼一看，竟然连狐狸精都带来了，这是一家子齐心要来对付我了，立刻打电话把老贾也叫下楼。

两边这样摆齐了人马，所以当繁星走进大堂时，就看到气哼哼的亲爹亲妈，一如既往像乌眼鸡似的互相瞪着。

繁星心道不妙，连忙问大堂经理："中餐厅有没有安静点的包厢？"

她怕在大堂闹起来，人来人往的，那岂不难堪。

大堂经理说："抱歉，我们是东南亚风格的餐厅，没有完全隔音的包厢。"

繁星心里一咯噔，还来不及说话，就听舒熠在身后问："那有没有会议室，要一间安静的会议室。不用太大，容纳十几个人的就行。"

繁星万分感激CEO的急智，心想不愧是我P大的天才师兄啊，竟然能想到租用酒店会议室。

会议室当然有的，大过年的，也没谁跑到三亚来开会。

繁星妈万万没想到繁星竟然还带了个男人来，她冷眼打量，摸不清舒熠的路数，所以一言不发。

舒熠倒挺坦然，自顾自拿出信用卡，去商务中心办理租用会议室的手续了。

繁星只觉得自己亲妈眼里嗖嗖地能飞出刀子，简直要在舒熠背影上扎出无数孔来，连忙说："妈，我们去楼上会议室说吧。"

她话音还没落，就听到不远处有人惊喜地说："哎呀！繁星！这么巧！"

繁星回头一看，竟然是老宋。他穿着泳裤披着浴巾，头发上还挂着亮晶晶的水珠，活像刚洗完澡还没吹干的大金毛。

老宋这喜出望外，连忙上前跟她打招呼："你怎么在这儿呢？"

繁星心想怎么又半路杀出个程咬金，还不够乱的吗？

繁星说："我妈妈住这边酒店，所以……您怎么在这儿呢？"

老宋眉开眼笑："我陪我爸妈住这酒店，刚游完泳打算回房间去，结果就看到了你！要不说就是巧呢！这是阿姨吧？繁星，介绍一下啊？"

繁星只好对自己亲妈介绍："妈，这是我们公司宋总。"

老宋赶紧在浴巾上擦擦手，然后伸出手来想握手："阿姨您好！您真年轻！繁星长得跟您真像！"

繁星妈一听说这是公司老总，整个人就炸了。

指着老宋的鼻子就骂："黄鼠狼给鸡拜年！没安好心！你以为你开个公司当老板，就能觊觎我女儿！我们家繁星是清清白白人家的女儿，绝对不给有钱人当二奶！我告诉你！你甭想骗她年轻不懂事！你敢欺负我女儿，我跟你拼了！"

老宋被这劈头盖脸一顿骂都骂晕了,繁星连忙拦在中间:"妈!妈!您误会了!您弄错了!"

老宋更着急:"哎!阿姨!什么二奶啊!我单身啊!我连女朋友都没有啊!"

繁星妈正骂得痛快,一时刹不住,好容易狠狠喘了口气:"你单身?"

老宋像小鸡啄米般点头:"是啊!我本科毕业就出国念博士,在美国待了好几年,我们学校中国女生特别少,想找女朋友也找不着啊!回国后就创业,忙得要死,繁星知道的,我们天天加班,我绝对没有女朋友!"

繁星妈瞟了他一眼:"你美国留学的?"

老宋骄傲地说:"伯克利,阿姨您听说过吗?"

"听过!我还去过呢!"繁星妈忍不住瞟了一眼前夫老祝和龚阿姨,开始夸耀,"去年夏天繁星出的钱,给我们报名的旅行团,让我跟她叔叔去美国西海岸玩,路过伯克利,导游说时间不够了,不进校参观,还说这学校特别好,跟斯坦福一样好!"

老宋赶紧纠正:"阿姨!我们专业排名比斯坦福高!"

繁星妈却问:"你真没女朋友?"

老宋拍着胸脯保证:"真没有!"

繁星妈思索了两秒钟:"那让我考虑考虑!我再跟繁星商量商量……"

老宋喜出望外,繁星却急了:"妈!不是……这……他……"

这叫什么事啊!

正乱着呢，舒熠回来了，老宋一见他，倒有几分意外："舒熠，你怎么在这儿？"

舒熠不动声色，随手拍了拍他的肚子："你住这酒店？赶紧上去穿衣服，看回头着凉了。"

老宋肚子上全是水，站在大堂里被空调吹了这么久，确实也觉得冷，咧嘴一笑："那我先上去穿衣服，阿姨，晚上我请您吃饭！大家一起啊！繁星，我待会儿给你打电话！"

舒熠说："电梯来了，赶紧上楼吧，多不礼貌啊，对女士们露着胸。"

老宋觉得舒熠说得有道理，可不么，繁星那么精细的一个人，还有未来的丈母娘也在呢！看旁边一圈人，或站或坐，有男有女有小孩儿，没准都是繁星的亲戚，自己披着浴巾湿淋淋地站在这儿，可不是太不礼貌了吗。

电梯来了，他就吐了吐舌头，赶紧钻进去了。

舒熠三言两语打发走了老宋，然后问繁星："去会议室？"

繁星觉得亲妈刚才已经阴差阳错冲着老宋嚷嚷过了，一鼓作气再而衰三而竭，估计她战斗力已经释放得差不多，最糟糕的局面都应付过去了，还怕什么呢。

一进会议室，繁星明显放松了许多，会议室是她的主场，她决定把这当成一场特别难搞的协调会，开会时什么场面她没见过，那帮技术宅男熊起来的时候，好几次都让她以为要打群架呢，结果还不是嚷嚷一阵，每个人冲上去画图，写公式，试图说服对方。

但她万万没想到，舒熠真的一上来就对所有人说："大家好，大家都是繁星的长辈，我自我介绍一下，我叫舒熠，繁星的新男朋友。"

繁星妈惊呆了，繁星也惊呆了。最后还是龚阿姨问："你是繁星新男朋友，那……那刚才那个宋总呢？"

舒熠说："哦，老宋他确实是想要追求繁星，这不有我在，他的努力都白费了吗？"

繁星妈终于反应过来："可他是伯克利啊！"

舒熠轻描淡写地说："我普林斯顿，阿姨，普林斯顿也不差啊。"

繁星妈想了想，确实啊，普林斯顿也挺有名的。何况这个呢，还长得比刚才那个宋总更帅呢。

只有繁星默默地在心里吐槽：然而你辍学了，并没有毕业。

舒熠说："老宋人是挺不错，但他睡觉打呼噜，阿姨，繁星睡觉多轻啊，有点动静她就醒了，要是将来的老公睡觉打呼噜，她能睡得好吗？身体是革命的本钱，她要睡不好，身体就不好，从根本上来讲，这就不行嘛。"

繁星妈不知不觉就点点头。

繁星五雷轰顶，心想要是顾欣然在这儿就热闹了，顾欣然一定会扯着她挤眉弄眼："你老板怎么知道老宋睡觉打呼噜啊，他们俩是不是睡过啊？！"

繁星也不知道怎么回事，最后就变成了CEO与所有人相谈甚欢，繁星妈跟CEO大谈美国风景，相见恨晚的繁星妈听取建议决定明年一定要自驾美西。繁星爸跟CEO讨论怎么钓鱼，两个人一直从河鱼应该用什么饵，讨论到怎么去阿拉斯加钓鲑鱼。CEO连龚阿姨和贾叔叔都照顾到了，连那么不善言辞的贾叔叔都跟他津津有味地讲怎么做好吃的辣子鸡。最神奇的是婴儿车的小宝宝睡醒了，还没等龚阿姨叫着心肝宝贝抱起来，先望着CEO咯叽一笑，咧歪了嘴。

真是皆大欢喜，除了繁星。

繁星妈握着舒熠的手，说："繁星我就交给你了，她脾气不好从小被宠坏了，你要多担待些……"

繁星爸站在一边连连点头。

繁星大急："不……妈……那个……"

舒熠不动声色拖住她的手，说："谢谢阿姨！"

繁星爸则说："晚上一起吃饭，我们好好喝两杯！"

繁星赶紧阻拦："不，爸，那个……晚上我……我还有事！老板找我有事！"

繁星求救似的望着舒熠，舒熠若无其事点点头："对，晚上繁星的老板要跟她开会。"

繁星妈说："大过年的，还开会？"

繁星只好继续撒谎："我们公司那不是在美国上市吗？美国人不过春节的。"

繁星妈接受了这个解释，却不由得抱怨："你们老板也太不像话了，他自己工作狂，还拉着你大过年的加班！怪不得找不到女朋友！活该他单身！"

繁星明知道她对号入座以为老宋是老板，但当着舒熠只好假装没听见，说："妈，我该回去了！一会儿老板要找我了。"

舒熠还在那里客客气气地跟大家道别，繁星妈瞅机会把繁星拖到一边，叮嘱她："这个小舒比志远长得帅，人也比志远好相处，好好把握！"

繁星哭笑不得："妈，不是，这个……我其实跟他……"

繁星妈神秘地一笑："其实你还没有想好对不对？妈什么都看出来了！"

繁星挫败地想，回头真得和CEO好好聊聊，他这么不按常理出牌，这局面自己该怎么收拾啊。

繁星妈说："别装啦女儿，人家都知道你睡觉轻了，你这么传统的人，不喜欢怎么会跟他……女人，身体是最诚实的！"

直到上了直升机，繁星还在五雷轰顶中，被亲妈雷得外焦里嫩，实在是无言以对。

飞机飞到一半，碧蓝的大海就像一匹无边无际的绸子，铺陈在视野的尽头。繁星想到这几天发生的各种事情，没料到父母愈加误会重重，搅局容易，收场难。舒熠又是老板，技术宅男不通人情世故，哪里知道她那里一地鸡毛。

繁星深深叹了口气，心里还在琢磨待会儿怎么跟老板谈这件事。

忽然耳机里传来舒熠的声音。

"叹什么气？"

繁星只好言不由衷地说："夕阳真美。"

正是傍晚时分，西斜的太阳照在海面上，波光粼粼，万点碎金。

舒熠忽然说："带你看样东西。"

繁星有点蒙，直升机已经掉转方向，朝着茫茫大海飞去。

也不知飞了多久，直升机做出了一个盘旋动作，当再次掉转方向的时候，舒熠指向斜前方。

"你看！"

万道霞光正照耀着远处的海岸线，狭长的沙滩被镀上一层浅浅的玫瑰粉色，海岸不远处有一座岛屿，夕阳拉长了岛屿的阴影，两道蜿蜒的海岸线交汇着尖岬，因为角度和光线的原因，那倒影变成了巨大的心形，泛着粼粼的粉色波光，在漫天晚霞的映衬下，变幻莫测。

繁星震惊得说不出话来。

飞机悬停在空中，螺旋桨呼啦啦响着，太阳很快地落下去，那颗心变得越来越瘦，越来越尖，越来越长，最终汇成了一道长长的流光，夕阳有一半沉入了海中，那些波光流动着，散开去，渐渐变成了细碎的金色光点，跳跃在浪尖。刚刚那一幕好似梦境一般，再也不见。

直升机重新掉转方向，回到正确的航路。

舒熠说："只有几分钟能看见，这是我偶然发现的。"

一直到下飞机，繁星都没有再说话。

吃过晚餐，繁星纠结了半晌，最终走到舒熠那边去敲门。

"请进。"

舒熠正坐在露台上，笔记本电脑放在藤几上，旁边还放着一杯咖啡，不知道是在回邮件还是在看图纸，看她进来，就阖上笔记本。

繁星纠结地开口："我们谈一谈吧。"

舒熠很放松的样子："好啊。"他问，"你要喝什么吗？咖啡？茶？"

繁星其实很想来杯威士忌，酒壮怂人胆嘛，但她摇了摇头，坐下来，很真诚地说："舒先生，谢谢您今天帮我解围，可是这个方法对我而言，其实有很大的困扰……"

舒熠摆出一副我正在认真听你继续的模样，繁星却纠结着不知怎么往下说。

"您这么做，我不知道是出于……"

繁星一句话还没说完，手机突然响起来，一看号码是老宋，顿时觉得尴尬，只好说："不好意思舒总，我先接个电话。"

老宋的声音在电话里也是兴高采烈的："繁星，不是说好晚上一块儿吃饭吗？阿姨住哪个房间？要不要我上楼接你们？"

繁星冷汗都下来了，支吾着说："我在舒总这边，晚上我开会呢。"

老宋纳闷："开会？开什么会？舒熠找你开会干什么？他要开会也应该找我啊！"

繁星说："宋总，还要开会，我先挂了啊！"

繁星狠狠地挂断电话，舒熠坐在躺椅上，很逍遥的模样："这就是原因。"

繁星张口结舌。

舒熠说："老宋要追你，这就是我多管闲事的原因。你是个很优秀的女孩子，也是个很好的秘书，老宋要是跟你谈恋爱结婚，最后你一定会辞职的。从自私的立场来讲，我实在是不愿意失去像你这样的秘书。而且，你跟老宋真的不合适，你们俩都是挺好的人，走到一块儿要是分手，就会有人受伤，我不愿意看到这种事发生。"

繁星想了想，这似乎勉强解释得通。

繁星赶紧向老板表态："就算结婚我也不会做全职太太，我还是要工作的。"

开什么玩笑，养活自己是她最基本的目标，她这么严重缺乏安全感的人，实在没办法想象自己不工作，靠别人养活。

舒熠看了她一眼："你还是有考虑老宋？"

繁星连忙说："没有没有，真没有，我不喜欢他那样的。"

舒熠端起咖啡呷了一口，问："那你喜欢哪样的？"

繁星一时答不上来，只好胡乱搪塞："其实，我也不知道……"她想了想，又补上一句，"以前，我认为自己喜欢我前男友那样的，大学同学，知根知底，人也挺纯粹。现在……"

她叹了口气。

人长大了，可不就复杂了。

或者说，离开学校那个单纯的环境，可不就变了。

她和志远还是模范情侣呢，这几年每年同学聚会，都有人问他们俩啥时候结婚。她也曾经很笃定地想，这辈子就是这个人了。

可是没想到只是瞬间，就变成这样。

舒熠伏在栏杆上，似乎出神地看着不远处墨黑翻滚的海浪。

"繁星，你别误会，我其实是想帮你。"他并没有回头，看着大海，慢慢说，"我在美国的时候，有一阵子好穷好穷，穷得连饭都吃不起。有个女孩子，很善良，每天都给我买午餐，悄悄地放在我桌上。其他人看到了，就起哄说她一定是暗恋我。她落落大方地说'是呀，只不过我不是暗恋，我是明恋啊，我就是喜欢他，又怎么样？'"

他说："那时候我也是这样以为的，所以虽然困难重重，虽然好像是在绝境一样，可是从来没有失去过希望。因为有人这样光明磊落地大声说，我就是喜欢他，又怎样？"

他注视着星光下翻卷的海浪："有人爱，是这世界上最强大的资本。赤手空拳的时候，也不会怕。"

繁星过了好久，才问："那……"

舒熠仍旧没有回头，但他笑了一笑："过了好久好久我才知道，她其实并不爱我，只是觉得那时候应该这样说，因为那时候我又骄傲又敏感又脆弱，她只有这样说，才有立场来帮助我，而我也不会觉得受之有愧。"

繁星长长地出了口气。

繁星说："她真是一个好人。"

"是啊。"舒熠终于转身，靠在栏杆上，"所以今天我帮你，希望你不要觉得尴尬，你跟我讲了那么多事，其实我就觉得，他们都不够爱你。比如你的前男友，他足够爱你的话，这些鸡毛蒜皮的事根本不会成为你们分手的理由。还有……"

舒熠轻轻地说："在父母面前，如果有一个人足够爱你，你也会有更多尊严。"

繁星忍不住热泪盈眶。

因为这份感激,还没等新年上班,繁星就下单了全新的咖啡机,还预定了新的咖啡豆,虽然舒熠大年初五就飞往美国出差去了。繁星在三亚机场送走父母,也直接飞回了北京。

假期犹未结束的北京,还有节日式的空旷,地铁里空空落落,环线上车辆稀疏,交通便利,到哪儿去都方便,整个城市都仿佛冬眠还没睡醒。

繁星在租来的屋子里大扫除,她本来跟一个朋友合租,但去年下半年的时候,那个朋友搬出去跟男朋友住了,繁星算了算房租,觉得自己能负担得起,她爱清静惯了,怕再找室友相处不来,也就一个人奢侈地住起了两居。

空出来的那间房也朝南,繁星在屋子里铺上了厚厚的地毯,天气晴朗的时候就坐在窗台前看书,或者跟着网上教练课做瑜伽。长年累月地坐在办公室,肩颈总有点不适。

晚上的时候,一个人抱着零食看鬼片。

顾欣然偶尔来探望她,总是羡慕:"你这狗窝真舒服,哪天我要是流落街头了,你一定要收留我啊!"

繁星满口答应。

顾欣然是繁星的高中同班同学,她成绩一贯比繁星还要好,高考的时候却发挥失利,去了传媒大学,因为同在北京,所以大学四年放假总跟繁星一块儿结伴回家,两人自然而然成了好朋友。毕业后顾欣然进了新媒体工作,每天三更睡五更起,辛苦得不得了,但乐在其中,因为她从小就热爱祖国的八卦事业。

顾欣然把年假攒到接着春节假一块儿休,所以去了巴厘岛,还没回来。

繁星觉得挺好的,她一个人花了两天时间,把屋子里里外外收拾得清清爽爽,还趁着人少去花市,买了两盆绿植,将室内点缀得春意盎然。

毕竟新的一年又开始了。

第二篇

初绽

虽然舒熠出差了,繁星还是在新年的第一个工作日准时到了公司。

只不过没料到工位上横躺着巨大一束玫瑰花,真的是巨大,估计总有九十九朵之多,饶是技术宅男云集的公司特别不八卦,繁星走进公司的瞬间也备受瞩目。

繁星在看到花束的两秒钟脑子像断线了一样,马上反应过来,因为卡片就搁在花束上,繁星还以为是志远买花道歉,结果打开来看到熟悉的字迹。

"新年快乐,繁星。"这句话旁边还画个了笑脸。

虽然没有落款,繁星还是认出了这是谁的字迹。

开玩笑,身为秘书,能认不出这是公司宋总的笔迹吗?

繁星很烦恼,这么多花,不知道怎么处理才好。她想了想,把花束打开,插了一束在花瓶里,然后走进舒熠办公室,将他茶几上的花瓶也插上一束,余下还有好多,就分给了同事们。

整层办公室都浮在玫瑰氤氲的香气里,新年第一天,大家心情都不错。每个人都笑嘻嘻地对繁星说:"繁星,你男朋友真宠你。"

繁星只好笑而不语。

到中午时分,老宋竟然晃晃悠悠就踱过来了,繁星一看到他就紧张,三亚还好,毕竟是度假,没熟人,这里可是公司。

她热爱工作,一点也不想跟上司闹绯闻。

结果老宋一本正经跟她讨论了一会儿舒熠的行程安排,说要约舒熠的时间开会,讲的全是正经的公事。

繁星刚刚松了口气,结果老宋左顾右盼一下,飞快地从身后将某样东西搁在了她的桌上。

"我妈做的,趁热吃!"

还没等繁星反应过来,老宋已经飞快地消失在走廊尽头。

繁星打开饭盒,原来是腊味饭,腊排骨、腊肉、腊肠,蒸得油光锃亮,香气喷鼻,腊肉仿佛半透明的琥珀一般,肉汁一直沁到饭里,旁边还码着几条齐整整的菜心,绿油油的。

繁星觉得问题严重了,太严重了。

午休时间她都没敢在公司多待,跑到楼下咖啡厅里坐了半天,只是发愁。

繁星决定打个电话给顾欣然,顾欣然正在巴厘岛的小店里买贝壳工艺品,听她纠结地讲完,顾欣然完全没当回事。

"这有什么啊,不就是你们公司一高管想要追求你,你把你那个冰雪美人的劲儿拿出来,不怕冻不死他!"

"我哪儿冰雪美人了,"繁星说,"而且这中间有误会。"

"能有什么误会啊,你不是跟志远吵架分手了吗?除非你还喜志远，这才是问题。"

繁星愣住了。

顾欣然说："你好好想想清楚，要是喜欢志远，那就去解释，努力把他给追回来；要是不喜欢志远了，我看这老宋也挺好的，你不如试一下跟他发展发展？"

繁星说："这不太好吧，毕竟是我们公司高管。"

顾欣然不以为然："有什么不好的，男未婚女未嫁，你单身他也单身，来来来，告诉我，那个宋总是不是长得不帅？"

繁星认真考虑了两秒："浓眉大眼的，也不是不帅……"

"要想这么久，那就是不帅了！"顾欣然豪气地说，"真正的那种帅，是他一追你你马上就答应！都不带犹豫的！"

繁星嗫嚅着终于说了实话："我总觉得宋总像是个弟弟，虽然他年纪比我大，但是，其实……我说不上来，他就像是熟人亲戚什么的，人倒是蛮好的，就是完全不能想象他真的在追求我。"

"你啊，就是让志远给坑了。他倒好，先下手为强，大学里就把你追到手了，你都没建立起正常的对男人的审美。你这是还没适应单身身份，听我的，多谈两场恋爱，多遇几朵桃花，你就知道你真喜欢哪样的男人了。"

繁星一点也不想谈恋爱了，谈一场就伤筋动骨的，再说了，志远还是大学同学呢，知根知底的，结果现在，两败俱伤。跟别人谈恋爱又怎么样，最后总不能永远谈下去，一旦谈婚论嫁，她就得面对自己家那一地鸡毛。

顾欣然得出结论:"你这是没有安全感,所以对婚姻没有信心,连带你对谈恋爱这事都没信心了。你还需要治愈,得找个真正爱你的人,你就能痊愈了。"

国际长途太贵,繁星到底没好意思多讲,草草挂断电话。

其实顾欣然说得对,她还是没有安全感,哪怕心里有了计划,也得求助于旁人,这不,她就非得给顾欣然打个电话才能真正地下决心。

繁星想了想,打开手机,编写了一条长长的短信,最终又逐字删掉,简化到最后,就变成了:"我们谈一谈吧。"

志远久久没有回复短信,也不知道是因为忙,还是因为不想回。

午休时间已经过了,繁星垂头丧气,走回公司去。

刚刚进门,忽然听到有人叫她名字。

她抬头一看,竟然是CEO。

她张口结舌,下意识问:"您怎么回来了?"

舒熠说:"事办得比较顺,就提前回来了。"

繁星这才觉得自己刚才问得不妥,哪能这样质问老板,好像他不该回来似的。不过舒熠似乎也没注意,只是说:"腊味饭挺不错的,我用微波炉转了一下还挺好吃的,是你自己做的吧?"

繁星刚才被老宋一吓,把饭盒直接藏舒熠办公室冰箱里了,想整个公司除了她,万万不会有人敢去翻老板的冰箱,等风平浪静她再找机会把饭盒还给宋总好了。

谁知道舒熠提前回来了,还把腊味饭给直接吃了。

她只好支吾了一下。

舒熠说:"花也挺不错的,不过我不喜欢红玫瑰,下次别订了,弄得办公室里香喷喷的,客户来看到不好。"

繁星冷汗都出来了。

舒熠说:"我回家洗个澡,倒一倒时差。你通知所有副总,明天上午开个会。"

舒熠自顾自转身走了,繁星赶紧轻手轻脚进老板办公室,果然,舒熠把腊味饭吃得干干净净,连颗米都没剩。繁星把饭盒拿出来,去茶水间洗好晾上,然后又把老板办公室花瓶里那束红玫瑰抽出来,硬是一枝枝塞进自己桌上的花瓶里,再打电话给平时相熟的花商,让他十万火急,送一束别的花来。

等她忙乎完这些,再给所有副总的秘书发邮件,通知明天会议的事情。有的副总排不开时间,还得协调,几个电话打下来,大半天就过去了。

舒熠回家倒时差去了,她不用照顾下午茶,但明天开会还有些准备工作,新咖啡机送货来了,还有新的咖啡豆,繁星正签收的时候,听见手机"嘀"地一响,是新短信的提醒。

繁星忙完了才看手机,是志远发来的,他回复:"今天晚上见个面?"

繁星想了想才发了两个字:"好啊。"

语气似乎很轻松,只有她自己知道,其实是沉甸甸的。

临近下班时分,繁星趁人不备,悄悄走到宋决铭的办公室,左顾右盼了一下,这才小心地敲门。

"请进！"

宋决铭的办公室里面，跟舒熠的办公室完全是两种风格，堆满了各种东西，偌大的桌子上铺着各种图纸和报表，简直连放杯子的地方都没有。果然，繁星发现茶杯竟然放在窗台上。她知道老宋不让秘书收拾屋子，怕收拾后他自己反倒找不到东西，但乱成这样，繁星只好目不斜视视若无睹。

老宋一看是她，不由得眉开眼笑。

繁星赶紧把饭盒从包里掏出来，见桌子上铺得连针都插不进去，只好小心地将饭盒搁在窗台茶杯边，说："宋总，我是过来还您饭盒的。"

老宋问："要不晚上一块儿吃饭吧，在三亚就说吃饭，你一直忙没吃成。"

繁星说："我晚上约了人。"

老宋不假思索地说："那我开车送你！"

繁星赶紧说："不用不用，我去的那个地方特别堵车，我打算搭地铁。"

老宋问："那我陪你坐地铁！哎，你不知道，当年我们租的那个房子特别便宜，特别破特别旧，可是有一点好，离地铁站特别近。而且那时候地铁便宜啊，两块钱随便坐！我每次写不出来论文，或者实验有个什么问题想不通了，就刷卡去坐地铁，就在地铁里面一趟一趟地坐。那时候地铁人也少，经常整个车厢就几个人，空荡荡的。特别有用！在地铁里绕十个八个圈子，什么都想通了！所以一直到现在，我都特别喜欢坐地铁。"

繁星只好微笑着说:"我是要去搭晚高峰的地铁,可拥挤了。"

"所以我才要陪你去,不然你被人挤到了怎么办?"

话说到这地步,繁星觉得不能不解释清楚了。

"宋总,其实我现在一点也不想谈恋爱,所以……"

"明白明白!"老宋将头点得像小鸡啄米,"我完全明白你的意思,但是呢,繁星,这不影响我陪你坐地铁吧?这是护送,是绅士风度!你看你有时候出差,舒熠还会帮你拎箱子对吧?你一个人去挤地铁,我于心不忍。"

技术宅男轴起来,简直不可理喻。

繁星说:"您挺忙的,真不用陪我。我不坐地铁了,我叫个车过去。"

老宋说:"那还是我开车送你吧,你就当我是专车司机。"

话都说到这份上了,繁星急中生智:"宋总,真不用了,我想起来正好有个文件送去给舒总,顺路,我让司机送我就行了。那地方离舒总家很近,地铁就一站路,我走过去都行。"

老宋有点犹豫:"你真给舒熠送文件?"

繁星诚恳地点头。

老宋有点蔫蔫的,终于说:"那好吧。"

繁星倒也没撒谎,有个文件要舒熠签字,而且催得很急,但她回复对方得等舒总从美国回来后,对方也答应了。没想到舒熠提前回来了,繁星决定还是拿去给他,也不算假公济私。

舒熠住的地方离公司不远，平时开车也就十几分钟，但晚高峰堵车厉害，走走停停半小时才到。繁星来过几次CEO家里，都是跑腿送文件或者别的公事，知道他一个人住，特别清静。

这小区管理很严格，访客在大门外登记并按门铃。

结果按门铃久久没有人应，舒熠不在家，繁星看着文件水印一溜儿的绝密字样，于是重新锁进自己的公文包。心想白跑一趟，还是明天办公室找他签吧。她让司机下班回家，自己迈开腿，直接走去一站路外见志远。

每次餐厅都是繁星订的，这次也不例外，她特意挑了个略贵的地方，一来是安静，方便说话，二来是觉得哪怕要分手呢，这不好聚好散，得谈清楚了。

志远比她到得早，她略带歉意。

"抱歉，临时有工作，所以迟到了。"

志远倒比从前客气，很有风度地说："没关系，我也刚到。"

两个人拿起餐牌细看，志远问："你想吃什么？"

繁星其实并无食欲，而且志远向来不在这上头用心，认识都这么久了，也不知道她喜欢吃什么。

繁星随便点了牛排，志远也草草点了些东西，侍者退走，两人反倒无言以对。

繁星想想还是先开口："对不起，三亚的事情，我很抱歉。"

志远说："没什么，我也处理得很不冷静。"

繁星说："叔叔阿姨那里，麻烦你再帮我道歉，我爸爸喝了酒就变成另外一个人,实在是不好意思……"

志远说没事。

短暂的沉默。

菜来了,先是前菜,一点点沙拉,放着小小一片鱼,繁星用叉子拆着那片鱼,一缕一缕,好像思绪一般,是断的、乱的。

志远也只是沉默地喝汤,两个人的餐具都极少发出声音,繁星越发觉得这儿安静得可怕。

繁星决定鼓起勇气开口,正在这时候,门口突然有人走进来,志远抬眼看到,连忙放下刀叉站起来打招呼。

"师姐!"

繁星一扭头,只看到一个非常漂亮的女子,穿着白色的裙子,挽着大衣,大波浪卷发,眉眼精致得像洋娃娃。未语先笑,露出深深的酒窝:"咦,志远,这么巧。"

志远向她介绍:"这是繁星,也是我们P大的,这是唐师姐,比我们高几届,管院的传奇。"

唐师姐只是眯眯笑,伸手与繁星握手:"繁星,很高兴认识你,我是唐郁恬。"

繁星听到一个唐字,已经明白她是谁。

唐郁恬确实是管院的传奇,繁星入学晚了几年,没有见识过这位师姐的风采,据说迷倒大半个管院,是好多男生心目中的女神。人长得漂亮不说,天资聪颖,备受老师宠爱,更要命的是,她还是某著名上市集团董事长的独生女。

据说隔壁T大某个专业的学生,三分之一会保研,三分之一出国,三分之一毕业后会直接进入她父亲的公司工作。

话说得当然是夸张,但TP两校相爱相杀多年,作为理工专业,T大要在这一科目上甩P大何止十条大街,然而那几年里,只要涉及这个专业,P大只需要提到管院的唐郁恬,竟然就足以让T大无言以对了。

虽然是阿Q式的胜利,但唐师姐的江湖地位,可见一斑。

志远说:"半年前我们公司有项目与师姐的公司合作,所以就认识了。"

唐郁恬说:"是啊,说起来才发现是管院的师弟,我们管院真是出人才,有这么优秀的师弟。"

志远被她一夸,竟然有几分不好意思,脸都红了,说:"师姐说哪里话。"

繁星从来没见过志远这样子,在女神师姐面前,他温柔得简直像小绵羊。那首歌怎么唱的?在那遥远的地方,有位好姑娘,她那粉红的笑脸,好像红太阳,她那美丽动人的眼睛,好像晚上明媚的月亮。我愿做一只小羊,跟在她身旁。我愿每天她拿着皮鞭,不断轻轻打在我身上。

现在别说拿鞭子,就算拿机枪扫射,也不能阻止志远眼中那脉脉的光芒。

繁星一颗心不断地冷下去,冷下去,在这一刻她终于明白过来,其实志远是真的不爱她吧,如果真正爱一个人,他的眼中会有光,就像现在这样。

唐郁恬问:"是不是打扰你们约会?"

"没有没有,"志远赶紧解释,"繁星只是我同学。"

繁星听到自己干涩的声音,重复这句话:"对,我跟他只是同学。"

她都不敢低头,怕一低头眼泪就会掉下来,餐厅里的水晶灯,原本不怎么刺眼,但那被反射交织的光线,也让她视线模糊。

繁星想,我得找借口立刻走开,不然当场哭起来算怎么回事?

身后有人沉声叫了声:"繁星。"

繁星扭头一看,竟然是舒熠。

没等繁星多想,舒熠已经大踏步走过来,突然握住繁星的手。

繁星错愕,只觉得他的手指冰凉,或许因为刚从室外进来。

他说:"介绍一下,繁星,我女朋友。唐郁恬,我大学同学。"

唐郁恬说:"我跟他同一届,不同专业,而且没一年他就跑掉了,真不按常理出牌,后来美国再遇见,他就又去了普林斯顿。"

志远一开始有点措手不及的错愕,看着舒熠紧紧握着繁星的手,渐渐这错愕变成了愤怒,但他并没有说话,只是抿紧了嘴唇,推了推眼镜。

唐郁恬说:"我介绍一下,舒熠,我们P大的另一个传奇,这是志远,管院的师弟。"

舒熠连眼皮都没抬,只是冷漠地说了声你好。

繁星则还是精神恍惚,不知道为什么老板一开口,就介绍自己是他女朋友。

舒熠却掉转脸问繁星:"你跟朋友来这儿吃牛排?"

不等繁星回答，舒熠又说："别吃了，回家我给你做。"

舒熠捏得太紧，繁星手指微痛，志远突然笑了笑，仿佛自嘲，说："挺好的，幸会，舒师兄。"

舒熠眼睛微眯，说："不用叫我师兄，我在P大念了半年就辍学了，当不起师兄两个字。"

志远没再吭声，但繁星知道他很愤怒，他愤怒时脖子里有根青筋会一直跳动，但繁星很难过，一刻也不想在这里待。

舒熠说："抱歉，我们先走一步。郁恬，下次我们再约。"

走出来一直到车库，舒熠都紧紧攥着她的手。一直走到车边，繁星的眼泪才落下来。

舒熠开车很快，本来这里离他家就很近，繁星刚刚重新控制好情绪，舒熠已经将车开到小区地库，这里有电梯直接上楼。

繁星借用了老板家里的洗手间，好好把哭过的痕迹重新补上粉。这是最后一次为了这段感情困扰了，她下定决心。昨日种种譬如昨日死，新的一年都开始了，她一定要重新开始新的人生。

她没有忘记正经事，走回客厅就打开公文包，把文件拿出来给舒熠签字。

舒熠专心致志站在料理台前处理牛排，说："稍等。"

等把牛排腌制好，他才走过来给文件签名。

文件很长，他一页页细看，繁星怕光线不够特意打开了落地灯，他一个人坐在沙发里，在落地灯金黄的光线晕照下，剪影显得格外孤独。

繁星心想这屋子还是太大了啊，一个人住五百多平，大理石地面上虽然铺了厚厚的地毯,但仍旧要多冷清就多冷清。尤其冬天里,她这么喜欢清静的人,都觉得这屋子空旷得可怕。

虽然舒熠做的牛排很好吃,但明显他和繁星两个人都有点心不在焉,所以这顿晚餐也吃得食不知味。

最后繁星站起来收拾餐具,舒熠才说:"抱歉。"

繁星怔了怔。

舒熠说:"本来下定决心约了她吃饭,从此后做一个普通朋友,结果走进餐厅一看到她,又觉得那顿饭实在吃不下去,只好拿你当挡箭牌,希望没有让你觉得困扰。"

繁星要想一想,才明白他说的这话是什么意思,她愣了几秒,脱口说:"糟了,您的大粉钻还在我包里呢,我怕丢了特意藏在包包最里面一层的夹层里,结果回北京就换了包,一直都忘了还您。"

舒熠愣了一下,说:"没关系,哪天上班你顺便带给我好了。"

繁星忐忑不安:"很贵的吧,真怕弄丢了。"

在三亚的时候每天都有事,她心里又乱,一忙就把藏起来的戒指给忘记了。真要丢了可怎么办,把她卖了也未见得够赔。

舒熠说:"跟感情比,什么都便宜。"

这句话,又黯淡又怅然,大约只有经历过的人才明白。

舒熠打开酒柜,挑了瓶红酒:"要不要喝一杯?"

繁星点点头,失恋这种事呢就是一阵一阵的,你以为没事了,可不知道哪天它又突然冒出来,像颗柠檬一样,堵在心口里发酸。

有时候还真扛不住,想要喝点什么,来压住那酸涩。

舒熠收集了一堆蓝光碟，两个人坐在地毯上看电影，就着薯片喝红酒。

繁星本来不怎么能喝红酒，觉得就一股单宁味，但片子好看，不知不觉就喝下几杯，觉得这酒还不错。

舒熠说："法国有些酒庄可以住宿，每天什么事情都不做，就住在酒庄里，看他们把橡木桶里的酒装瓶，然后可以从早上开始喝，配着各种各样的面包和奶酪，一直喝到下午，每个人都微醺。去葡萄园散步，一直走啊走啊，黄昏了，起雾了，雾一直飘在葡萄园里，葡萄架都看不清楚了，走到另外一个酒庄，接着喝。"

繁星问："住在那些几百年的城堡酒庄里，会不会闹鬼？"

舒熠问："你怕不怕鬼？"

繁星："不怕啊，又没有做过亏心事，如果真有鬼，我还想跟它好好聊聊呢。再说，我最大的爱好，就是晚上一个人看鬼片。"

"你敢一个人看鬼片？"

"敢啊，怎么不敢。我小时候胆子可小了，我爸跟我妈一吵架就不回家，我妈也不回家，家里就我一个人，天一黑我就怕得要死，后来我外婆跟我说，你越怕什么，你就要直接面对它，这样就不怕了。所以我干脆就把屋子里所有的灯都关上，屋子里黑咕隆咚，我就站在床上，看会不会有鬼冒出来。"

舒熠崇敬地举杯："敬大胆！"

繁星大方地与他碰杯。

喝到兴起，薯片没了，繁星说："要不我做个沙拉下酒？"

舒熠说:"我想吃面,荷包蛋,放一点点蔬菜叶子。"

繁星觉得这个简单,结果打开冰箱傻眼了,除了冻得结结实实的牛排,还有空荡荡的冷藏室里摆着几根半蔫的芦笋,什么都没有。

竟然连鸡蛋都没有。

繁星忍不住吐槽:"老板你靠什么活着啊,你冰箱这么空。"

舒熠说:"我订了有机蔬菜,送什么吃什么,这不是过年放假,我又出差,他们就没配送。"

繁星说:"没有面条,没有鸡蛋,没有蔬菜……"而且这都已经晚上十点了,附近超市肯定都关门了。

最后是24小时的物业管家解决了这个问题,送来物业包饺子剩下的一盒韭黄和一盒鸡蛋,外加一盒乌冬面,虽然不是挂面,但聊胜于无。

繁星索性做了韭黄鸡蛋炒乌冬面,舒熠吃得很香,他说:"这个配红酒真赞!"

繁星又陪他喝了一杯酒,这才告辞。

舒熠说:"天太冷,叫到车再下楼。"

结果加了五十块钱小费都叫不到车,附近根本就没有车可以用。两个人都喝了酒,这就尴尬了,刚过完年,代驾都还没有上班,也找不到代驾。

舒熠说:"要不你在我这儿凑合一下,好几个房间,随便你睡哪个,就是都没有床。"

繁星还在纠结要不要走到街头试试能不能打到车,舒熠说:"别试了,大冬天的晚上,这么冷,冻感冒了请病假,我找不到人替你。"

只是舒熠家何止没有床,连枕头和被子都没有多余的。但他也有办法:"你睡沙发,靠垫当枕头。客厅暖和,我给你找一床毯子。"

舒熠拿了梯子去储藏室找毯子,繁星其实又累又乏,接过毯子道谢,草草洗漱,往沙发上一歪,不一会儿就睡着了。

第二天很早繁星就醒了,她看了看时间,匆匆写了个条子贴在冰箱上,悄悄就出门搭早班地铁回家。痛快洗了个热水澡,然后才换衣服上班去。

刚打开门,忽然想起大粉钻,赶紧把那个包包拿过来打开夹层,还好粉钻藏在里面。繁星松了口气,把粉钻放进上班背的包里,带着这么贵重的东西,不放心挤地铁,打了个车去公司。

一进公司,看到好几个同事交头接耳,议论纷纷,一见她都忍不住讪讪,繁星觉得不妙,心想自己工位上不会又有一大束玫瑰花吧?

正在忐忑不安的时候,忽然见到老宋大步流星走过来,说:"繁星,你要坚强!"

繁星莫名其妙:"出什么事了?"

老宋拿起手机给她看新闻。

"中国最年轻的神秘富豪与女友",看到这标题繁星愣了愣,再往下看,正是昨天在店里,舒熠拉着她手离开的一幕。

然后就像明星被狗仔队跟拍一样,新闻里还有舒熠驾车开进小区的照片。狗仔队以无限遗憾的口吻说,因为是顶级的豪宅,安保严格,所以想尽办法仍旧无法进入拍摄,然而直到清晨,才拍到神秘女友离开豪宅。

— 095 —

早上离开舒熠家时，繁星连头发都没梳，对着镜子只用手扒拉了几下长发，就匆匆去搭地铁，怎么想到两个小时后自己的照片会是网站头条。

报道最津津乐道的当然还是舒熠，把公司市值拿出来讲了又讲，还标注在繁星照片上。繁星看着那一串零心想，这跟我有半毛钱关系？

老宋痛心疾首："这是侵犯个人隐私！"

繁星也觉得是，但中间误会大了去了，她说："我昨天就是给舒总送文件，后来太晚了叫不到车，也叫不到代驾，就在他那儿凑合了一下。"

"繁星你放心，我绝对相信你！"老宋拍着胸口保证，"要不我们俩订婚吧，我们俩订婚了，这谣言就破除了！"

繁星差点口吐鲜血，这哪儿跟哪儿啊。

繁星说："身正不怕影子斜，我不怕的。"

老宋离开后，繁星给顾欣然打电话，顾欣然打着呵欠听说了来龙去脉，顿时瞌睡都没了："行啊姐姐，你竟然搞定了舒熠，这么快就要嫁入豪门了？！"

繁星说："嫁什么豪门，你跟那个圈子比较熟，帮我查查，我又不是明星，我们老板也不是明星，怎么就会被人盯上拍呢？"

顾欣然说："要不我给你危机公关一下，不收钱，纯友情！"

"纯友情也不用，你帮我打听一下怎么回事就行。"

顾欣然说："你看你，一点概念都没有，你都快成网红了，你怎么还这么无动于衷。"

"我就觉得这事很蹊跷,你帮我查查,看是怎么回事。"

"好,等我再睡个回笼觉……"

"我都快急死了,你还睡回笼觉!"

"我们媒体人哪有这么早干活的?这么早我打电话回北京,小伙伴们也正在睡觉呢,也打听不出什么。我们都是夜猫子!"

"那为什么这么早就放新闻,刚拍到就立刻放出来。"

"你说得好有道理,真的有点奇怪。你等着啊,我放人出去打听打听!"

繁星挂断电话,进入舒熠的办公室做清洁。这里不用保洁阿姨,都是她负责,因为她最清楚舒熠的习惯,还有办公室里有很多东西会涉及商业机密。

等做完清洁,刚给自己倒了杯咖啡,舒熠来上班了。

繁星心想,不知道老板会怎么看待这个晴天霹雳式绯闻。

结果舒熠的反应比她想的淡定多了,看完那个所谓的新闻报道,还纠正了几个数据错误。然后叫了公关部的同事们进办公室开了个会,就若无其事开展日常工作了。

繁星随即看到一个简短声明,是以公司名义发在网上,强调了公司产品是自主知识产权,有多项国际专利,并且市场份额不是报道中的65%,而是更高。另外轻描淡写地说CEO至今单身且所谓"神秘女伴"是同事,请媒体朋友们不要误解云云。

好在繁星被拍到的照片一张是晚上,餐厅灯光下像素模糊,另一张是早上,因为太冷,她戴着羽绒服的大帽子,还被围巾遮住了一半脸，除了朝夕相处的同事和熟人，估计没人认得出来。繁星想亲爹亲妈都未见得乍一眼能认出新闻上这个女的是自己呢。

公关部使出了全力，等中午吃饭的时候，网上舆论已经成功歪楼到被普及什么是陀螺仪，为什么这个小玩意在手机及无人机汽车导航甚至导弹中起到重要作用。这家新兴科技公司真厉害，看上去简直不明觉厉！

媒体太缺乏资料，于是纳斯达克敲钟集体合照又被翻出来广为传播。

公关经理快要开心死了，公司形象前所未有的光辉高大，公关部闲置多年，这次终于发挥了前所未有的正面力量，不由得激动地跑来跟繁星说："老板中午吃什么？我掏钱给他加个鸡腿！"然后豪气地把一百块拍在了繁星的办公桌上。

繁星心想果然公司上下都是技术宅，公关经理跳槽前明明在门户媒体长袖善舞地干了那么多年，现在也被技术宅们同化成呆子了。

繁星正发愁老板的午饭，舒熠并不挑食，区别就在于订餐合他胃口，他就会吃得多点，订餐不合胃口，他就把主食吃完。虽然从来不多说什么，但当秘书的总觉得被剩下的菜是打脸。

又不能天天问老板你今天吃什么，繁星恨不得跟红楼梦里的老太太学，把天下所有菜谱做成Excel表格存在电脑里，每天调用一样。

她还在翻着订餐网站发愁，CEO突然给她打电话，说："繁星，你进来一下。"

繁星立刻站起来敲门，听到"请进"的声音，才推门走进老板的办公室。

舒熠坐在办公桌后面,不知道为什么表情有点尴尬。

繁星问:"您中午想吃什么?"

"嗯……没事……"舒熠仿佛在斟酌字句,"我下午一点半约了人……"

繁星说:"我马上给您准备午餐。"

大概是怕时间来不及吧,可是CEO的表情还是略尴尬。

舒熠说:"刚刚我没注意……把衣服挂开线了……好像回家换有点来不及……"

舒熠本来有套备用西服放在公司,但年前放假他拿回家了,一直没再拿来。

繁星蒙了两秒钟,问:"挂哪儿了?"

舒熠尴尬地说:"裤子。"

怪不得老板这副模样,这哪能下楼再上车一路回家,不说别的,光公司走廊就有多少个摄像头啊!

繁星淡定地说:"没事,我那儿有针线包,给您先缝一缝。"

舒熠说:"你赶紧去商场给我买一条。"

繁星想想还是提醒老板一句:"我先帮您缝好吧。"

待会儿万一进来个人,老板是站起来好呢,还是稳如泰山地坐着好呢?这破绽,简直一秒也不能耽搁啊,必须亡羊补牢。

舒熠很快悟过来。

繁星说:"我回工位拿针钱包。"

等她回来,老板已经不见了,沙发上放着裤子,繁星也不管老板藏在洗手间是否难受,拿起裤子就缝。

还好她小时候扣子都是自己钉,衣服拉链坏了父母不给钱,也是她自己琢磨着换,所以拿起针来,缝得又快又密,几分钟就缝好了,对着办公室雪亮的顶灯看看,似乎线也缝得挺直的,总之穿上应该看不出来了。

繁星拿着裤子走到洗手间边敲了敲门:"舒总?"

舒熠大概这辈子还没这么窘过,所以隔着门嗡嗡地问:"缝好了?"

繁星说:"好了……"

正在此时,门外突然有人嚷嚷:"舒熠!舒熠!"正是老宋的声音。

繁星为了避嫌,进老板办公室从来都是虚掩门,今天也只是随手带了一下,还留了一条门缝,所以"砰"一声,眼看老宋就要推门进来。

繁星心想真糟糕自己手里拿着舒熠的裤子,外面绯闻还没完公司同事真不知道会怎么反应,这不谣言四起自己跳进黄河也洗不清了吗?她脑中电光石火还没想到办法解释应对,说时迟那时快,舒熠突然伸手把她拽进了洗手间。

洗手间没开灯,黑乎乎其实啥也看不见,但繁星还是本能地想要尖叫,舒熠一把按住她的嘴。

繁星惊魂未定,只听老宋在外面嚷嚷:"舒熠,你干什么呢!舒熠!咦!人呢……"

老宋大约在办公室里转悠,舒熠不出声,繁星只听见自己心怦怦跳。旁边大理石墙壁贴在她胳膊上,隔着衣服也觉得凉,她努力站直了不要碰到CEO,可舒熠手还捂着她的嘴,他的呼吸就喷在她头顶,吹得她头顶心的头发微微拂动。繁星战战兢兢,觉得自己像掉进了猛兽笼,背后就有只黑豹,锐利,凶猛,警惕,尖利的爪子掳着猎物,一触即发。

幸好老宋转了一圈没看到人,走了。

听到他脚步声和关门声,背后那只黑豹终于松懈下来,放开它的爪子,繁星努力直视着洗手间的大门,说:"给您……"

舒熠从她手上接过了裤子。

繁星说:"那我先出去了。"

繁星目不斜视走出了洗手间,头也没回反手关好了门,心里琢磨自己是不是要写辞职报告了,不然以后老板想到这洗手间最窘的一刻,还不分分钟想把她掐死?

还没等她想好呢,舒熠已经走出洗手间了,他已经整理好了衣物,变回衣冠楚楚的模样,跟平时一般温文尔雅,问:"中午你吃什么?"

"啊?"繁星支吾着,还没彻底从刚才的突发事件中回归清醒。

"你帮我补衣服,我请你吃饭。"

繁星心想还是暂时不要辞职了,老板看起来已经打算迅速忘记这件事了。公司福利待遇这么好,期权自己还没兑现,怎么能辞职呢!

繁星很知趣地说:"要不去隔壁商场吃,还能顺便把衣服买了。"

在隔壁商场吃了煲仔饭,繁星想想公关经理的话,真的给老板加了个鸡腿。跟舒熠吃完饭,又迅速地去一楼买裤子。

舒熠腿长，身材标准，穿正装其实挺好看。繁星平时总在这个专柜给他买衬衣袜子领带啥的，柜姐都认得她了，看她今天带了个男人来，笑得眼睛都弯了。

"哎呀，这是你男朋友吧，真帅啊！怪不得你每次都替他买那么多好东西！"

繁星尴尬，还没开口解释呢，柜姐又对着舒熠夸上了："先生，您女朋友对你多好啊，特别体贴，每次我们一有了新款就给她打电话，不管多贵，她一准买给你。"

舒熠也没搭腔，挑了两件就刷卡，繁星像小媳妇似的拎着购物袋跟在后头，重新琢磨是否要辞职这个严肃的命题。

进电梯间，一堆同事刚吃完饭上楼，一见他们俩，赶紧让开，纷纷打招呼："舒总！"

繁星觉得起码有十道八道目光集中在自己手里的购物袋上，LOGO这么明显，著名男装奢侈品牌。空气中简直弥漫着问号，每个技术宅都在努力不让那些问号像雪花一般飘落。

繁星只好努力使自己看上去光明正大，尽忠职守。

豁出去了，连老板没穿裤子她都看过了，还怕什么呢！

下午一点半，客人准时到来，繁星在会议室，像平常一样把所有人照顾得井井有条。

出来准备下午茶点心的工夫，接到顾欣然打给她的电话，顾欣然说："繁星，那个新闻的事，真的有诈。"

顾欣然打听回来的消息含含糊糊，毕竟干哪行有哪行的规矩，消息来源也不能出卖金主,但确实是有人花钱曝光并炒作这事,至于幕后指使是谁,经过层层叠叠的公关公司和媒体顾问,早已经无法追索。

繁星问:"这种炒作能有什么用?"

顾欣然说:"谁知道呢,但这种量级的炒作,这背后的人,要么跟媒体关系匪浅,要么就花了大价钱,肯花这种钱的人,不定是想搞什么大事呢。"

繁星一直犹豫,要不要跟CEO说这件事情。毕竟顾欣然是她朋友,自己私下请朋友调查跟公司相关的事务,有点逾规。正纠结着,电话嗡嗡地响起来,她一看是志远,就不太想接。

要去会议室布置茶水点心时,手机还在振动,她就随手把手机放在自己工位上,她从会议室出来,看了一眼,手机终于没有振动了。志远却发了微信来,语气十分不客气:"你这是报复吗?"

繁星一时被气到,赌气回了句:"我们不是只是同学吗?"

没过多久,志远又发了条长长的微信过来:"呵呵,就知道你会倒打一耙,我们关系还没有最后明朗前,我说是同学难道有问题了?昨晚你约我出来,难道不是为了分手吗?真没想到你是这样的人,昨天晚上我还反复在说服自己要相信你,没想到你这么快变脸。祝繁星,攀上有钱人得意吧,祝你嫁入豪门愉快!你竟然还用这样幼稚的方式报复我,放心,我不会后悔的。倒是你要注意点,别被有钱人玩完就甩了。"

繁星气得连手指都直哆嗦,志远从来能说会道,没想到如今说出来的话句句刺心。她气得急了,拿着包胡乱翻找着,心想自己得把他

所有东西都还回去，这个男人，这个男人自己绝不能再继续有任何交集。繁星把包里的东西哗啦一下子全倒在桌上，将志远送的什么钥匙扣、粉底全都拣出来，忽然包里倒出个丝绒盒子，正是老板的那枚粉钻，繁星气昏了头，拿起粉钻就戴在手指上拍了张照片。

"这才是报复！"她打完字，狠狠按下发送图片。

然后将志远拉进黑名单。

做完这么幼稚的事，她才瘫倒在椅子上，而且立刻就后悔了，可是照片已经发送了，志远也被拉黑，要撤回消息也不可能了。

繁星胸口堵的那口气一直没消，整个下午她都郁郁不乐，老宋来找她，她正在茶水间收拾会议结束后的那些茶点。

老宋还以为她是被绯闻影响，说："繁星，晚上请你吃火锅，怎么样？弥补一下你今天受的委屈！"

繁星说："不了，舒总晚上要加班。"

老宋说："他加他的班，你管他干什么啊，他哪天不加班？你要是都陪着，这辈子都甭想按时下班了。"

繁星说："没准晚上还有别的工作呢。"繁星将台面收拾清爽了，面对老宋诚恳地说，"宋总，谢谢您。"

老宋倒有点不好意思起来，挠了挠后脑勺，说："没事没事，这……我这不是想追你嘛，你现在考虑谈恋爱了吗？"

繁星摇了摇头。

老宋也不气馁："没关系，你考虑的时候就跟我说啊！"

结果等到了晚上，老宋也没能按时下班，而是被舒熠抓着一起开

- 104 -

会。一群技术宅男争论起来，简直要掀脱屋顶，繁星还记得老宋想吃火锅，叫外卖的时候特意给他点了麻辣烫，老宋开心得要命，一边吃麻辣烫，一边偷偷对她笑。

繁星心里却有点忐忑不安，她一时赌气发了张粉钻照片给志远，这事说到底是不对的，而且钻戒是CEO的，今天忙忙碌碌，她还没找到机会还给他。

等会议室里的人都吃完饭，繁星又给他们添加了各种咖啡茶水，看看短时间内应该不会有用到自己的地方，这才回到自己的工位。

她给自己订的盒饭已经冷透了，微波炉热好，然后拿保温杯灌了杯咖啡，这才一个人爬到楼顶去。

公司在三十九楼，已经是顶层了，楼上还有小小的一间阳光房，本来是电梯机房旁的杂物间，因为他们公司扩张，多租了几层楼的办公室，这间小屋就被物业免租送给公司使用，行政部改造了一下，就变成阳光房。种着些花花草草，穿过阳光房直接可以上天台，平时只有男同事们偷偷从这里溜到天台上抽烟。现在大家都下班了，加班的人又在开会，这里就变成了繁星的秘密花园。

她在这里种了一棵多肉，品种并不名贵，原本是连盆买回来放在办公桌上的，后来长得不太好，繁星怕养死掉了，赶紧搬到阳光房来，果然这棵多肉很快就缓过劲来。繁星觉得这样也挺好，为什么非要执念放在自己桌子上呢，常常到阳光房来看看它不就得了。

繁星对着多肉吃东坡肉，反正失恋也不用减肥了，繁星狠狠心就给自己晚餐订了东坡肉。其实胃口并不好，东坡肉只吃了两块，就着笋干扒拉了两口饭，繁星就饱了。

过年前不知道哪个客户送来好大两盆枝繁叶茂的金钱橘，树上还挂满了大吉大利金光闪闪的红包，倒也喜气洋洋。原本放在前台，春节假期期间没人照料，橘子掉了不少，叶子也有些枯萎了，行政赶紧把金钱橘树多浇水又搬上来，希冀阳光雨露可以拯救它们。繁星在金橘树前站了站，看了看那枝头被红线系着的飘飘拂拂的红包。

繁星想到小时候，过年也要有一盆金钱橘，红包里要装零钱，还要装上写着吉利话的红纸，外婆说吉吉利利，许愿最灵了。还有更讲究的人家，等到初五迎财神那天，一定要小孩子们自己去解开红包，拿到钱拿到吉利话，都是好意头。

初五早就过了，而且繁星拿着盒饭上来，什么都没带，摸遍全身也没找到一毛钱，想想把自己系头发的发圈解下来，打成了个如意结塞进红包里，双掌合十。

其实什么愿望都没有，就是希望与旧年告辞，与旧人告辞，与所有不开心的时光告别。

许完愿，繁星干脆走到天台上去，风正大，她趴在天台栏杆上，城市的灯光到了正辉煌的时候，处处霓虹闪亮，街道上更是车灯的河流，远处万家灯火，琼楼玉宇。

繁星觉得胸口那浊气终于消散了。

她收拾饭盒下楼去，会议室里的会议还在如火如荼，老宋正拍着桌子跟另外一个技术主管较劲，白板上画满了繁星看不懂的图，两个人还在气咻咻针锋相对，有人还搬了一台仪器到会议室，旁边散落的全是采用公司陀螺仪的手机。

繁星准备了一些水果送进去，舒熠趁机宣布休息二十分钟，技术宅男们一哄而散，有人出去抽烟，有人活动筋骨，有人去洗手间，还有人捧着盘子一边吃水果一边数落老宋。

繁星趁机说："舒总，能不能麻烦您出来一下？"

舒熠跟着她走出会议室。

繁星硬着头皮说："能不能去您办公室？"

舒熠虽然意外，但还是带着她进了办公室。

繁星关好门，老老实实站在办公桌前，垂头丧气，开始检讨错误，先分析自己思想，再痛述自己冲动，讲了半天，舒熠终于忍不住打断她："你到底犯什么错了？"

繁星赶紧把大粉钻拿出来，恭恭敬敬放到办公桌上，然后嗫嚅着讲述如何与前男友赌气，最后一时冲动拍了张照片发给前男友。现在她已经深刻认识到自己这种行为是不对的，任凭舒熠处置。

舒熠眯着眼睛问："就这个？"

繁星抬眼看了他一眼："本来网上就在闹绯闻，我这么干很有可能对公司不利，万一这张照片流传出去，对公司影响不好。"

舒熠拿起那枚戒指，看了看，重新放回盒子里。

繁星见他面无表情，只好说："您要是觉得我犯的这个错误无法弥补，我愿意辞职。"

舒熠很放松地说："没关系，传出去的话，我承认就好了。"

繁星震惊地看着他，他说："反正那天晚上我当着他们的面承认过,你是我女朋友,真要是闹到舆论不可收拾,我承认就好了。送女朋友一枚钻戒,我有这个能力。"

繁星张口结舌。

舒熠说:"别被敌人牵着思路走,一旦被人牵着思路走就会落后挨打,做产品是这样,处理问题也是这样。"

他将钻戒往繁星手里一塞:"钻戒你先拿着,万一你那个前男友再纠缠,也别发什么照片了,直接约他喝茶,戴着戒指给他看,闪瞎他的眼。打蛇打七寸,打人要打脸,下手就别留情,知道吗?"

繁星觉得老板英明神武,光芒万丈。

繁星感激涕零:"真不用了,这戒指太贵了,回头我弄丢了,赔不起!"

舒熠说:"反正我也不想看到它,你先拿着,过几个月帮我找拍卖行卖掉,捐给留守儿童。"

繁星正不知说什么好,舒熠又叮嘱:"捐完记得开票,可以抵税。"

繁星终于"噗"地笑出声来。

舒熠回会议室开会去了,繁星看着手心里闪闪发光的大粉钻,心情终于好起来。

因为顾欣然帮了自己不少忙,所以等她回国的时候,繁星特意去机场接她,还订了餐厅准备给她洗尘。

顾欣然从到达口出来,推着行李车,车上堆着大小箱子。

繁星不由得调侃:"哟,真没少买啊。"

顾欣然说:"巴厘岛哪有什么好买的,就岛上买了点工艺品,转机的时候买了点免税护肤品。"

"那你这大包小包的。"

"全是带去穿的衣服,阳光沙滩的度假胜地,当然不能辜负良辰美景,每天我都要换好几套裙子,还有帽子鞋子包包什么的。哎,真是太舒服了,明年春节,我还得找个地方像这样度假,这样才有精力应付一年的工作啊!"

正说着话,恰巧有个男人推着行李车从旁边经过,那男人明显也是刚从热带回来,穿着短袖长裤沙滩鞋,戴着太阳镜,身材高大健硕,一件长长的黑貂大衣搭在行李车上,皮毛反光油光水亮。

顾欣然朝繁星努嘴:"你看那傻叉!"

不料那男人似乎听见了,回头望了一下,只是太阳镜遮去他眼神,也不知道是不是在看她们。

繁星赶紧拉扯顾欣然,小声说:"别瞎说,人家听见了。"

顾欣然说:"丫不懂中文,放心吧,我跟他同一航班,飞机上他一直跟空姐讲英语,别看长了一张中国人的脸,没准是个ABC(American-Born Chinese,美国出生的华裔人)。"

繁星看着那人已经径直推车走远,才说:"无缘无故的,怎么骂人家,多不好。"

"嗨,什么无缘无故,我跟他仇可结大了我告诉你!"顾欣然提到就生气,"不说别的,你看见他那黑貂大衣了吗,一个大老爷们穿什么貂!一点也不环保!在巴厘岛的时候,竟然跟一群人炫耀丫在哥斯达黎加吃过盐焗海龟蛋,特别好吃!海龟蛋那是能吃的吗?!小海龟那么可爱他竟然要吃！最要命是我英文没丫好，辩论赢不了他，他还声称在哥斯达黎加吃海龟蛋是合法的！对了，还跟人宣扬去加拉帕戈斯群岛，你知道那是什么地方吗？加拉帕戈斯群岛是进化论的诞生地，有最完全的生物多样性展示，他还煽动一堆人去！丫就是个丧心病狂的毁灭者，地球总有一天会毁在这种人手里！"

顾欣然越讲越生气。

繁星劝她："算了，气坏自己不划算，既然观点不合，又是陌生人，何必念念不忘。"

顾欣然："反正别让我再看见他，我看见一次打一次。"

结果两个人下到地下车库的时候，就又遇见了那个男人，只是车库冷，他已经把那件黑貂大衣穿在身上，繁星还真怕顾欣然冲上去，幸好那男人已经装好行李，拉开车门就上车启动走人。

引擎的咆哮声顿时响彻整个地库，顾欣然看着那辆跑车扬长而去，不由得更加愤恨："你看这大马力跑车，多不环保！"

幸好顾欣然虽然是个环保主义者，涮羊肉还是吃的，跟繁星吃了一顿美好的涮羊肉，又掏出一包东西来递给繁星。

"什么？"

"给你的礼物，巴厘岛的木雕，据说特别招桃花，祝你早日找到意中人。"

繁星说："谢谢。"

"本来呢是买给我自己的，看看今年能不能终结单身，哪想到你这么快就需要用到桃花，所以让给你先。"

繁星听她这么说，不由得有点黯然。

顾欣然托起她的下巴，说："得啦，是我口没遮拦不会说话。别伤感啦，旧的不去，新的不来。你那个男朋友，我看他不顺眼很久了，甩了正好！要知道，你可是上过两次头条的女人了，要对自己有信心。明星桃花不旺都上不了头条的，真的！这说明你桃花多旺啊！"

繁星被她逗得一笑："哪有两次，就昨天一次。"

"看看，真是善忘的女人，你和CEO去纳斯达克敲钟那次呢？不也是头条。"

繁星愣了一下，她还真忘记了。幸好两次的照片没有人对比，更没有人认出两次照片里她是同一个人。

怀着这份忐忑，第二天上班，趁着午休时间，繁星就捏着零钱包上阳光房去了，她要再许个愿，千万不要被人认出来，不然两下里一联想，就真说不清楚了。

同事们都吃饭去了，阳光房里没有人，正月的太阳照进来，屋子里暖烘烘的，花花草草保洁阿姨早上的时候浇过水，此时也精神得很，连那两棵金钱橘树似乎都恢复了元气。

繁星找到前几天许愿的那个红包，打算掏出自己的发绳，重新装几块钱进去。

谁知道红包一打开，发绳竟然捆着两张簇新的人民币，粉色的百元票子被叠得整整齐齐。

繁星困惑得很，发绳是自己的发绳，只是重新打过结了，这钱是从哪里来的呢？

— 111 —

繁星又翻看红包，终于看到红包里面写着一行字。

"红包之神说，许愿是要放钱才灵的。"字迹飞扬凌厉，她一眼就认出来是谁。

繁星嘴角一弯，不由自主就笑了。她把两百块装进钱包里，下楼找到CEO写给她的那张欠条，还拿了支笔，重新上楼，将那张欠条连同发绳一起，重新放回红包里。

她在红包上写："我的愿望没那么大，不需要两百块。"

五块就够了，她愉快地把零钱塞进去，合十许愿。

又过了一天，她上楼吃午饭，看阳光下金橘树上的一个个红包闪耀着金光，不知为什么她有点若有所思，吃着吃着，终于放下筷子走过去翻看。

果然，欠条、零钱及头绳都不见了，红包里空空如也，只是在那两句话的后面，又多了一句话，还是熟悉的字迹。

"你的愿望红包之神已经收到，等待它实现吧。"

繁星一时促狭，心想五块钱你竟然也要拿走，还是不是上市公司CEO？于是拿笔就在下面写："红包之神啊红包之神，你如果真灵验的话，今天下午让老板给我们唱首歌吧。不然，把五块钱和头绳都还我！"

恶作剧完，她有点心虚，左顾右盼并没有人发现，纠结要不要划掉这句重新写，但划掉还是能看见，把红包摘下拿走吧，好像也不妥。

反正也不是什么非法要求，繁星索性坦然了，CEO明知道这是开玩笑，总不能跟自己一般见识。

再说，谁叫他拿走那五块钱的，还有她的头绳，她最好用的头绳，当年买了一整版，后来丢得差不多了，所以剩下的寥寥几个她格外珍惜。

下午茶时分，她刚安排完茶点，公关经理就像旋风一般刮到了她的办公桌前。

繁星惊讶地看着公关经理。

公关经理情绪明显激动，说："你知道我们这里属于鬃社区吧？"

繁星本能地点点头又立刻摇头，她真不知道。

公关经理说："没关系，我们公司也不经常跟社区打交道，可是每次有通知来，行政部还是抄送给我一份的。"他狠狠喘了口气，"你知道吗！今天我们要唱歌了！"

繁星呆了："唱歌？"

"是啊！共建模范单位新春联欢，CEO终于开窍了，想通了，要搞好跟社区的关系了。赶紧的，会议室，舒总选了《我和我的祖国》，大合唱，所以你也有份！"

繁星怯生生走进会议室，公司几个麦霸早就接到通知聚集在这里，于是一众人在CEO的带领下，练习演唱了《我和我的祖国》。

繁星站在队伍里，都不敢拿正眼看CEO。

经过下午的练习，晚上就立刻参加了社区联欢，社区看到这么多年轻的姑娘小伙子，精神饱满，歌也唱得不错，社区工作人员可热心了，特别向他们推荐3月8日的活动："单身联谊！都是社区所在写字楼的姑娘小伙子们，个个和你们一样，都是白领，素质高！一定会有缘分！"

唱完歌CEO请客去吃消夜，一路上大家倒是蛮开心，只是老宋最不开心,因为社区工作的大妈拉着繁星的手讲了半天,一口一个闺女,让她一定要来参加3月8日的联谊活动,自己有个熟人的儿子可优秀了,那天一定要介绍给她认识。

老宋抱怨:"舒熠你怎么回事,你从来对文娱活动不感兴趣,你这不是心血来潮么。"

繁星吓得大气都不敢出,唯恐被人发现CEO心血来潮是被自己激得。

舒熠说:"合唱挺好的呀,是一种培养团队精神、有益团队建设的活动。"

说得这么面不改色这么理直气壮,不愧是CEO。

春节假期刚结束,很多餐厅还没有营业,又是晚上,走了半天才找到一家小店,大家也不挑剔,蜂拥而入。

羊蝎子热气腾腾,大家围坐啃羊蝎子,吃着吃着就热闹起来。老宋感慨万千:"此情此景,真是让我想起大学还没毕业那会儿,你们舒总,请我吃过一顿毕生难忘的羊蝎子。"

"这还有故事?"技术宅男们都来了精神,春寒料峭,还有什么比听老板的八卦更有趣,七嘴八舌叫了几瓶"小二",一边赶紧给老宋倒上,一边说,"快快,宋总,现在有酒了,赶紧说故事。"

老宋瞟了一眼舒熠:"那我可真说啦?"

舒熠夹起一个饺子,特别淡定地蘸醋吃掉:"说呗!"

"我当时啊,跟舒熠打了一个赌,说谁输了就请吃饭,结果我输了,请舒熠吃羊蝎子。就在五道口,一个特别小的店,装修什么的比这儿差远了,穷学生嘛,没有钱,就选最实惠的地方。那个店小,桌子挨桌子,我把钱包放在牛仔裤兜里,没留意,不知道啥时候钱包就被偷了。"

"我后面那桌,坐的几个人特别闹腾,一直在划拳,不时撞到我的后背,后来我跟舒熠分析,可能就是一伙小偷。可是最后结账的时候,我钱包没了,舒熠也就只带了几十块钱,不够付账的,我说得了,要不我留在这儿,舒熠你回去拿钱。舒熠说回去也没钱啊,得去银行取,那可是十几年前,柜员机都老远了,大晚上的,还不见得能找到。正发愁呢,舒熠看到旁边一桌也是学生模样,我不认识,他其实也不认识人家,就看人家穿着他P大信院的系服,你们知道的,就是那种运动衫,长袖外套,原来大学都发那个当系服校服。舒熠多机灵啊,就跑去跟人套近乎,说自己也是信院的,丢了钱包,能不能借几十块钱结账,回头再把钱还人家。"

技术宅男迫不及待地问:"那借到了吗?"

"别急啊,听我说。这还有转折呢,当时对方有男生有女生,有个女生怪精明的,说,既然你是我们信院的,那这里有道题,你做出来了,我就相信你是我们P大信院的。我当时想,好嘞,套近乎说是P大的不就够了,还说是信院,这下好了吧,他一个物院的学生,能做出信院这题吗?我都想,万一不行我就上,结果舒熠接过题目一看,唰唰地往草稿纸上写代码,真给做出来了。哎呀,最后那女生佩服得不得了,说是他们教授留的挑战题,全班都还没有人做出来呢。当时那女生立刻就掏出钱来,还一定不让舒熠还,说要交这个朋友,然后最精彩的来了,那女生问舒熠叫什么名字的时候,你们猜舒熠怎么说?"

繁星早已经听得入神,技术宅男甲斩钉截铁地说:"舒总当时一定说,不要问我叫什么名字,我的名字叫雷锋!"

老宋嘴里刚抿进去一口酒,差点喷了,赶紧咽下去,一边咳嗽一边说:"是人家借给我们钱,又不是我们借给人家钱,怎么能叫雷锋呢?"

技术宅男乙忍不住了:"宋总,那女生漂亮吗?"

老宋一拍大腿:"你可问到点子上了,那女生可漂亮了,后来才知道,原来她就是信院的系花,跟管院女神唐郁恬齐名,人称'管唐信卢'的卢安雅。"

骤然听到唐郁恬的名字,繁星忍不住看了舒熠一眼,舒熠泰然自若地吃着饺子,表情上看不出任何波动。

老宋眉飞色舞地讲:"这么漂亮一女生追着问名字,搁谁都肯定会说名字,不仅要说名字,还会留邮箱啦,留QQ号啦,结果你们猜怎么着,舒熠特别坦诚地跟人说,他叫宋决铭。"

"噗!"技术宅男丙终于忍不住笑喷了,"宋总,舒总对你真好。"

"我当时也这么想啊,心里暖烘烘的,心想哥们儿够义气,后来一想不对啊,他留我名字我的邮箱我的QQ,这回头钱可不得我还吗?"

舒熠这才慢悠悠地说:"你请我吃饭,当然你还钱买单。"

老宋说:"看看,我当年问他的时候,他也这么说。所以后来去银行取了钱,我专门跑到他们P大的信院去,还人家钱,等了大半天,卢安雅没来,来了个眼高于顶的小子,冲我翻了一个白眼,问,你就是宋决铭?我说是啊,那小子冷笑了三声,就走了。我当时压根就摸不着头脑,后来才知道,原来卢安雅有个仰慕者,听说卢安雅就喜欢宋决铭,所以约了我要华山论剑呢。"

"华山论剑?"技术宅男丁两眼放光,"那最后谁赢了?"

"反正我没输。"老宋施施然说,"就是那小子贼心不死,每隔几年,都要来找我们麻烦。"

技术宅男丁回过神来:"哎,那也应该不是无名小卒啊!"

"当然不是无名小卒。"老宋问,"舒熠,要不要说?"

舒熠直截了当地说:"长河电子的高鹏。"

技术宅男们都倒抽了一口凉气,公司曾经最大的竞争对手,这么多年来被追着打,公司还一度处于下风,但后来公司逐渐占据有利形势,已经攻守易势。但长河电子是全产品线的公司,庞大而可怕,目前仍旧可以卡着公司的上下游,不停地找麻烦。

老宋感慨:"这件事情告诉我们什么呢,不要随便做一个女生递过来的习题!"

技术宅男们哄堂大笑,老宋还在那里一本正经地强调:"真的,吓得我这么多年,都不怎么敢跟女生说话。"

技术宅男甲问:"那社区3月8日的联谊活动,宋总您参加吗?"

宋决铭想到此事就气恼,不由得看了一眼繁星,说:"我不参加,我心有所属。"

技术宅男们就起哄:"哦!这么多年,宋总您还惦记着卢安雅?"

"当然不是!当然不是!"老宋连忙解释,"卢安雅都在美国嫁人了,我现在喜欢别人。"

舒熠不动声色，说："嗯，现在？"

技术宅男们又一阵起哄："哦！当年还是喜欢人家的！"

这么一闹腾，大家哄堂大笑，也就带过去了。

舒熠说："我酒喝多啦，都说不该说的话了。大家散了吧。"

拿起手机，仍旧叫不到代驾，也难以叫车。

舒熠说："没事，我坐公交车回去，这里正好有一趟路过我家小区门口。"

老宋问繁星："你住哪儿，要不我送你吧？"

繁星说："真不用了，宋总，我家跟您家不顺路。"

"她和我顺路。"舒熠一边穿外套一边说，"我们正好一班公交车。"

老宋看看繁星，又看看舒熠，说："那好吧。"

大家一起在餐厅门口道别，舒熠和繁星一起走到公交站。

说是正月里，节气还是寒冬，呵气成霜，两人一边走路，口中呼出大团的白雾。

晚上公交车班数稀少，站台上空阔无人，只有晕黄的灯光，照着明亮的灯箱滚动广告。

两个人在站台上等车，因为冷，繁星将手都插在大衣口袋里，太冷了，她轻轻地想要跺脚，但忍住了。

舒熠忽然说："冷不冷？要不我们运动一下？"

繁星左顾右盼："在这儿？"

"跳房子吧，你看地上这一块块石材，正好一格格的。"

这么古老的游戏，难为舒熠也会。

繁星老老实实承认："猜拳我赢不了您。"

全公司都知道，别跟CEO玩猜拳，十次有九次他能赢。也不知道是为什么，或许连猜拳这样的小游戏都是有技巧的，而舒熠知晓技巧的秘密。

再说太冷了，她也不愿意把手从大衣口袋里拿出来。

"不猜拳。"舒熠指了指灯箱滚动广告牌，"背对着广告牌，然后说有还是无，回头看一下，如果广告上的产品是用我们公司的陀螺仪，说有就是赢，说无就是输，赢了可以往前跳一步，看在公交车来的时候，谁跳得最远。"

繁星问："彩头呢？"

舒熠眉头微挑："彩头？"

繁星说："这样吧，我赢了您把头绳还给我，如果我输了，明天请您吃午饭。"

头绳实在是太难买到了，而且这么私人的物品，落在异性手里总是不妥的。

午饭多简单，随便给舒熠点份外卖就打发了。再说公关经理给的一百块她都还没用完呢，都还用不上她自己掏钱。

舒熠说："行，你赢了我把头绳还你，而且请你吃午饭，你输了请我吃午饭。"

繁星欣然答应。

两个人背对着广告牌，像两个小朋友，一本正经目视远方，舒熠说:"你先选。"

繁星听见身后灯箱唰唰地轻响,正在换广告。

她说:"有!"

两人一齐回头,正是新款刚上市的手机,国产手机十有八九是用的公司陀螺仪,这一型号正是,繁星开心地往前跳一格。

舒熠背对着灯箱,唰唰换广告的时候,他说有,两人一齐回头,是护肤品。繁星非常开心,忍不住举起双手比了两个V字。

舒熠不服气:"再来!"

公交车十几分钟后才来,繁星一路遥遥领先,因为她总是说"有",于是猜对了两个手机一个平衡车广告,舒熠有时说"有"有时说"无",反倒一个也没猜中,繁星没想到自己能大获全胜,非常开心,远远看到公交车已经驶近,掏出公交卡:"老板,我赢了,请你坐公交车!"

舒熠说:"果然是人生赢家,这么阔绰!"

两人哈哈大笑,一起登上公交车,车子里空荡荡的,也没有其他乘客,舒熠说:"要不要接着赌?"

繁星问:"怎么玩?"

舒熠说:"到站停下的一刻,看看广告是什么,老规矩!下一站你押什么,有还是无?"

繁星说:"有!"

舒熠说:"那我猜无。"

公交车一路晃荡向前,眼看快到下一站,繁星远远就看到站台灯箱里是手机，开心得就要跳起来，结果车子一驶近，广告就唰唰地向上翻页了，繁星趴在窗上只说："有！有！有！"结果等车进站停稳，广告正好换到了旅游广告，跟陀螺仪半毛钱关系都没有，繁星沮丧地垂下头。

舒熠笑眯眯地说："不要紧，只是输一局，你还领先三步呢。"

结果一路猜过去，舒熠竟然每一站都赢，每猜必中，还没到繁星租住的小区那站，她已经输得惨不忍睹，眼看只剩下两站路，无论如何无法翻盘了。

繁星叹气："不赌了，赌运太差！"

舒熠说："其实……嗯，还是告诉你吧，这是有技巧的。刚才在站台上的时候，我记住了所有的广告顺序，还有更换的间隔时间。晚上这个点了不会堵车，公交车基本可以按时进站，而公交车的进站时间，会显示在电子屏上。"他说，"所以只要简单地心算一下，就知道公交车下次进站时的广告会是哪一个，于是就稳赢了。"

繁星一愣，旋即哈哈大笑。

舒熠也笑起来："抱歉，我从不打没有把握的赌。创业风险太大，习惯了不打没有胜算的仗。"

繁星敬佩地看着他："愿赌服输，明天我请您吃午餐。"

舒熠一笑，从大衣口袋里取出一样东西："好，午饭你请了，这个我还给你。"

繁星一看，正是那根头绳。

繁星也不由得一笑，伸手接过来。正巧公交车到站了，繁星匆匆忙忙用头绳扎起头发，一边扎头发一边说："我下车了，再见！"

"再见！"

她扎了一个高高的马尾，平时在公司很少这样，因为头发扎得高，颈间还有无数毛茸茸的碎发，就像刚刚做完课间操的少女一般，她脸颊上还有红晕，也许是因为暖气，也许是因为刚刚大笑过，她回头挥挥手，说："晚安！"

公交车的三级台阶，她连蹦带跳就下去了，舒熠只来得及挥一挥手，车子已经关门启动。车窗上有薄薄的水汽，像隔着一层毛玻璃，只看到她手插在口袋里，高高的马尾还在微微晃动，她并没有立刻回家去，反倒认真地站在站台上看着滚动广告屏。公交车正在加速，舒熠不由自主站起来往车后走，一直走到最后一排，隔着车后窗，还远远看到她站在广告屏前，大约是在仔细研究，到底有多少广告，间隔时间是多少。

这傻丫头。

舒熠脸上浮起一层淡淡的笑容。

他想起当初HR据说从雪片似的简历中海选了几份，由负责人力资源及行政的副总拿来给自己过目，毕竟是要给他当秘书，当时公司创业没多久，兵荒马乱，那副总也是技术宅男出身，特别诚恳地说："舒总，我都挑过了，这几个是胸最大的。"

舒熠正好为了某个技术难点熬了个通宵，睡眠不足正是脾气最坏的时候，闻言差点没把简历扔出去，胸大无脑，秘书多么重要，能挑个无脑的来吗？

舒熠都想选个男人来，毕竟秘书要经常一起出差，如果是个女秘书，多不方便，现在哪有女孩子愿意成天跟一群大老爷们出差的？

结果低头一看，第一份简历就是她，清清爽爽祝繁星三个字，还有同样清清爽爽的照片，根本看不出来胸大不大，简历倒是很漂亮，学校更体面，竟然是他的母校。

能考上P大的姑娘当然不会是胸大无脑，而且是最热门的专业，天晓得为什么竟然给他们这么不起眼的公司这么不起眼的职位投了简历，或许是应届生没有经验？等面试的时候一看，人比照片还要清爽，而且机灵，特别认真也特别细心，借完笔之后，端端正正放回桌上原位，连笔尖的朝向都没有弄错。

舒熠觉得就她了，这么认真细心的人，适合做秘书。

很长一段时间，舒熠都担心她突然回过神来要跳槽去投行或者基金之类的地方，所以她起薪就高，舒熠觉得秘书也是技术型人才，凡是不可替代的技术型人才，都值得比市面更高的价格。

结果她没有辞职没有跳槽，没有闹过任何幺蛾子，哪怕全公司最靠谱的副总还每年总要跟自己嚷嚷说，受不了了、压力太大、舒熠我不干了、我要度假，她也一次都没说过类似的话。再苦再累，她好像都能应付。

所以公司上市前，员工期权计划最后递到他的办公桌上，他认真地将她的份额改到跟技术人员一样。

在他心里，她就是个技术人员，而且在这岗位上兢兢业业，无可替代。

繁星早上起来，一边打开电视听新闻一边做瑜伽。

刚过完年交通顺畅，地铁也没多少人，所以她就走得晚。想起今天要请CEO吃午饭，昨天自己打赌真是输得心服口服，好像请他随便吃一顿不太显诚意。而且公司附近好些餐厅都还没有开门，也没什么可吃的。

每天买菜的人最发愁今天买什么菜，每天订餐的人最发愁今天给老板吃什么。繁星心想索性有诚意到底，自己做一份午餐带去给CEO得了。

她拿定主意后就立刻行动，看看冰箱里的存货，都是年后回来去超市随便买的一些东西，想了想不如做蛋饺。

拿超市绞好的肉馅，现剥了几个虾仁，又加进荠菜提香，跟肉和到一起搅成馅泥，切了块肥肉做猪油，也不用熬，煤气炉上烤着大金属圆勺，筷子夹着肥肉在大圆勺上转一转，等油烤得吱吱响，将蛋液倒进去旋转摊开，就成了薄薄的蛋皮，再把馅放进去，趁着蛋液没完全干，把蛋皮揭一半起来包好馅封住，一个蛋饺就做好了。

她手快，一会儿工夫就包了二十多个蛋饺，数数够了，锅上蒸着米饭，上面一格蒸蛋饺，自己去换衣服化妆，等收拾好，蛋饺也蒸好了，拿便当盒装了米饭和蛋饺，另外还有一盒鸡汤，前两天电炖盅炖好冻在冰箱里的，她想想又切了点笋干，一齐装好了上班去。

上午舒熠很忙，他们很多客户都是外国企业，不过春节，他们休息了这几天，大客户们已经盼得眼睛都红了，所以舒熠开了整整半天的全球视频会议。

老宋更惨，有个重点客户的新产品要九月发布，而双方已经就陀螺仪传感器能占据的尺寸和重量激烈争论了三个月，到最后老宋又要撂挑子不干了:"反正我们做不到!我告诉你,我们做不到就是全球没有任何一家公司能做到!有本事你们找别人去!"

气得那个印度裔高管都要亲自飞到北京来解决问题了,最后还是舒熠出面安抚:"我们会尽最大的努力,但我们不能保证最后的尺寸和重量合乎你们苛刻的要求。"

印度裔老头狡黠地笑着:"舒,你有办法的,我们的要求并不苛刻,我永远不会去找别人,我只相信你,全世界我都只相信你,如果我有女儿,我一定会把女儿嫁给你的!"

舒熠很想苦中作乐地说你相信我有什么用,别说女儿了,你哪怕自己要嫁给我也没用啊,研发团队能做出来就是能出来,做不出来我也没招。但他只是笑了笑,是,客户是要求苛刻,何止苛刻,简直变态,然而正是这些变态的要求,导致研发团队以及整个公司拼了命往前冲,一直冲,永不停止,于是他们就可以暂时地站在全世界最领先的高峰上,把其他人遥遥甩在身后。

老宋怪委屈的:"你!你就惯着他们那群变态,你这次满足了他们的变态要求,下次他们就会提更变态的要求!"

舒熠还没说什么,忽然老宋耸了耸鼻子:"好香……什么东西?这么香!"

繁星带着蛋饺到了公司,上班忙忙碌碌,看看已经十二点半,舒熠终于离开会议室返回他自己的办公室,繁星心想可算是能吃午饭了。她不好意思让别人知道自己给老板开小灶,而且她和舒熠又闹过绯闻,更怕别人说闲话,所以等大家都吃饭去了,才偷偷进茶水间用微波炉，先把鸡汤热了，然后下蛋饺和笋干。

繁星觉得挺遗憾，但北京新鲜冬笋太难买了，所以笋干也凑合，等饭热好，她就拿了饭盒装好，送到老板办公室去。

繁星没想到她去热汤热饭的工夫，老宋又进了舒熠的办公室，所以她敲门，一听见舒熠说"请进"，她高高兴兴端着饭盒就进去了，结果冷不防一抬头看见老宋，不由得一愣。

老宋一看她端着饭盒进来，那股食物的香气简直更诱人了，马上就伸手接过去："哎呀，繁星，你咋知道我在这儿？"

他既然伸手，繁星也不能不给他。

他揭开饭盒盖，用力吸了口气："真香啊！是什么？"

繁星不好意思说这是给老板的不是给你的，只好闷闷不乐地回答："蛋饺。"

老宋又惊又喜，抽出盒盖上的筷子尝了一口："真好吃，你自己做的啊？"

繁星"嗯"了一声，老宋喜滋滋捧着饭盒吃起来，边吃边问舒熠："你要不要尝一个？算了，不给你尝了，反正你南方人，天天吃这个。"

老宋稀里哗啦风卷残云，连汤都喝光光了，一转身从舒熠桌上纸抽盒里抽了张面纸擦擦嘴，说："真好吃，就是淡了点，繁星，下次做咸点。"

繁星"嗯"了一声。

老宋看看被自己吃得精光的饭盒，突然福至心灵，想起大学师兄说过追女生得有眼力见儿，得主动找活干，于是高高兴兴地说："我给你洗饭盒去！"拿着饭盒就跑出去了。

等老宋走了，舒熠才对繁星说："谢谢。虽然没吃上，但应该真的很好吃。"

繁星说："您怎么知道，那不是给他的……"

舒熠说："你都快哭出来了，我当然知道那不是给他的。"

繁星本来不知为什么扁着嘴，觉得怪委屈的，听了这句话，终于"噗"一笑，扭头跑了出去，过了一会儿，她又进来了，手里拿着一个更精致，比巴掌大不了许多的饭盒——早上准备的食物她分出来一份，本来是打算留给自己当午饭的，但现在她重新煮好，放在舒熠桌上。

繁星高高兴兴地说："您吃这个吧。"

舒熠愣了一下，明白过来她是把她的饭又让给自己了。

"你吃吧。"

繁星急了："都说了请您吃午饭，你就快吃吧，不然回头宋总又回来了！"

舒熠从来没觉得吃午饭吃得像做贼，繁星带着他偷偷溜上天台，在玻璃房子里，繁星大方地把自己常坐的那个位置让给他，自己坐在一旁的花架上啃三明治。

舒熠要把蛋饺让给她一半，她死活都不肯，语气里还十分后悔："我做了二十六个！所以给你那份，我就放了十六个蛋饺进去，只留了十个，要是早知道你会吃这份，我就多留几个了！"

舒熠吃着蛋饺，一口一个，因为是真的很香，喷鼻香，塞得嘴里满满的，全是食物芬芳的香气。太阳照得人身上暖烘烘，也许是因为太暖和了，鸡汤滚烫，吃得他一头汗，所以人也觉得有点晕，明明没喝酒，却觉得好像有点醉陶陶的。

繁星给他介绍桌上的植物："这一盆多肉是我养的，放在桌上长得不太好，就挪上来了。"

舒熠很严肃地跟那盆植物打了个招呼："嗨！初次见面，请多多关照。"

繁星"扑哧"一笑，接着给他介绍："这盆芦荟，是财务部韩姐的，据说可以吃，还可以做面膜。这里这盆富贵树，是人家送你的，你放在办公室差点养死了，后来我跟行政说了，抬上来的……"

舒熠完全没印象，这棵树倒是看着有点眼熟，但是谁送的，这树什么时候从他办公室消失的，已经完全不记得了。

她对每一株植物都如数家珍，哪盆是谁的，是什么品种，几乎都知道。而且提到这些植物的时候，她眼睛奕奕有神，仿佛有光。每一样，每一株，她都逐个介绍，最后，她蹲在墙角对他招手："这个也是多肉，要开花了，你看！"

他走过去蹲下，她轻轻地翻开叶片给他看，真是小啊，比米粒还小的几朵花，竟然是完美的五角星型，还有娇嫩的花蕊，特别小，但是真是漂亮的花。

她说话的声音很轻，仿佛怕呵口气就将那娇弱的花瓣融化了，她说："这是我在垃圾箱旁边捡的，我还以为它活不了，但拿上来浇了水，一直慢慢地养，养了好几年，终于恢复了元气，你看它都开花了。"

离得太近，舒熠能看到她发顶一个雪白的旋涡，像乌黑的瀑布在这里打了个转，发丝如水般泄下去，她的头发也很香，不知道她用什么洗发水，淡淡的，清雅的，像栀子花，好闻，是南方家常的花儿，小时候妈妈买菜的时候带一把回来，养在清水里，可以让屋子里香一天。她还专注地在看那几朵小小的花，睫毛垂下，微微抖动，像茸茸的翅，轻轻地扇动着，舒熠不自觉靠得更近，她一抬头，正好撞在他下巴上。

这下两个人都有点尴尬起来，舒熠揉着下巴站起来，繁星将那盆开花的多肉放回墙角，默不作声揉了揉自己的发顶，不知为什么舒熠有点不想开口，连"对不起"三个字他都不舍得说，这一刻时光太美妙了，让他觉得自己一开口一定会弄砸了。

最后是繁星红着脸，迟疑说："嗯，那个……我要问你一个问题……"

"什么？"

"你怎么知道，我在红包里放了东西？"

舒熠瞠目结舌，突然转身就往楼下跑，繁星欲言又止，又不好意思大声叫住他，只好怏怏地收拾了饭盒等物品下楼。

舒熠一口气冲下楼，进了自己办公室，调出监控录像，用最高权限把刚刚玻璃屋里的摄像头记录内容全部备份到自己用的单机，然后立刻清除了安保硬盘里的这个摄像头内容，删完之后还不放心，覆盖了三遍硬盘才罢手。

他好久没干这么心虚的事，简直比学生时代第一次看某种动作片还要紧张，动作一气呵成，密码都输得比平时快，检查再三以防疏漏，比黑进了美国中央情报局还要小心。等做完这一切善后工作，心里还在怦怦跳,心想同事们都吃饭去了,应该没谁这么闲能发现录像突然少了一段。

他还瘫在椅子里若有所思自我安慰,门"砰"地被推开了,老宋拿着饭盒走进来,幽怨地问:"你回来了?繁星呢?我洗完饭盒你们俩都不见了。"

舒熠觉得自己又恢复了常态,他好整以暇地说:"啊?她吃饭去了吧?"

谁知老宋一屁股就坐在了他的办公桌上:"哎,舒熠,正好,你帮我分析分析,你觉得,繁星是不是不喜欢我?"

舒熠愣了一下,说:"这我哪知道,你得问她去。"

宋决铭咂了一下嘴,说:"我这不是不好意思问她嘛……"

舒熠说:"让我说真心话?"

"那当然了,咱们俩谁跟谁!"老宋有种不妙的预感,瞅了一眼舒熠,"你有啥看法,难道还不愿意跟我说真话?"

"我觉得吧,你跟她没戏,你发现没有,她这人办事挺精细的,你呢,成天大大咧咧,除了在数据上不犯错,在生活中,简直是错误百科全书,完全没有常识……"

"那正好啊!我可以跟她互补啊!"老宋不服气,"你不也说过,我这种人就得有个管家婆来管一管。"

舒熠不动声色:"你是得有个管家婆来管一管,可也得人家愿意来当你的管家婆。"

"不是……"老宋急了,"那……什么,难道我条件还不够好吗？我这么老实肯干，有房有车的，我爹妈也不跟我住一块儿，也不怎么管我，现在姑娘们不都喜欢我这种吗？"

舒熠问："你觉得繁星是一般的姑娘吗？"

"当然不是！"

"那不就得了。我劝你啊，少剃头挑子一头热，别人家想什么、要什么、喜欢什么都没弄明白，就自以为是对人家好。"舒熠漫不经心地打量了老宋一眼，不动声色使出了最致命的一招，"而且繁星那前男友，长得比你帅，也有车有房的，繁星还不是跟他分手了。"

老宋如遭雷击，离开CEO办公室的时候简直面色如土，几个小时后，全公司都传说宋总被重点客户的变态要求给气着了，一下午都把自己关在会议室里疯狂地跟研发团队开会，开得整个研发小组人人都面色如土，只好悄悄派了个人溜出来向舒熠求助。

虽然被派出来的仍旧是个技术宅，但技术宅也有机灵的，这一个因为是火线突围来报信，被寄予重望，所以挺会办事的，借口上洗手间，蹑手蹑脚溜到舒熠办公室前，先低声问繁星："舒总在吗？"

技术宅男一边问，一边还紧张地左顾右盼，唯恐被宋总发现，一声狮子吼逮回会议室去继续。

繁星说："舒总在开电话会，说没有要紧事别去打扰他。"

技术宅十分失望，于是说："那等舒总忙完了，拜托你跟他说一声，求他去会议室一趟。"

繁星觉得挺奇怪的，说："不是宋总在跟你们开会吗，怎么还要舒总过去？"

技术宅快哭了:"别提了,今天宋总估计是被客户气着了,光公式都写了三黑板,我们整个组都跟不上他的思路了,舒总再不去救场,我们今天甭想睡觉了。"

繁星说:"好,等舒总忙完,我提醒一下他。"

技术宅男满怀希望地走了,繁星心想宋总这是怎么啦,难道是蛋饺吃多了?

她想想还是端着咖啡,拿了盒花茶去给宋决铭的秘书小勤,小勤是个成天嚷嚷减肥的姑娘,所以繁星跟她说:"花茶,德国的,在三亚免税店给你买的,减肥好用。"

"谢谢繁星姐!"小勤笑得眼睛都眯起来,"要不要坐一会儿,我这儿有低脂肪蛋糕,你尝尝?"

"不尝了,你留着当下午茶吧。对了,你老板今天怎么了?"

"我哪知道啊?"小勤说,"中午还好好的呢,一个人美滋滋地洗饭盒,都不让我帮忙。后来从舒总办公室回来,就跟霜打的茄子似的,是不是舒总说什么了?"小勤朝繁星挤挤眼,"你在舒总那边听到什么啦?难道宋总又跟舒总吵架啦?"

"今天好像没有。"

小勤说:"所以才不对啊,宋总都一个多月没跟舒总吵架了,他们俩跟两口子似的,越吵感情越好,这不吵架,就说明感情出了问题。"

繁星一口咖啡差点呛在喉咙里,咳嗽好几声,才说:"下回我介绍我闺密给你认识,你们两个一定聊得来。"

"是吗?"小勤好奇地问,"她也爱减肥吗?"

"不，"繁星说，"她也觉得宋总跟舒总是两口子。"

等舒总开完电话会，已经是下班时间了，繁星纠结了一下，还是跟他说了："宋总跟研发团队在加班开会，您要不要过去看看？"

舒熠头也没抬，十指如飞地敲打着键盘发邮件，说："晚上我约了人吃饭。"

繁星有点错愕，舒熠的行程都是她定的，她的备忘录上，舒熠今天是没有商务晚餐约会的。

繁星问："您是私人约会？要不要安排司机送您？"

舒熠突然想起似的，抬头看了她一眼："忘了订餐厅。"

繁星马上说："我帮您订，要什么样的餐厅？"

舒熠说："女孩子喜欢的就行。"

繁星心里不知为何有点异样，但一点也不动声色，提了两三个餐厅的名字，都是适合情侣约会的。

舒熠说："这几个都去过，我不喜欢，换个新的。"

繁星说："那我出去查一查，看看哪些合适，再来问您。"

舒熠漫不经心点了点头，繁星就出去了，打开电脑翻看了一下美食评价，完全不得要领，干脆打电话给顾欣然："有没有适合约会的餐厅，推荐几个。"

顾欣然说："你不能把我当美食编辑用啊！你起码得告诉我，你跟什么类型的帅哥约会吧，我才能对症下药，哦不，荐菜。"

"快点，江湖救急，我们老板要约会，我挑了几个，他老人家都不喜欢。都是跟前女友去过的，唉，估计怕睹物思人吧。"

"你们老板要约会,这太容易了!给他挑一贵的,巨贵!人均三万的那种,什么姑娘都能拿下。"

"吃什么东西能吃三万?"

"松露啊,哦,现在有点不是季节,怀石,跟猫儿饭似的,一会儿上来一点,一会儿上来一点,吃都吃三个钟头,不饿也饿了。"

繁星不知为什么不太起劲,也不想讨论这些细节,只说:"你随便给我推荐几家合适的就行。"

顾欣然不愧是混八卦圈的,不一会儿就甩过来好几家叉格特别高的餐厅,有的在某胡同,备注是无法停车必须步行数百米;有的是法餐厅,备注是侍者法国籍所以英文不好;有的是食材有特殊要求,不提前两周预订不接受临时光顾的客人……

繁星翻来覆去地比较,最后选了在胡同里的怀石料理,虽然大晚上吃日料,冷冰冰的,再出来吹一肚子风,走好远才能上车,但情侣约会嘛,当然多走一段才更适合发展感情。她这么坦然地想。

她选好了餐厅进去告诉舒熠,舒熠果然没什么异议。

倒是出来之后,刚才那个溜出会议室的技术宅,已经在微信上给她连发了三个红包,可怜兮兮地问:"舒总能来救我们吗?"

繁星用一个大红包回答他:"不能。"

技术宅嗷一声快哭了,连发了好几个大哭的表情,最后一个表情是泪奔着跑走。

繁星虽然有恻隐之心,但真的觉得自己爱莫能助。

繁星收拾着东西,难得老板今天决定不加班,她也可以早早下班。

忽然手机嘀一响，竟然是老宋发来的信息，问她晚上能不能一起吃饭。

繁星纠结了半晌，回了一条："您不是在开会吗？"

老宋回复说："晚饭总要吃的，要是你有空，晚上我就不加班了。"

繁星想了想会议室里水深火热的研发团队，又纠结了一下，最终还是坚定地回答："抱歉宋总，我晚上约了闺密看电影。"

她还是觉得不应该给宋决铭错误的暗示，所以断然拒绝。至于研发组的同事们，只好暂时对不起他们了，繁星愧疚地想，下次她一定自掏腰包，买好吃的点心弥补他们。

繁星收拾好了，等着舒熠出来，看他胳膊上搭着大衣，应该是准备下班离开办公室，就说："舒总，没什么事的话，我就先下班了。"

舒熠挺自然地说："一起吃晚饭吧。"

繁星一时没反应过来："啊？"

舒熠说："中午你请我吃蛋饺，所以晚上我请你吃饭。你自己挑的餐厅，应该喜欢。"

繁星脑中"嗡"一响，突然想到一个成语：请君入瓮。

胡同里竟然还是石板路，车只能停在胡同口外，繁星穿着高跟鞋走了足足几百米，深一脚浅一脚，差点摔跤，舒熠伸手牵住她，她有点不好意思，胡同里没有路灯，舒熠一手牵着她的手，一手拿手机照着她前面的路，雪白的一点光晕映在石板地上，散开来像是银霜，一团团，又像是冰糖，脆而甜。其实并没有下雪，北京的冬天干燥得很，空气清冽，又安静，听得见她高跟鞋踩在石板上嗒嗒地响。

整个餐厅只有他们两位食客，久久才上一道菜，果然跟顾欣然说的一样，跟猫儿食似的，一点点，非常精致，但是好吃。器皿也讲究，像山水画，有禅意。东方文化，总是一脉相承的。

舒熠电话设了振动一直闪，他都没接。

繁星忍不住问："是不是有事情？"

舒熠说："没事，老宋开会呢，他开着会就喜欢给我打电话，尤其研发团队跟不上他思路的时候，他就把我当倾诉对象。"

繁星想起受苦受难的研发团队，有点不忍心："要不您就接一下，也许他是有要紧事。"

舒熠说："没什么要紧事。"停了停他又说，"吃饭最要紧。"

这顿饭真的吃了三个钟头，那位白发苍苍的日本主厨领着徒弟们一直将他们送到大门外，最后还深深地九十度鞠躬，感谢他们的惠顾，搞得繁星和舒熠也一起鞠躬还礼。

门口挂着和纸灯笼，光线柔和，繁星看着地下她和舒熠两个影子，并排双双弯下腰去，不知为什么有点不好意思，等说完告别的话转身，就自己拿了手机打开电筒照着路。

舒熠的手机已经没什么电量了，很自然一手接过她的手机，一手仍旧扶住她，两个人一起往胡同外走。

夜已深了，胡同里更安静，只听见她高跟鞋嗒嗒的响声，繁星心里很矛盾，不知道是希望能快点走到胡同口，还是希望能慢点走到胡同口。忽然听到舒熠说："月亮。"

她一抬头，可不是月亮，弯弯地挂在人家屋檐上空，闪烁着清冷的光辉。虽然有月色，胡同里曲曲折折，仍旧光线很暗，两边四合院的高墙檐角，都被这淡淡的月色映在地上，像一幅水墨画。

舒熠说："你手这么凉，是不是没吃饱啊？"

繁星倒有点怀疑舒熠没吃饱，毕竟怀石料理分量真的不多，而且日本菜又清淡，几乎没什么脂肪。他一个大男人，吃了那么点猫儿饭，能吃饱吗？

繁星迟疑说："要不，去簋街吃消夜？"

说完她有点后悔，刚吃完怀石呢，就去簋街，这要叫顾欣然知道，绝对大骂她丢尽了脸。

果然，舒熠说："别去簋街了。"

结果下一句他就说："我们去五道口吃烤年糕吧！"

于是刚吃完怀石料理的两个人，又跑到五道口吃了一大盆烤年糕，特别小特别破的店，也没有几个食客，竟然深夜还开着门，舒熠熟门熟路地跟老板打招呼，又问繁星："吃不吃辣？"

等繁星点头，舒熠就要了重辣。

果然很辣，烤得酥香脆软的年糕，浇一勺子酱汁上去，又辣又香，吃得繁星直吸气。

舒熠说："老板，再来两瓶北冰洋！"

一盆年糕见底，繁星这次是真的吃撑到了。舒熠还打包了一盒没烤过的年糕，递给她："在家切成片，用雪菜煮一煮，也好吃。"

繁星本来想说不要，但听他这么一说，都觉得打包盒散发着一股诱人的香，不知不觉就捧在了手里。

舒熠觉得捧着打包盒的繁星简直像一只招财猫，笑眉笑眼，眼神里全是对食物的满满爱意。

舒熠觉得这个晚上特别美好，好几年他都没有如此放松和舒心过。吃怀石时她很严肃，坐得端端正正，像小狐狸坐着自己的尾巴，唯恐露馅似的，跟他说话的时候，她的眼睛才会变圆，充满了好奇；吃烤年糕的时候，她的眼睛又弯了，像是刚才人家檐头的月亮，但是暖暖的。

他觉得挺遗憾今天自己开车，不然就能跟她再一起坐公交车回家，他一定能想出比上次更有趣的游戏，再赢她一顿午饭，那该多么好玩啊！

上次他觉得好玩是什么时候？大约是七八岁吧，一群男孩子第一次学大人的模样打桥牌，他算牌比所有人都要快，都要准，那个下午他觉得很好玩，很有意思。从那之后，他再也没觉得有什么事好玩了，包括创业，包括上市，不过就是计划周详按部就班的成就感。

可是跟她在一起，真心觉得好玩。

繁星倒没想那么多，她家更近一些，到小区门口，就高高兴兴抱着年糕盒子下车，跟舒熠道别："谢谢！今天晚上的晚餐真好吃。"

舒熠促狭地问："是怀石好吃，还是年糕好吃？"

繁星说："都好吃。"

舒熠不由得一笑，这里只能临时停车，后面已经有车灯射过来，他于是挥一挥手，驾车离开。

舒熠第二天上班几乎是哼着小曲进的电梯，连前台都看出来他心情好，笑眯眯地起立："舒总早！"

"早！"

他点一点头,旁边突然冒出个老宋,挂着两只黑眼圈像熊猫一样,幽幽地说:"你终于来了!"

舒熠说:"就叫你别熬通宵了,你看,你眼袋都出来了。"

宋决铭说:"那你帮我招呼一下客户,我先回家睡觉去了。"

舒熠问:"什么客户?"

宋决铭说:"给你打一晚上电话你都不接,高鹏突然约了今天上午要来公司。"

舒熠听到高鹏两个字都头疼:"还是你见吧,你们俩熟。"

"熟个头啊熟!"宋决铭说,"他见了我都恨不得跟我打架,你见吧。我不行了,我得回去趴一会儿。"

不等舒熠说什么,宋决铭已经背着电脑包逃之夭夭了。

舒熠只好摇摇头,走进自己的办公室。

繁星心情也挺好的,早上她已经将年糕处理好,今天午饭又有了着落,不用点外卖。而且今天舒熠也没什么重要的行程安排,除了临时有个大客户要来拜访。小勤说,本来是约了宋总谈事,但宋总回家补觉去了,所以改由舒熠接待。

十点,长河电子一行人准时到了,繁星出来前台迎接,心里还好奇,因为听老宋讲过当年的往事,不知道这位眼高于顶的高总,到底是何等人物。

结果一看,盘正条顺一枚帅哥,好长的腿,穿一件黑色羊绒大衣,大冬天还戴着太阳镜,因为高,简直像明星一般抢眼,就是看着有几分眼熟,繁星还以为自己是不是在哪儿看过这位时髦高总的照片,结果越回忆越觉得不对,尤其高总脸上那副亮晶晶的太阳镜,实在是……太眼熟了。

她出于礼貌不好多打量,引着客人进入舒熠的办公室。她先敲一敲门,说:"舒总,客人们到了。"然后扶着门,让客人们先进。

经过她身边的时候,那位高总说了声"谢谢",繁星忍不住眼皮略抬,正好与他四目相对,虽然是隔着太阳镜,但连镜片都挡不住高总那邪肆的眼神。他微微一笑,露出一口细而尖的牙齿,简直像鲨鱼。用只有她才听得到的低声说:"没错,我就是机场那个傻叉。"

繁星差点失态,终于想起来,那天在机场和顾欣然遇见的黑貂男。

原来是他!

高鹏已经大踏步从她身边走过,呵呵笑着对舒熠伸出手:"舒熠,你这儿真不错!这都多少年了,不舍得请我们来坐一坐,每次总约我们在苏州园区那边,就这样打发我?"

舒熠说:"你不是喜欢实验室吗?所以才总是带你去园区。"

稍稍寒暄后,繁星趁机插话:"几位客人喝什么?有茶、咖啡、矿泉水。"

舒熠说:"甭客气,跟在自己公司一样随便。"

高鹏果然跟在自己家公司一样随便,往沙发上一靠,说:"我要咖啡,美式,谢谢。"

繁星出去置办茶水,又送进来,进进出出几趟。只听舒熠跟高鹏聊得火热,好像多年老友似的。

长河电子的人都带着笔记本和各种电子产品,谈了足足有两个钟头，他们讲的全是专业术语，繁星也没太关注。等终于谈完，舒熠亲自送到电梯，繁星自然跟在后面。那位高总也挺有意思的，电梯来了，繁星连忙按住开门键，他和舒熠握手道别，又对繁星伸手："幸会。"

繁星只好腾出右手与他握一握，说："谢谢高总。"

高鹏眯起眼睛，似笑非笑："谢我什么？"

繁星中规中矩地答："谢谢您拨冗来我司。"

高鹏又笑得露出一口白牙，这才走进电梯，对着舒熠挑衅似的一笑："代我向老宋问好。"

繁星觉得这位高总简直像是来砸场子的。

幸好舒熠跟平常一样，浑若无事。一直走回办公室，看看时间，很高兴的样子："吃午饭了！今天中午吃什么？"

繁星问："您想吃什么？"

舒熠说："有什么吃什么。"他好像挺放松似的，"简单点，我饿了。"

繁星不由得抿嘴一笑，说："我做了年糕。"

舒熠由衷地高兴："这个好！"

繁星出去拿了饭盒，用微波炉热好，趁人不备拿着饭盒送进CEO办公室，舒熠多机灵啊，一看她拿着饭盒进来，什么都没说，站起来对她使了个眼色，就往外走。

两个人做贼心虚，没有搭电梯，溜进安全通道，爬了一层楼去阳光房，坐在那盆多肉面前吃年糕。

繁星早上在家就将年糕分成了两半，一半裹蛋液煎了放糖，做成

了糖年糕，另一半加了雪菜，煮了年糕汤。

她喜欢吃甜的，舒熠喜欢咸的，皆大欢喜，两个人都吃得津津有味。

舒熠说："昨天晚上吃年糕，今天中午又吃，不知为什么，竟然一点也不觉得腻。"

繁星用筷子撅起最后一块糖年糕，问舒熠："你真不试试甜的？"

舒熠怕她吃不饱，于是摇头。

繁星就把最后一块糖年糕也吃了，吃到嘴角沾了糖粒，晶莹透亮的一颗，被太阳一照，像一颗特别小的小钻石，熠熠发光。她一直不知道，也不擦，就在那儿喝桂圆红枣茶，她有点贫血，冬天总是喝这个。

舒熠见惯了她那只玫红色的保温杯，看她捧着杯子喝了口茶，那颗晶莹的白糖粒仍旧挂在她嘴角，摇摇欲坠。

他不由得心猿意马，问她："甜不甜？"

繁星愣了一下，拿着杯子有点迟疑："这个我喝过了，要不，我下楼拿一包给你尝尝？"

舒熠站起来，忽然一扬手就将西服外套脱了下来，就势往后一甩，西服被他这么一甩，半空中铺张开来，像一只张开翅膀的鹰，缓缓落下，铺开在一片枝叶上，压得那一片植物都被弹起晃了晃，衣服垂下，正好严严实实盖住角落里那只安保摄像头。

繁星犹自错愕，舒熠已经倾身，一个又轻又暖的吻，就落在了她嘴角。

第三篇

惊浪

宋决铭睡到下午三点,还是爬起来洗了个澡,觉得自己彻底清醒了,又开车来了公司。他认为高鹏一肚子坏水,每次是黄鼠狼给鸡拜年,没安好心。所以虽然有舒熠在,但他怎么也不放心,还是跑来公司看看。

一进公司就觉得氛围不对,小勤先给他倒了杯咖啡,然后一脸沉痛地对他说:"宋总,你要撑住。"

宋决铭觉得莫名其妙:"怎么了?"

小勤说:"您先喝口水缓缓,我跟您说。"

她这么一说,宋决铭哪还喝得下咖啡,十分干脆地问:"到底出什么事了?赶紧的,快告诉我!别磨叽了!"

小勤啪一下立正站好,昂首挺胸:"报告宋总,舒总不知道为什么今天心情特别好,刚才我们把预算报告递上去,原计划他会砍掉30%,没想到他竟然唰唰地就在报告上签字了!您交给我们的任务我们超额完成了,哈哈哈,老板,惊不惊喜?开不开心?"

宋决铭不由得吓得打了个哆嗦。

每年的部门预算是一场硬仗，董事会控制得很严格，所以到最后舒熠会协调平衡。

宋决铭自从跟着舒熠创业就没吃过钱的苦，技术部门是特别烧钱的部门，尤其做研发，他没钱了就告诉舒熠，舒熠自然会想办法找钱给他烧，最苦最难的时候舒熠都没委屈过他手下任何一名技术人员，导致宋决铭大手大脚散漫惯了。后来公司走入正轨，管理就规范严格起来，尤其上市前那两年严控成本，每年的预算都要跟舒熠打饥荒，宋决铭虽然心眼儿实，也学到点小技巧，比如报上去的预算比真正需要的多出30%，这样舒熠即使砍一点，也不至于真不够用。这就叫漫天要价，落地还钱。

宋决铭一直觉得自己把这个度把握得很好，既不至于让其他部门有意见，又不至于让舒熠下不了台，自己那摊子事也不会真的捉襟见肘。

谁知道今天舒熠竟然都没砍价，就在预算报表上签字了。

宋决铭觉得出事了，出大事了！

宋决铭很困惑地看着小勤，小勤也很困惑地看着老板。

小勤心想老板这是高兴傻了吗？每年都为了预算跟舒总斗智斗勇，好容易今年舒总特别痛快，明明占了个大便宜，为什么宋总表情这么沉重？

宋决铭问："今天有什么特别的事吗？"

小勤眨了眨眼睛，说："没什么特别的事啊……"

宋决铭不相信，一径追问："你想想，好好想想，到底公司出没出什么特别的事，好的坏的都算！"

小勤努力想了半天，问："繁星姐请病假了算不算？她都几年没请过病假了？"

宋决铭一愣，问："繁星怎么啦？她怎么请病假了？"

小勤说："我听同事说，繁星姐手腕给扭了。我打电话问过了，繁星姐说已经在医院拍了片子，医生说骨头没事，就是韧带拉伤，要休息两天，所以她请了两天病假。"

"那现在繁星在哪儿？医院？"

小勤眨了眨眼睛："不啊，好像已经回家休息去了，刚才我打电话的时候，她说已经从医院出来了，休息一晚上观察观察，没准明天就能来上班。"

宋决铭想想，又沉住气重新坐下来，对小勤说："这应该跟舒总没啥关系，你再回忆回忆，今天舒总干什么了？有没有什么特别的事，他见过什么人，还是说过什么话？"

小勤努力地想啊想，想了半天，恍然大悟："今天有个特别帅的帅哥来找过舒总，好像姓高，对，长河电子的高总。本来是约了您，后来您说让舒总跟他谈，就是舒总见的他，好像聊了半天，舒总挺开心的。"

宋决铭不由得猛然拍了一下大腿："这就对了！高鹏那小子，一定是他搞了幺蛾子！"

宋决铭站起来就往外走。

小勤急忙问："宋总您去哪儿？"

宋决铭说："我去找舒熠……"

话没说完,他人已经没影。

宋决铭扑了一个空,繁星的座位上空空如也,这是很罕异的情况,他想起小勤说繁星伤了手腕,心想下班后一定要去看看她。可是她住在哪儿,自己真不知道,而且繁星是女同事,这女同事住哪儿,自己还真不好意思在公司里乱打听。

宋决铭挠了挠头发,推开舒熠办公室的门,舒熠也不在,这也挺罕见的。宋决铭看了看手表,倒是已经到下班时间了。舒熠也很少准时下班,因为他和自己一样,是个光棍,既没有什么业余爱好,又没有老婆孩子热菜热饭等着,回家能干什么啊?所以加班的时候多。

宋决铭站在偌大的CEO办公室,空荡荡寂寥无人,总觉得哪都不对。

一定是因为高鹏这小子来过,凡是他出现,总会有幺蛾子出现,宋决铭笃定地想。

宋决铭从舒熠办公室出来,蔫蔫地一边走,一边给繁星打电话。

繁星听声音倒是和平时一样:"宋总,您好。"

宋决铭赶紧清了清嗓子,说:"呃……那个……繁星啊,我听说你手扭了,要不我过来看看你,给你送点吃的?"

繁星连忙说:"不用不用,有朋友照顾我,谢谢!"

宋决铭说:"我还是过来看看你吧。"

繁星说:"真没事,就是手扭了一下,冰敷一下喷点药就好了。您放心,明天没准我就能上班了。"

宋决铭听她态度坚决,只好说:"那好吧,你要有事就给我打电话，不要客气。"

繁星连声道谢，挂断电话之后，不由得用没受伤的那只左手捂着脸，心想这一切到底是怎么发生的呢？

她本来吃了糖年糕喝着桂圆茶，天气晴朗阳光清澈，太阳晒得人暖暖的，连桌上那棵多肉都肉鼓鼓的好可爱，然后，舒熠突然把西服外套一甩，就俯身亲了她。

她坐在花架上，被这一吻吓得身子往后一仰，顿时失去平衡，连人带花架"轰"一声整个儿翻过去栽在地上，当时把舒熠给吓得，连忙将她抱起来，问她头疼不疼，手疼不疼，腿疼不疼，然后还想抱她赶紧下楼。

她倒没觉得有哪儿疼，就觉得他八成也吓蒙了，赶紧提醒他："我没事，你快走，有同事！"

繁星也不知道为什么就做贼心虚，为了说服舒熠自己真没事，她差点当着他面做了一套第八套广播体操，总之连哄带骗把舒熠先哄下楼去。她看他西服还蒙着摄像头，不由得好笑，走过去把衣服给取下来，结果扯衣服的时候不得劲，就把手给扭了。

繁星也不知道是刚才那一摔把手腕给扭了，还是这一扯扭的，还是她本来就有腱鞘炎的问题，总之下午她发现右手手腕越来越疼，无法准确敲打键盘，而且手腕开始红肿，这才请假去医院。

等她从医院出来，也到公司下班时间了，她走到小区门口，发现舒熠正在那里等她呢，他的车没有她小区的停车卡，开不进去，繁星只好做了访客登记，舒熠拎着两大包从超市买的新鲜食材，就跟她上楼了。

繁星也想不通，事态怎么就迅速发展到，CEO系着她那条小熊围裙，公然在她的厨房里，做红烧蹄髈和可乐鸡翅给她吃了？

说来惭愧，家里连双男人的拖鞋都没有，舒熠挺自然地套了个鞋套就进门了。

她本来搭讪着想要帮忙，但被舒熠拿了个冰袋按在了沙发里，她也就老老实实敷着冰袋，看舒熠忙进忙出。

繁星觉得自己脑子有点乱，要好好清理一下思路，但可乐鸡翅很快就烧好了，舒熠拿盘盛了放在她面前的茶几上："先吃着，以形补形。"

他出来时打开了厨房门，屋子里顿时弥漫着一股红烧蹄髈的醇厚香气，饶是繁星不饿，也忍不住吞了口口水。

舒熠说："香吧？我跟我妈学的这道红烧蹄髈，可香了，就是要炖很久才能肉烂皮酥。"

繁星不知说啥好，只好努力单手啃鸡翅。

舒熠穿着围裙跟她一起吃了块翅根，又问她："主食吃什么？八宝粥？米饭？猪油菜饭？"

她单手拿鸡翅，吃得嘴角都是油酱汁，他飞快地俯身亲一亲，再拿纸巾细心地给她擦掉，繁星顿时又呆住了，举着鸡骨头一动不动，活脱脱像招财猫。

舒熠觉得挺好的，平时多机灵啊，一亲就断线，跟机器短路似的，很好，特别好！

舒熠满意地决定了:"晚上就吃猪油菜饭和八宝粥!"

舒熠又进厨房忙乎去了,繁星过了好久才反应过来,慢慢放下鸡骨头,认真思索几个哲学问题,譬如我是谁?这是哪里?为什么CEO正在厨房做菜?

就在这时候,宋决铭又打电话来说要来看她。

她吓得连忙劝阻。

开玩笑,这仅仅一个舒熠在她家里,她都没法有正常思考,再加一个宋总,她的CPU处理不过来,会过载导致系统崩溃的。

不能不说,舒熠的独家秘制红烧蹄髈还是很好吃的,尤其出锅之后,他用餐刀切成小方块,肉烂皮酥,入口即化。

繁星左手拿不了筷子,舒熠拿了把西餐的叉子给她,她就拿着叉子,吃了一块蹄髈肉。本来打算只吃碗八宝粥,但舒熠将蹄髈盛起来后,又往红烧蹄髈的汤汁里下了一点点面条,这个面吸饱了醇香的汤汁,比肉更好吃。

繁星一边用叉子卷着面条,一边说:"真没想到,你做中餐也这么好吃。"

舒熠说:"那你就多吃点。"

舒熠自己吃的猪油菜饭也很香,这种家常吃食最是诱人,所以他举着碗问:"你要不要也来一碗?"

正在这时候,门铃响了,舒熠本能站起来想要开门,繁星想起这是自己家,连忙站起来,舒熠就坐下继续吃饭。

繁星还以为是快递,心里纳闷,站起来走到猫眼前一看,只见巨大一束鲜花堵在猫眼前。繁星正在诧异，手机突然也响起来，繁星一看是小勤打来的电话，于是就接了。

小勤快活的声音在电话里嗡嗡响："繁星姐，快开门，我们来看你了！"

繁星只觉得头顶上炸响一个焦雷，不由得问："你们？你们还有谁？"

小勤说："还有宋总啊，还有行政的汪姐，还有几个同事啊。惊不惊喜？"

繁星只蒙了一秒，急中生智："我正在洗手间不好意思啊，马上就出来给你们开门，稍等啊！马上！"她挂断电话，冲回桌边，将舒熠拖起来，"快！同事们来了！快藏起来！"

舒熠也蒙了一秒，立刻问："那我藏哪儿？"繁星先指了指洗手间，想想不对，将他推进平时自己做瑜伽的那间空房，正要将房门反锁，舒熠突然看到桌子上的菜，"等等！"

舒熠冲过去拿起自己的碗和筷子，随手放在房间茶几上，然后迅速摘下围裙，套在繁星身上，飞快地替她系好。

繁星手忙脚乱地反锁上房门，用单手整理整理头发，终于打开了大门。

小勤捧着花，笑眯眯地叫了声："繁星姐！"

就在此时，繁星突然用眼角的余光瞥见门后衣帽架上挂着舒熠的大衣……

她急中生智整个人都贴到了门后，挡住那件大衣，扶着门说：

"欢迎欢迎，请进！大家快请进！"

趁着大家一拥而入，纷纷低头套鞋套，繁星飞快地扯下大衣，单手胡乱卷成一团塞进玄关柜子里，动作干净利索一气呵成，就是右手使不上力，将柜门撞得"啪"一响，繁星心都提到了嗓子眼儿，幸好无人发现。

她说："家里太乱了，大家随意。"

宋决铭问："繁星，你的手怎么样，好一点没有？"

繁星还没来得及回答，同事们已经在七嘴八舌地问。

"繁星，花放哪儿？"

"我们给你带了一点吃的，你就搁冰箱里，要吃的时候微波炉转转就行了。"

"繁星姐你这屋子真漂亮，真不错！"

小勤和行政汪姐找了花瓶将花插起来，小勤叽叽喳喳："哎呀，繁星姐，你这小熊围裙真可爱。很少看你穿成这样，太萌了！"

繁星定了定神，笑着说："我在淘宝买的，回头我发链接给你。"

汪姐看到桌上的菜，说："繁星你真贤惠，一个人吃饭也做这么丰富。"

繁星觉得自己无论如何，单手做不出这几道复杂的饭菜，于是只好说："其实……是前两天做的，一直冻在冰箱里，今天重新加热了一下。"

"这个红烧蹄髈好香啊！"小勤不由得夸赞，"繁星姐我要尝一块！"

繁星只好进厨房拿了筷子:"来,来,大家都尝尝。"

于是舒熠辛辛苦苦烧了几个钟头的蹄髈,就被大家你一筷子我一筷子地瓜分了。

小勤说:"繁星姐,你厨艺好好,不知道将来谁有福气娶你,跟你在一起太幸福了!"

宋决铭说:"我们本来就是来看你,你手又不方便,怎么还吃你做的菜。"

繁星连忙说:"没事没事,大家难得来一次,我做的有多的,大家尽管吃。"

小勤说:"繁星姐,我们给你带了比萨,还有卤牛肉、肉松面包什么的,你要吃的时候,微波炉转一下就行。"

繁星连声道谢。

汪姐打量她这两居,说:"这房子你一个人住?这地方真不错。"

繁星说:"本来是跟闺密合租,她过完年还没来,所以她那间房就锁着。"

这说辞是繁星刚才想好的,趁机说出来,简直天衣无缝。

连靠在房门背后听动静的舒熠都忍不住暗暗点赞,觉得她真是善于查漏补缺。

众人随意参观了一下房子,都夸繁星会收拾,屋子里十分整洁。

繁星亦十分感激:"谢谢大家,下班了还专程过来看我,还有这花,真漂亮。"

小勤说:"繁星姐你难得请病假,哎,自从我进入公司,好像都

没看你病过……呸呸，大吉利是，我是说，你一直勤勤恳恳的，所以这次宋总一提议，大家伙儿都响应，都想来看看你，所以我们就一起过来了。"

繁星十分感激："谢谢宋总，谢谢大家。"

宋决铭却不满意："舒熠这家伙今天不知道怎么回事，早早就下班了。其实他最应该来看你。"

繁星本来就心虚，听到这句话，顿时连耳朵根都红了，只觉得脸上火辣辣的，说："没有没有，舒总平时对我挺好的。"

宋决铭说："平时你忠心耿耿，连倒杯咖啡都怕烫着他，放到合适的温度才拿进去给他，你手扭了，他却不来看你，这说不过去。太没有同事情谊了，我打电话给他！"

繁星连忙拦阻："别、别，宋总，我手真没事，明天就能上班了。"

"你明天还想上班呢？我帮你向舒熠多请一天假！"

宋决铭二话不说，拿起手机就打给舒熠。

繁星眼睁睁看着却不能阻止，只好默默祈求舒熠有把手机调成振动。

门后的舒熠听到这动静，也立刻开始掏手机……摸左口袋没有，右口袋也没有……

CEO终于觉得五雷轰顶，生平第一次额角冒出冷汗。

而门外的繁星更加五雷轰顶，因为熟悉的手机铃声正从她围裙口袋里传出来。

繁星万万没有想到，舒熠刚才竟然随手把他的手机放在了围裙口袋里。

饶是繁星平时总能化险为夷，这时候也自觉黔驴技穷。

繁星好几秒钟大脑一片空白，眼角的余光只看着厨房里那棵大白菜，认真地思索要不要一头撞在白菜上好昏倒过去，以免应付这难堪难题。

大约两三秒后，她泰然自若地从围裙里把手机掏出来，说："不好意思我接个电话。"

宋决铭看看她手里的手机，又看看自己手里的手机。

繁星无比庆幸自己和CEO用同款手机，客户年前赠送的最新型号，一模一样。

大约是她语气太真诚，所有人都没觉得有什么异样。

繁星走到厨房去，立刻就将手机直接关机，然后开始装模作样接电话。

"妈，好的，行，可以……先不跟您说了，我同事们来了，嗯，好的，再见……"

走出厨房的时候，繁星觉得自己简直可以拿奥斯卡，还是最佳女演员那种重磅奖项。

小勤看宋决铭茫然地拿着电话，于是好奇地问："宋总，您找到舒总了？"

宋决铭使劲摇晃了一下头，说："真奇怪，关机了。"

"手机没电了吧。"小勤说，"或者在开车什么的，信号不好。"

宋决铭摇摇头，忽然又点点头："我回头再打给他。"

繁星张罗着切水果给大家吃。

汪姐说:"别忙了,你手不方便,这么晚了,我们来了又吵你半天,我们先回去了,你早点休息。"

同事们来得快走得也快,七嘴八舌就告辞,也不让繁星送,一窝蜂就出了门。繁星关上门这才松了口气,定一定神,飞奔过去打开反锁的房门。

舒熠倒还挺镇定似的,靠在门框上。

只不过两人视线一相接,他终于忍不住"扑哧"笑出声。

繁星说:"你笑什么?"话没完,她自己也忍不住笑起来。

她一边笑,一边将手机递给舒熠:"还你!"

舒熠将手机打开,先给宋决铭打了个电话:"喂,老宋,是我。刚才打电话给我呢?"他泰然自若,一边踱步一边撒谎,"嗯,手机没电了,刚充上电看到有来电未接……"

繁星觉得舒熠也能拿奖,最佳男演员那种。

舒熠跟宋决铭的电话,讲了三句半就又谈到了工作,全是专业术语和讨论,繁星收拾好了餐桌,将饭菜重新热过,舒熠也吃得心不在焉,一边扒拉饭,一边还给宋决铭发邮件。

等吃过饭,收拾好碗筷,舒熠就说:"我先走了,你早点休息。"

繁星还没回答,他又问:"你明天晚上吃什么?"

繁星愣了一愣:"什么?"

"明天晚上想吃什么,我来给你做。你不是手不方便吗?"舒熠说得挺自然的,"要不,明天下班的时候你跟我一起去买菜?"

繁星呆呆地问:"明天还来?您这是……"

舒熠大大方方地说:"我在追求你,所以献殷勤啊!"

他说得这么坦率,繁星一时都愣住了。

舒熠觉得挺好玩的,现在不亲她她都开始断线了,明明挺机灵一个人,刚才那样有急智,他忍不住伸手捏了捏她的脸:"早点睡,明天见!"

一直到他走了好几分钟,繁星才使劲摇了一下头,伸手摸了摸脸,想想CEO理直气壮地说出"献殷勤"三个字,总觉得这事态的发展,搞得自己都有点蒙了。

繁星纠结地打电话给顾欣然。

她正在加班,大正月里有个女明星婚变,这两天网上闹得沸沸扬扬,顾欣然一边吃泡面一边看舆情,口齿不清地跟她讲着话:"怎么啦?"

繁星说:"有个事……嗯……你说话方便吗?"

顾欣然抱着泡面碗吃得稀里哗啦:"方便,你说!我戴着耳机呢!"

繁星说:"有个人在追我……"

"挺好的呀!太好了!我就说你新年桃花旺!来,跟姐姐八卦一下,这人干什么的,长得帅吗?"

繁星讪讪地说:"我这不是在纠结吗?"

"纠结?难道还是那个老宋?"

"不是不是。"繁星赶紧说,"其实……"她随口扯了个谎,"是我大学的一个师兄。"这倒也算是实情。

— 157 —

"哦，师兄啊，那就是早就认识喽？帅不帅？"

繁星："……"

顾欣然说："你现在是单身，单身啊妹子！就应该好好享受享受单身的快乐和自由，有人追求，你想答应呢，就试着发展一下，不想答应呢，就不要理睬他。这有什么好纠结的。"

繁星脱口说："我怕试一下就后患无穷……"

"那就还是想发展发展喽！"顾欣然十分能抓住重点，并且完全不以为然，"怕什么后患，兵来将挡，水来土掩，即使将来不合适分手，他还能追在你后头，让你负责吗？"

繁星挫败地说："你不了解情况。"

"我当然不了解情况。他是在追你，又不是在追我。"顾欣然说，"难道对方不是单身？"

"那倒不是。"

"那不就得了，不违反法律和道德，单身男女，你想交往就交往，不想交往呢，就再观察观察。"

繁星完全不得要领："可是他说他正在对我献殷勤……"

"说没用，做才有用。行动，行动，行动！永远不要相信男人说什么，只需要看他们做什么……"

"他说明天还要来给我做饭……"

顾欣然终于放下了面碗："哟！哟！这都已经给你做饭了？还？还？也就是今天他来了，明天还要来？这殷勤献得不错，做饭好吃吗？"

繁星老老实实地答:"挺好吃的。"

顾欣然说:"那还有什么好纠结的,他要献殷勤,就让他继续献啊!"

"我怕hold不住……"

顾欣然将茶杯重重地往桌上一放:"祝繁星,你完了,你这是动了凡心了。只有真爱,才让人患得患失。你看看那个老宋,不管他怎么献殷勤,你都不怕hold不住对吧?为什么这个人就献了一下殷勤,你就怕了呢?"

"不是怕,就是觉得这事太突然了……"

"哪份爱情不突然啊。祝繁星,我告诉你,你可千万别怕,爱情来了,你就坦然地接受它,不要怕,更不要觉得自己hold不住,人家都鼓起勇气追你了,想要你给机会,你还怕什么!"

繁星一想也对啊,是CEO要追求自己。他哪怕英明神武光芒万丈呢,这不还得献殷勤。繁星觉得挺好的,被顾欣然浑不憷的精神鼓舞了,她讲完电话,高高兴兴毫无负担地睡觉了。

反倒是舒熠睡不着,因为开车还没进小区,就发现老宋拎了瓶酒,正在他家小区门口等着他。

一见他的车就迎上来:"等你好半天了,你上哪儿去了?"

舒熠只好撒谎:"有个同学回国,去他那儿坐了坐。"

老宋拉开车门就上车:"走,我们今天晚上讨论讨论上次没说完的问题。"

舒熠说:"别加班了,明天上班再说吧。"

老宋看着舒熠:"你这是怎么了?认识你这么多年,你头一回拒绝加班。"

舒熠说:"又不是火烧眉毛的事,你也别熬夜了,对身体不好。"

老宋说:"是不是高鹏给你下降头了!你这两天哪哪都不对劲!"

舒熠将车驶入地下车库,停好在车位上,说:"上去喝一杯?"

老宋叹了口气:"不讨论工作,哪喝得下酒。"

舒熠说:"你也别成天心里全装着工作,所谓有张有弛,做事业也得有节奏,别绷太紧了。"

老宋说:"不行,你今天得陪我喝顿酒,我觉得自己失恋了。"

舒熠问:"失恋?你跟谁谈恋爱?怎么,要分手?"

老宋闷闷的:"单相思。"

舒熠拍了拍他的肩:"单相思就别郁闷了,这个不算失恋,算追求未遂。"

结果老宋拉着他,两个人喝完一瓶红酒不说,还在书房地板上拿粉笔写了一地板的公式,各执一词,争执不下,大半夜差点没吵起来。最后老宋倒是倒在沙发上呼呼大睡了,美国的客户们到了上班时间,纷纷开始给舒熠发邮件,其中有好几个要紧的事情,舒熠只好立刻处理回复。

到天亮时,舒熠想,不行,无论如何得眯一会儿,不然今天晚上可撑不住了,他还要献殷勤呢。

繁星睡得一觉黑甜,被闹钟叫醒,倒比平时起来得还早二十分钟,因为手扭了不好化妆,她在家里收拾清爽了才出门。

本来是请了两天假,但昨晚临睡前觉得手已经无大碍,早起喷了点药,还是准时上班。

出租车上翻看手机,发现舒熠凌晨时分给她发过一封邮件,说自己今天会稍晚到公司。另外还有一封邮件,比上封邮件稍晚几分钟,内容是抱歉忘记她手受伤,让她安心在家休养。

繁星一看两封邮件的发件时间,就知道他睡得晚。

反正今天行程上也没什么特别重要的事。

繁星打卡的时候正好遇见小勤,她意外得很:"繁星姐,你怎么来上班了?"

繁星说:"我手好多了,就来公司看看。"

小勤环顾一下左右,将她拖到一边,一脸诡异地问她:"你觉不觉得,宋总这两天非常不对,舒总也是,好像有什么事情正在发生!"

繁星说:"因为高鹏嘛,你已经跟我分析过了。"

"不是不是,有最新的情况!"小勤说,"你不知道,昨天我们不是看你去了嘛,然后下楼的时候,突然宋总脑子就蒙了。"

繁星心里一跳,不由得问:"他怎么了?"

"你不知道昨天晚上,宋总没开车,我们一块儿叫车去你家的。但后来从你家出来到楼下的时候,有一辆特别好看的车就停在你们小区大门边上的车位上,还是汪姐说,咦这个车真好看,不知道什么牌子。谁知道宋总看到那个车,就走过去拉车门。你知道最诡异的是什么吗?那个车门竟然一拉就开了,宋总往车里看了看,空的,没人。但宋总那一脸伤心,简直比捉奸在床还要惨。"

— 161 —

繁星心里一咯噔，问："等等，我有点乱，他看到车，拉车门，车门就开了，什么车？"

"我们都不认识啊。"小勤说，"我当时也有点乱，心想宋总怎么就把别人的车门给打开了呢？这是车主忘了锁吗？结果宋总说，这车是指纹感应锁。哎呀你没看到他那个表情，跟六月飞雪似的，你说说，这得什么人，除了自己，还把宋总的指纹给录到车锁上？这两个人，一定是非常非常亲密的关系！"

繁星心想昨天舒熠似乎是开了辆新车，他车特别多，时不时就换。因为好多汽车如今都有自动辅助驾驶系统，其中核心关键技术都涉及陀螺仪，所以舒熠时常换最新的车，以体验最新产品的使用感受。

小勤下决心说出自己的推断："你说宋总都跟这人亲密到能开同一辆车了，他跟这个人，一定是同居关系！不然怎么可能把指纹也录到车上！"

繁星睁大了眼睛，一句话也说不出来。

小勤说："根据我的分析，这个人一定是男性，因为车子颜色、配饰的风格硬朗。最重要的是，我昨天在旁边瞥了一眼，驾驶座椅调整得特别靠后，这说明驾驶者腿长，身高起码有一米八。后来我上网查过了，这车是新款，全球首发没多久，特别紧俏抢手，据说订单排到了明年。现在就能开着的，一定跟汽车厂家或者销售代理有特别的关系，才能第一批提车。"

小勤"哗"一下子就激动起来："宋总一定有个秘密同居的爱人！这个人开着全球最新款的车！这车的指纹锁有宋总的指纹！这人

还腿长一米八！宋总昨天一定发现这个人背着他偷偷地劈腿了，好虐！被大长腿劈腿……这个人还跟你住同一个小区，繁星姐，你有没有注意到你们小区有啥长腿帅哥……"

繁星说："没准是宋总朋友的车呢……不跟你说了，我得做事去了。"

小勤依依不舍："繁星姐，你要见到那车主记得偷拍一张啊！我看看长得帅不帅，配不配得上宋总……"

繁星十分好笑，只好说："一定配，配一脸！"

小勤还要说什么，繁星已经转身要走了，小勤一转头，突然拉住繁星："来了来了！真正的配一脸！"

繁星扭头一看，只见舒熠和宋决铭并肩走进来，两个大长腿男人一起走路，倒是真挺好看。尤其舒熠穿着大衣，简直是玉树临风。

繁星觉得自己有点情人眼里出西施，因为宋决铭明明也穿着大衣，但她就觉得没有舒熠好看。

小勤挽着繁星的胳膊，语气陶醉："是不是配一脸，是不是？"

前台已经站起来打招呼："舒总，早，宋总，早。"

舒熠应了声"早"，却一边脱大衣，一边跟繁星说话："你怎么来上班了？算了，会议室有没有安排？通知技术部，二十分钟后在大会议室开个紧急会。要咖啡，浓的。还有，给找点吃的，三明治什么的都行。"

繁星伸手接过舒熠的大衣，宋决铭也把大衣交给了小勤，却跟在舒熠后头："舒熠我跟你说，这不可能是我们的问题，不可能……"

一路说,一路跟舒熠走到办公室里去了。

小勤吓得吐了吐舌头,繁星将舒熠的大衣挂起来,立刻忙碌起来,跟小勤还有行政一起准备了咖啡茶水,还有早餐,热腾腾现买的汉堡,还有三明治、热狗什么的,一起送到办公室里去。

繁星把咖啡放在桌上,她的手已经不怎么疼了,但还是使不上劲,所以用左手拿着托盘。

宋决铭坐在舒熠的办公桌边上风卷残云地吃着汉堡,一口就咬去半个。

"这锅我可不背,我当时就跟他们讲,这种情况下我们没办法保证手机的散热,他们偏不听,这可是他们在图纸上签过字的……"

繁星不知道出了什么事,小勤和她忙碌了一早上,等技术宅们开始激烈讨论之后,两个人才一起退出来。

繁星去给手腕喷药,小勤则去打听了一圈八卦,跑回来告诉她:"出事了!公司重点客户,韩国做手机的那家公司,据说新款手机这刚上市,动不动就陀螺仪失灵了,然后就自动关机,或者黑屏。"

繁星不觉得担心,舒熠有自信公司产品是全世界最好的,而她相信他。

小勤反倒关心的是另外一个问题:"哎,上次韩国那个社长来,长得好帅啊,长腿欧巴,出了这么大的事,他会不会被辞退啊。据说他是会长最小的一个儿子,因为跟哥哥争宠失败,被迫退出主营业务,被发配去做手机。唉,好可怜的人设……"

舒熠开了一上午的会,午餐时分会议终于暂告一段落。技术宅们连线了苏州的实验室,仍旧觉得不行,由老宋带队,拉了人马去苏州出差,做检测到底问题出在哪里,还有一批人由另外一个副总带队,去深圳基地,看看生产线有没有问题。

繁星知道舒熠必定辛苦,中午订了清热爽口的苦瓜排骨汤,果然舒熠就在办公室,一边发邮件一边匆匆吃着。

吃完舒熠就跟韩国客户开视频会议,繁星趁这个空闲,捧了饭盒去屋顶的阳光房吃自己那份午餐。她给自己订了咖喱饭,怕有味道所以拿上来吃。阳光房里还是静悄悄没有旁人,她坐在茶花树下静静地吃饭,咖喱软烂,所以左手拿勺子也吃得很轻松。

茶花本来冬天开了满树的花,这时候也谢得七零八落了,但还有几朵嫣红的花儿夹在绿油油的叶子里,格外动人。今天阳光好,照得屋子里光线清澈,衬着高处湛蓝的天空,灰茸茸的天际线,甚至能看到西面远处的山峦。

繁星吃着吃着,目光就落在斜对面那棵金橘树上,红色的丝线吊着红包,红包上金色的花纹在阳光下闪闪烁烁照人眼,她忽然有点迷信起来。

繁星下楼去拿了钱包,上楼来先用围巾遮住摄像头,然后从钱包里掏了五块钱出来,想想不对,换了一张一百块,心中默默地祈祷,希望眼前的风波平安度过,希望舒熠从容应对。

她有点羞涩,觉得自己封建迷信,所以睁开眼后,左右偷偷瞄了一眼,确定无人,这才将钱塞进红包里。把钱塞进去之后,她忽然还是不放心,于是将发圈解下来,郑重地打了一个如意结,然后套在钱上，重新装进红包里。

要加油哦!

她认真地，一笔一画地，在红包上写。因为右手使不上力，所以左手执笔，写得歪歪扭扭。

那么，应该是灵验的吧。毕竟之前她的每一个愿望，他都为她实现了。

繁星觉得自己这种行为挺傻的。但是管他呢，顾欣然说，你爱上一个人的时候，会心甘情愿做傻事。

因为，你心疼他呀。

舒熠忙得不可开交，因为下午时分，网上爆出消息来，更严峻的是，陀螺仪不仅会引起死机和黑屏，有一位用户在使用过程中手机突然发生了爆炸，差点被炸伤眼睛。用户愤然在网上公开投诉，舆情如同星火燎原，迅速扩散弥漫。韩国公司被迫发表简短公告，承认新产品出现缺陷，具体原因正在调查。

虽然韩国公司还没有确认是陀螺仪的问题，但是手机爆炸是非常可怕的后果，而且陀螺仪作为手机的重要功能，又不能建议用户暂停使用。舒熠压力骤增，立刻决定亲自飞往苏州，韩国公司也由CTO带领团队紧急从首尔飞往苏州与他会合，共同研讨问题到底出在哪里。

舒熠办公室里放着一只登机箱，就是为了方便出差。繁星替他草草检查了一下箱子里常备的必需品，就替他锁上。她替他订了最快的一班航班，怕路上堵车赶不上，所以掐着分秒让他可以尽快出门。

舒熠上了车，司机开得飞快往机场赶，他才有时间掏出手机来发消息给繁星,说:"晚上没法给你做饭了,照顾好自己。别忘了给手搽药。"

舒熠争分夺秒在飞机上眯了一会儿,落地后打开手机才看到繁星回了个笑脸,也并没有说别的话。他落地后直接从机场到园区实验室,韩国人还没到,倒是老宋怒气冲冲,正捋着袖子跟高鹏吵架。

高鹏也是第一时间赶到了苏州,因为韩国这款手机是由长河电子生产的主板以及大部分其他零配件,现在出了问题,他当然得飞过来。

宋决铭跟高鹏多年恩怨,一见面不出三分钟必然吵架,这时候老宋正在着急上火,骤然见到高鹏,连半分钟都没法忍,两个人从验证算法一直吵到针脚虚接,舒熠一走进实验室,宋决铭大喜过望,将他拖到实验台前:"舒熠,你说,我们的算法是不是没有任何问题?"

高鹏冷笑:"没有问题为什么是陀螺仪引发死机甚至爆炸?"

舒熠说:"如果处理器的算法有问题,陀螺仪也有可能引发死机。"

高鹏冷冷地说:"你这是甩锅了?"

舒熠说:"我只是指出技术缺陷的种种可能性。"

高鹏冷笑着还想说什么,舒熠已经戴上手套去显微镜下看主板去了,高鹏忍不住冷嘲热讽:"需要技术支持吗?要不要叫我们的工程师过来?"

舒熠压根不搭理他,自顾自与宋决铭讨论。两个人十来年搭档,特别有默契,一个看,一个画,分头写公式验算。实验室里顿时安静下来,好几个技术宅都在一旁站着,轻手轻脚不敢动弹,怕吵到他们俩的思路。只有高鹏,虎视眈眈等着挑错,所以一直一边冷笑哼哼一

— 167 —

边盯着他们俩。

到最末，宋决铭终于忍不住了，说："有些人如果数学不好，能不能安静旁观，有必要哼哼唧唧吗？"

高鹏气得差点一口鲜血吐出来，他当年高考数学考出一百五十分满分跟玩儿似的，因为他是全国奥赛冠军，本来可以特招提前录取，但纯粹为了骚包炫技，他还是毅然参加了高考。纵然P大牛人辈出，他也是老师的爱宠，每次拿奖学金的人物，无论如何也不算泯然于众。生平第一次被骂作数学不好，便是此时此刻。竟然一时想不出话来反驳，因为舒熠公司是自主算法，而长河电子是外包给专业的算法独立供应商。当然了，是世界第一流的算法供应商，然而，比不得人家是自主研发啊。

高鹏傲娇惯了，没想到被老宋这种人以拙胜巧，一句就戳到心窝，忍到脸色发青，几乎要气昏过去。

韩国客户一行人终于到了，众人寒暄，才算把这场给揭过去。

韩国人跟技术宅们凑在一起讨论研究，宋决铭一个人独战群雄，讨论得不亦乐乎，连翻译都跟不上他的语速。后来又换了舒熠主持讨论，宋决铭端了杯咖啡，坐在实验台前闭眼养神，好似在听舒熠说话，又好像在若有所思。

此时此刻，高鹏终于决定报一箭之仇，他瞥了宋决铭一眼，不紧不慢地说："你一个T大的，竟然敢嫌我数学不好！"

T大跟P大相爱相杀多年，双方都知道怎么样给对方雷霆一击。

高鹏很愉快，觉得自己这一击必中。

谁知道宋决铭睁开眼睛看了他一眼，说："你们P大数学是好，那也分什么人，你看舒熠才念了半年P大，都比你数学好。"

高鹏差点将手里的主板扎到宋决铭那张貌似忠良的脸上。

太欺负人了！

高鹏迅速地冷静下来："行啊，老宋，几天不见，你可长进多了，说话一套一套的。你这是怎么啦，舒熠喂你吃炸药了？你成天跟个小媳妇似的维护舒熠，他到底给你下什么蛊了，我当年开价比他高几倍，你都不肯来我们公司。你对舒熠这是真爱吧！你们俩到底啥时候结婚，我也好包个大红包！"

宋决铭冷笑："我跟舒熠已经分手了，他是他我是我，你别惹我。"

高鹏上上下下将他打量一番："打是亲骂是爱，不闹分手不真爱。我不信，你们俩床头吵架床尾和，没准今天晚上一起睡个大床房，明天早上就又恩恩爱爱了。你们俩真分手，打死我也不信！"

老宋生闷气，坐到一边去不理他了。

韩国人到得晚，会议开到晚上八点多，每个人其实都有点饥肠辘辘。

舒熠算东道主，实验室里又全是技术宅，没人顾得上张罗晚餐的事，舒熠正想问一句，突然闻到一阵食物的香味，旋即实验室的门被打开，舒熠抬头一看，繁星正带着人送盒饭进来。

每个人口味都不一样，有人是拌饭，有人是大酱汤，还有人是炸酱面，递到手上都还是滚烫的。韩国人难得一到异邦就吃到如此地道的韩餐，说英文表示感谢。

繁星不过微微一笑，说一句韩语回应。因为公司重点客户有韩国人，所以她特意报班学过，日常商务会话是没有问题的。

舒熠那份是红烧肉，还有百叶结，铺在雪白的米饭上，他动脑筋就爱吃肉，繁星记得他的习惯。

老宋则是汉堡，巨大一个，配上可乐他能一气儿吃完。

连高鹏都被照应得很好，他也不知道繁星怎么就知道他爱吃苏式面，什锦两面黄，特别香。

趁着大家都在吃饭，舒熠向繁星使了个眼色，没一会儿，他就找机会出来到走廊上，看她正低头倒茶，于是问她："你怎么来了？"

繁星说："怕您这边太忙，所以我订了机票就过来了。正好回家收拾了一下行李，还顺路去干洗店，给你也取了两件衣服，估计这边一天半天也不见得能结束。"

舒熠说："你不是手伤了吗？"

繁星活动手腕给他看："已经好了。"

舒熠还有很多话想说，然而时间场合都不对，只好咽下去。大家草草吃完饭，又继续开会讨论，繁星像往常一样，做好自己的本职工作。舒熠知道今天晚上一定会讨论到很晚，然而也顾不上繁星了。他得心无旁骛。

凌晨三点多，讨论终于告一段落。大家同意从算法上找问题，于是连线美国的算法供应商，又开了一个视频会议，眼看着天都快亮了，这才回酒店休息。

舒熠很疲倦，前一晚宋决铭拉他喝酒，两个人都没怎么睡，又因为韩国客户的突发事件早起,今天舟车劳顿,再开了差不多一整晚的会,这种会议全是烧脑,所以筋疲力尽。到酒店房间,繁星还在跟他说行李里的衣服挂在衣柜里了,而他含糊答应着,整个人几乎是往床上一歪就睡着了。

他睡了大约两三个钟头,就醒过来,酒店是中央空调制暖,所以很干燥,他爬起来喝水,突然发现沙发上睡着一个人。

竟然是繁星,舒熠有点蒙,想了想园区里最靠近实验室的就这么一家酒店,繁星在车上给他房卡的时候说已经满房了,而且没有行政套,让他将就一下普通大床房。他心不在焉也没多问,想必繁星是没订到多余的房间。

她睡着了挺好看的,睡灯朦胧的光线下,嘴唇嫣红,大约是因为太暖,鼻尖上还有一点晶莹的汗珠,容貌娇艳,真像童话里的睡美人。

舒熠轻轻地将她抱起来,放在床上,替她搭上毯子,又将空调温度调低些。

他本来想要不要出去睡沙发,然而找了找衣柜里并没有多余的毯子,他也懒得折腾了,躺下低头吻了吻繁星的后颈,那里有几根茸茸的碎发,衬得她肌肤雪一样白。

繁星睡得很沉,没有动弹。

他揽住她的腰,也心满意足地睡着了。

繁星做了一个梦,恍惚是刚毕业没多久,员工培训的时候,大家一起出去团建,不知道怎么忽然就剩下她一个人。四周全是茫茫的沙漠,太阳照得人眼睛都睁不开,热晃晃的,又燥又热。她被锁在车子里，车里竟然还有一头豹子，全身油光发亮的黑色毛皮，眼睛更亮，近在咫尺瞪着她，咆哮着朝她露出尖锐雪亮的牙齿。

繁星拼命回忆自己看过的动物世界，或者国家地理之类的栏目，遇见猛兽应该怎么办？跑是跑不掉，巨大的猫科动物，浑身散发着危险的气息，让她觉得分分钟会被它一口咬死，然后生吞活剥。

她战战兢兢，突然想起身上总带着一小盒巧克力，赶紧剥出来喂黑豹。黑豹舌头一卷就吃掉了，舌头上的倒刺刮得她手指生疼，然后黑豹发出更大声的咆哮，明显不满只有这么小小的一块。

她只好举起双手："没有了！没有了！真的没有了！"

黑豹不满地从喉咙里发出低低的呼噜声，然后突然一跃而起，朝她直直扑过来，血盆大口，繁星掉头就跑，黑豹已经扑在她背上，热热的气息就喷在她脖子里，繁星一回头，黑豹张嘴就朝她脖子上咬来。繁星大声尖叫，其实也没叫出声来，猛然就一下子醒过来了。

繁星惊魂未定，终于发现问题出在哪儿，因为有人真贴在她身上，热热的呼吸全喷在她脖子里，而这个人，竟然是舒熠。

她这么一动，舒熠也动了动，意识模糊地将她往自己怀里拽了拽，将她搂得更紧了，咕哝了一句什么，又把脸埋在她脖子里了。

繁星觉得舒熠此时此刻不像豹子了，像大猫，抱着猫薄荷的那种，闻一闻，还舍不得吃，再闻闻，继续抱好了蜷住睡。

猫薄荷定了定神，战战兢兢地回忆自己是怎么跟大猫一起睡在床上的，还有，自己的手机呢？现在几点了？

舒熠迷糊了没多久，也渐渐醒了。其实一醒过来就挺难受的，一只年轻力壮身心健康抱着猫薄荷的猫，大清早的，多让人难受啊。

所以大猫磨磨蹭蹭，蠢蠢欲动，低头无限迷恋地闻了闻猫薄荷，开始考虑是做禽兽还是禽兽不如这个终极哲学问题。

薄荷试图从猫爪下爬走，大猫就更难受了，觉得意志力受到前所未有的挑战："别动。"

薄荷小声说："我要去洗手间。"

大猫深深地叹了口气，还在脑海中进行激烈的天猫交战，门外突然有人一边按门铃一边敲门，还在叫舒熠的名字。

大猫一松手，猫薄荷就趁机跑掉了，跑得比猫还快，闪进洗手间锁好了门。

舒熠怏怏地爬起来开门。

"舒熠，我有话跟你说。"

高鹏仍旧打扮得油头粉面，头发做得跟当红小生一般，穿得更是衣冠楚楚。试图推门而入，却被舒熠手上用力，将门拦住了。

高鹏故意探头探脑了一下："老宋不在啊？我助理说酒店满房，我还以为昨天晚上你们俩又挤一床呢。"

舒熠压根都不搭茬："我脸都没洗，有事能不能直接说？"

"舒熠，你今天火气怎么也这么大？"高鹏挺奇怪的，"你跟老宋这两天怎么都像吃了炸药似的。"

舒熠作势要关门："没事我再睡会儿。"

高鹏眼明手快拦住了："哎哎，美国那边又炸了一台，你还睡得着吗？"

舒熠心不由得沉了沉,炸一台是孤例,再炸一台那是最坏的消息,说明是整个批次,不,是整个机型有问题。这就严重了。

他说:"我马上下楼,我们在早餐厅碰头。"

他关上门,繁星已经飞快地洗漱好了。他也草草洗了个澡,一边刷牙一边听各处的信息汇报。美国算法供应商还在加班加点地排查,生产基地那边也没有任何发现。

老宋也被叫醒,听说这个坏消息,他在电话里沉默良久,反倒是舒熠安慰他:"我们先查,看看问题到底出在哪儿。"

舒熠出门忙去了,繁星趁所有人出动,自己去前台,问了有新退的房间出来,赶紧开了个房。房间还没收拾清洁,她就把行李寄在前台,然后等大部队吃过早餐,她已经调度好了车子,一起去实验室。

高鹏觉得不仅老宋吃了炸药,舒熠今天也是。

整个上午他都火力全开,简直不像只睡了四个钟头的人。

尤其重新核对公式的时候,各算法模块一个个地报,舒熠连眼皮都不抬,听完几乎连一秒都不用思考,不假思索直接说对错。不仅他公司的人都战战兢兢,连长河电子的人都被这场面震住了。

高鹏认为什么叫骚包炫技,这才叫骚包炫技。

这世上怎么能有人比他高鹏更骚包更炫技,不可忍!

高鹏立刻亲自上阵,他报得快舒熠答得也快,两个人跟抢答似的,越说越快,旁边的人都听不过来了,只好看他们俩高手过招,倚天剑斫屠龙刀,火花四迸,除了老宋,其他人简直都快听不清楚他们到底在说什么了。

高鹏说得口干舌燥，舒熠还胜似闲庭信步，高鹏恨得牙痒痒，越说越快，越说越长，顺口溜似的报出一长串公式。

舒熠终于抬起眼皮瞧了他一眼："滚！这是算导弹制导才用得上的！"

高鹏冷笑："你不是能耐么，有能耐你连这个也算了，回头我就推荐你去大山里头，专管保卫祖国。"

舒熠还没答话，老宋已经鄙夷地冷笑一声："幼稚！"

高鹏哪里能忍受老宋的鄙视，立刻跟热油锅里进了水似的，噼里啪啦炸了。

等韩国人开完会回来，看到他们俩在实验室里竟然捋袖子吵上了，一头雾水地做和事佬。

闹得不可开交，终于到了午餐时间。繁星带着人送饭进来，连高鹏都忍下了一口气，因为繁星竟然递给他一盅煮得乳白的河蚌汤，特别家常的口味，简直像外婆在初春时分亲自去菜场挑了最鲜嫩的河蚌，回来养了两三天吐尽沙子，再用炉子细细煮的。香，鲜，嫩，初春江南最鲜的美味，让人想起外婆的怀抱。

高鹏感动得眼泪都快掉下来了，满屋子坏人，老宋跟舒熠更是一如既往合伙对付自己，就这么一个小秘书特别贴心，特别仗义。

因为这一盅汤，高鹏决定好好报答这位小秘书。

高鹏行动力惊人，立刻就叫人过来，耳语两句，一是去订水果鲜花，二是立刻打听这小秘书住哪间房。

繁星下午反倒闲一些，因为男人们吃饱了，又开始开会。她只要照顾好茶水就行了,三四点钟的时候,顾欣然突然给她发微信语音,问她是不是在苏州出差。

繁星说是啊。

顾欣然说:"太好了,晚上有没有时间过来吃饭,我正在上海出差,离你近,半小时。"

繁星说:"我这边挺忙的,下次吧。"

顾欣然说:"那行,我找机会来看你。"

这天晚上散会比较早,因为下午传来消息,又炸了一部手机。接二连三的爆炸让所有人都心情坏到极点,但这种排查急也急不来,韩国公司开始考虑要不要全面召回这款产品,所以韩国团队连夜飞回首尔去开会了。

繁星安排好车子,自己跟最后一辆车回到酒店正好十点半,没想到顾欣然竟然在大堂等她。

"惊喜吗?"

繁星确实惊喜:"你怎么来了?"

"来看望你啊!"顾欣然说,"反正我没啥事,又这么近。"

两个人有说有笑一起上楼,繁星问:"你怎么突然就出差了?"

顾欣然说:"我们接到线报,盯人呢。"

繁星向来不过问她的工作,所以只是一笑置之。

高鹏回房间洗了个澡,助理送来鲜花和水果,还有写着繁星房间号的卡片,甚至,助理鬼鬼祟祟还在卡片里夹了一枚超薄。

高鹏气坏了,幸好他提前打开卡片看了一眼,他是这种轻狂的人吗？人家的秘书咋那么懂事知分寸，自己的助理咋就这么猪头！

高鹏把超薄扔了，拿着鲜花和水果就去敲繁星的门。

繁星正在吃苹果，舒熠哪哪都不舒服一整天，回到酒店忍无可忍，决定把猫薄荷叫来闻一闻。

猫薄荷倒是很快来了，但告诉大猫，自己闺密从上海过来看她，只能待十分钟就回去，不然闺密很容易起疑心。

大猫很失望，很想立刻把酒店买下来，或者把其他房间统统订了，让猫薄荷再跟自己住一间房。可是这种天凉王破的事情他真干不出来，只好蔫蔫地说那我削苹果给你吃吧。

猫薄荷捧着大猫削好的苹果吃得眉开眼笑，所以他问："甜不甜？"

猫薄荷把苹果转了半圈给他咬，大猫很不满，瞪着薄荷，薄荷只好主动凑上去让他好好尝尝，到底甜不甜。

这个吻比之前所有的吻都要深，都要更令人沉溺，大猫发出满意的鼻息，很甜，很甜，再甜一点就更好了，不够嘛，总是不够，能吃下肚去就最好了。

突然走廊里传来一声尖叫。

猫薄荷吓得苹果都差点掉在地上："是我闺密！出什么事了？"

高鹏也吓坏了。

他拎着水果鲜花就来到繁星房间前按门铃，谁知道顾欣然刚洗完澡，以为是繁星回来了，看都没看，围着浴巾就打开门。

结果一开门外头竟然站着个长腿傲娇男，两眼嗖嗖地盯着她，她一急本能地想要关上门，没想到把手挂住浴巾边缘被掖住的那个结，她用力一关，正好浴巾被扯散了。

春光乍泄，高鹏目瞪口呆，顾欣然一边尖叫一边扯着浴巾就出腿了。

"你竟然还敢看！"

顾欣然可是跆拳道黑带四段，一脚就踹向要害。

"色狼！我让你断子绝孙！"

繁星赶到的时候，高鹏正捂着大腿满头冷汗，要不是背靠着墙，估计早就瘫在了地上。

总算是顾欣然最后一刻脚下留情，往下错了几寸距离，饶过命根子。饶是如此，高鹏的腿根也紫了一大块，当然此时他并不知道，此时他正捂着腿愤怒地咆哮："你！怎么又是你！"

顾欣然早已经飞快地甩上门套上了浴袍，捂得严严实实重新打开门，双手抱臂，一派嚣张气焰："是我怎么了？有本事你咬我啊？"

高鹏恨得牙痒痒。

繁星恰好及时赶到："怎么了？发生什么事情了？"

高鹏泪眼汪汪，像被主人强行按住洗澡的哈士奇，觉得被天下人负尽。他指了指走廊里滚落的水果和鲜花，委屈得说不出话来。

繁星只好问顾欣然："到底怎么回事？"

"我一开门一个色狼！"

"谁色狼了！我是来找繁星的。"

"你找繁星有什么事？"

熟悉的声音响起来，繁星回头一看，竟然是舒熠。

繁星心想这里还不够乱的吗，你又来掺和什么？看着舒熠眼睛都眯起来，她知道他这个表情是明显不满，所以赶紧叫了一声"舒总"，提醒他自己的身份。

高鹏一见舒熠，本能就挺直了腰，虽然大腿那根筋活像被抽了一鞭子似的疼，他也忍住了。他就势斜靠在墙上，手一掠头发，顿时恢复了几分浊世翩翩佳公子的风采，甚至都有点骑马倚斜桥的架势了。

"我感谢她啊，谢谢她每天精心地照顾我……"高鹏将那个字说得咬牙切齿，"们……"

"她是我秘书，公司发工资给她，你是公司的合作伙伴，这是她的工作范畴，不用额外感谢。"

舒熠三言两语就打发了高鹏，看了繁星一眼："明天还要开会，都早点休息。"

繁星说："是。"向高鹏点一点头，"高总，晚安。"

高鹏纵然有千言万语，也只好默默地流泪注视着繁星与顾欣然携手走进房间，关好房门。

舒熠说："睡不着啊？要不去我房里聊一下算法？"

高鹏冷冷地说："今天情人节，你这是约我了？"

舒熠说："知道今天是情人节，还拿着水果鲜花骚扰我的女员工，也不怕人家回头告你。"

高鹏邪肆狷狂地一笑："我长得这么帅，谁舍得告我！"

然后他就撇下舒熠，一瘸一拐地回房间去了。

等脱了裤子洗澡，这才发现大腿靠内侧紫了碗口大一块。想想差

— 179 —

点真的断子绝孙，高鹏忍不住脊背发凉，脱口说："这么狠的女人，谁将来要是娶了她，简直一辈子倒霉！"

顾欣然扒在猫眼上，看舒熠和高鹏分头都走了，打开门，将那一篮水果统统捡了起来，花也拿进屋子。她一边剥橙子皮，一边对繁星说："不吃白不吃啊，这小子拿来的全是进口水果，品相真不错。哎，你说那个睡了会后患无穷的，是不是他？"

"当然不是。"繁星已经开始对着镜子卸妆，不以为然，"我不喜欢这一款。"

顾欣然说："你们舒总比照片还帅哎，真够有威严的，两三句话，姓高的那小子都被他噎得说不出话来。"

"他们俩是校友，我们学校的传统，师兄一般都很照顾师弟，师弟也格外敬重师兄。好像高总比舒总年纪小吧，算是舒总的师弟。据说高总的爸爸是国内数一数二的大矿山老板，家里在中东买了好多油井什么的，从小被宠坏了，其实人倒是没什么坏心眼。刚才的事，一定是误会。"

"还不够坏的啊！"顾欣然说，"怪不得骚包成这样。我跟你说，这种人，一点爱心都没有，你看看他那三观，还开油田，到处破坏环境……三观这么坏，将来哪个女人嫁了他，真是一辈子倒霉。"

繁星有点好笑："你又不嫁给他，管他呢。"

"我啊，是为将来嫁给他的那个女人可惜，唉，不知道哪朵鲜花，不幸要插在这坨牛粪上。"

繁星正要说话，忽然手机响了，她一看是舒熠打来，装作不经意看了眼顾欣然，顾欣然正打开了电视机，拿着遥控器调台，根本没有注意到她。繁星于是走到窗前接电话。

"你好。"她故意说得礼貌而客气，隐晦地提醒他自己身边还有人。

幸好舒熠没在电话里跟她起腻，只是跟她说："你看窗外。"

繁星有点蒙："什么？"

舒熠说："拉开窗帘，往东看。"

繁星装作不经意的样子，拉开窗帘，往东望去。远处有一块巨大的电子广告屏，入夜以来就会熠熠发光，播放各种广告，繁星从实验室回来路上还曾经隔着车窗在路上见过。

此时电子屏已经黑掉了，黑沉沉一片，仿佛和夜色融为一体，仿佛是突然之间，电子屏就亮了，像万千星辰在屏幕上亮起，这些星星渐渐旋转，汇成银河，星光在黑色的夜空中，仿佛最灿烂的太空烟花，缓缓旋转，有一颗最亮的星从银河中升起，星光扩散开去，慢慢晕开，变成巨大的一颗心。

星光在屏幕上流淌，最后所有星光汇聚在一起，组成群星灿烂的"LOVE"，夜空中最隽永注目的表白。

他轻轻在电话里说："节日快乐。"

繁星不由得嘴角露出笑容，问："这么晚了，广告公司还工作吗？"

"自己做的。"技术宅挺遗憾的，"糙了点，但太晚了怕你要睡了，就没再精修。"

"那怎么连上大屏幕？"

技术宅挺自然地说:"黑进它的系统。"

繁星又气又好笑,技术宅说:"放心,我有转账,明天早上他们公司就能收到钱。"

哦,忘了技术宅还是位霸道总裁。

霸道总裁循循善诱:"礼物这样才好玩是不是?别搭理那些只知道送花送水果的傻瓜。"

繁星说:"明天吃饺子吧。"

技术宅有点跟不上思路:"嗯?"

繁星说:"醋都有了,就差饺子了。"

技术宅在电话里都笑出声来,繁星也忍俊不禁。

就在此时,顾欣然突然走到窗前:"你笑什么呢?"

"没……没什么……"繁星有点慌乱地掩饰,不仅挂断了电话,还迅速放下了窗帘。

顾欣然拨开窗帘往外看,只看到远处满屏幕星光正在散去,仿佛流星,渐渐隐入夜色。

顾欣然没抓到任何把柄,然而双手抱臂,严肃地盯着繁星:"政策你是知道的,坦白从宽,抗拒从严。"

繁星说:"谈恋爱啊!"

顾欣然哦了一声,步步紧逼:"谈恋爱为什么搞得跟谍战戏似的?说,从实招来!"

繁星昂首挺胸:"打死我也不招!"

顾欣然呵呵指尖,就要挠她痒痒:"说不说?说不说……"

繁星从她胳膊下一钻，溜进洗手间："我要洗澡了！"

顾欣然："哼，以为澡遁我就不审你了吗？我告诉你，你今天逃不出我的手掌心，小美人……是不是你们那个宋总？"

繁星隔着门大声说："不是！"

其实此刻那位宋总正烦恼，真烦恼，特别烦恼。

宋决铭也不知道，为什么突然之间，所有的一切就发生了。

措手不及。

人生真是处处有惊吓。

他本来回到房间，洗了个澡就呼呼大睡，因为这几天他也没睡好，没睡够。睡得正香的时候，就做起梦来。

梦里他挑着担子，跟着师父去取经，而且这师父竟然是舒熠。他琢磨这不对啊，如果舒熠是唐僧，自己怎么也得是孙悟空吧，那个挺英俊的龙王太子变的小白龙马也不错，可怎么就变成了挑担子的沙和尚，哦不，宋和尚。

宋和尚挑着担子，跟舒长老一路来到了一座繁华城池，竟然是传说中的女儿国。女儿国国王率文臣武将，好几百美女出城相迎。这女儿国国王一直蒙着面纱，美得倾国倾城。

谁知道这国王竟然没有看中舒长老，就看中他了。围绕着他，唱起了那首著名的歌谣："鸳鸯双栖蝶双飞，满园春色惹人醉。悄悄问圣僧，女儿美不美，女儿美不美……"

唱着唱着，那女儿国国王就摘下了面纱，果然是个倾国倾城的大美人，比繁星还要美，比《西游记》里那个女儿国国王还要美，宋决铭目瞪口呆,被惊呆了。

那女儿国国王轻轻地吻着他的脸:"亲爱的,有没有想我?"

这声音仿佛远在天边,又仿佛近在耳畔。

虽然在梦里,他也挺实诚的:"你好美……"

女儿国国王轻轻就笑起来,这笑声就像在他耳边一样。

他心想这个春梦做得好,太好了,女儿国国王说:"那你娶我好不好?"

他脱口说:"那不行!我还得跟舒熠去取……取……不对!"他费力地纠正自己,"我们不是去取经,我们还没解决算法的问题,找出手机到底为什么会爆炸!"

一想到手机,突然手里就拿着韩国客户那款手机,"轰"一声就炸了,他大叫一声猛然坐起,整个人就被吓醒了。

只听"轰"一声巨响,有人被他这一坐起,猛然掀到床下去了,发出一声既娇且利的惊叫。

"谁?谁?"老宋慌慌张张打开灯。

地上一位娇滴滴的大美人,穿着特别轻薄的睡衣,身材极好,肤若凝脂,躺在地上也艳若桃李,只是目瞪口呆地看着他:"你!你……你是谁?"

老宋更加抓狂:"你!我还没问你是谁呢?为什么你会半夜在我房间里?"

大美人说:"这里是不是1087?"

老宋说:"我的房间号是1087,但你怎么在这里?"

大美人说:"我未婚夫住1087,你是谁?"

老宋觉得大美人长得挺好看的,可惜脑子不清楚,他又气又好笑:"这两天我一直住1087,你是不是弄错了?"

他走到桌前翻出房卡给大美人看:"你看,这纸套上写着,1087,你不信你打开门看,我这里就是1087!"

大美人睁着美丽的大眼睛,愣了两秒,突然"哇"一声就哭了。

美人哭起来可好看了,真正的梨花带雨,楚楚可怜。

老宋只想仰天长叹:三更半夜,这不是闹鬼,这是闹狐仙啊!

繁星睡得很沉,一夜无梦,惺忪醒来的时候,顾欣然正在洗手间里接电话,隔着门能隐隐约约听见她声音压得很低:"不会吧?这么巧?我就在苏州……"

繁星看看时间,还早,九点才开会,现在才七点半。她懒洋洋地靠在松软的枕上,觉得像回到了校园,隔壁床女生已经早起背单词了,她还在赖床,这样虚掷光阴的奢侈感最让人留恋。

顾欣然从洗手间出来,看到她醒了,不由得觉得很歉疚:"吵醒你了?"

"没事,也该起来了。"繁星打开手机,开始翻看邮件,公司有很多客户都是外国公司,很多都有时差,她怕半夜有收到重要邮件,需要第一时间回复。

她一边看邮件一边问顾欣然:"你是几点的高铁?来得及吃了早餐再走吗?"

"我今天不去上海了。"顾欣然已经扎着头发开始准备洗脸化妆了,"哎,我跟你说个八卦,其实这次来,是因为我们接到线报,盯一位当红的小花。本来以为她情人节要在上海密会男友,结果,她竟然跑到苏州来了。我同事正着急呢,我得赶紧想办法帮忙去。"

繁星问:"那你今天留在苏州?"

"是啊。"顾欣然说,"繁星你是我的福星啊,要不然我就得急急忙忙再从上海跑过来。你别管我了,马上我的同事们就到了,我们要在苏州地毯式搜索!"

繁星也确实没精力多管她,她回完邮件就起床洗漱,化妆完下楼去餐厅吃早餐,正好在电梯间遇见宋决铭。

"宋总,早。"

"早。"

不知为什么,宋决铭眼圈上青了一块,像熊猫,不,像斗牛梗。

饶是繁星作为秘书的专业素质特别好,眼观鼻鼻观心,嘴角还是抑制不住地微微上扬。

老宋很尴尬地解释:"起床没开灯,撞伤了。"

繁星点点头,问:"需要消炎药膏吗?我回头买一支给您?"

"不,不,不用了。"

繁星觉得,宋总今天有点不对劲,好像有什么事瞒着所有人。比如每次在早餐厅里,他总要跟舒熠聊一会儿,有时候甚至还会跟高鹏针锋相对吵起来,然而今天他格外沉默,吃完早餐就急匆匆回房间去了。

繁星也没多想,她以为是宋决铭发现了自己跟舒熠的关系,虽然她已经很小心了,可是舒熠有两次无意间跟她目光一对上,就忍不住对她微笑,她无奈地想,再这么下去,只怕全世界都要看出来了。

幸好一工作起来,舒熠就全身心投入,完全跟从前一样。

高鹏昨天被踹了,而且被人骂色狼,所以今天有很大的起床气,尤其对舒熠,新仇旧恨涌上心间,恨不得从头跟他算在P大期间的种种旧账,所以两个人拿到最新的数据,又开始新一轮的倚天屠龙记。

繁星也不懂技术,就觉得会议室里跟呛了火药似的,普通技术宅都闭紧了嘴巴睁大了眼睛,看着两名顶级技术宅华山论剑。如果真是武侠小说,那此刻会议室里一定嗖嗖地都是剑气纵横,光寒十四州。

繁星很及时地送上咖啡和洋甘菊茶,让大家降降火。她琢磨,下午的甜品是不是就安排莲子银耳枸杞,因为酒店和实验室都是中央空调制暖,暖风吹得人燥得很,吃点莲子银耳枸杞,润肺又明目。

舒熠正在白板前写公式,他的手机放在桌上,突然振动起来。繁星看到手机振动,还犹豫要不要替他接电话,几乎是同时,她自己的手机也振动起来。

繁星忽然有种不妙的预感,当机立断,一手拿了舒熠的手机,一手拿了自己的,匆匆走出会议室,反手带上门,先挂断自己的手机,这才先接听舒熠的手机。

"你好。"她说,"我是舒总的秘书祝繁星,舒总在开会。"

电话那端是公司另外一位副总,他声音里透着焦虑:"繁星,能不能让舒总接电话?"

繁星没有犹豫,她知道一定是十万火急的事,所以她马上说:

"好的,请稍等。"她都没有挂断电话,拿着手机重新进入会议室,在众人诧异的目光中,走到舒熠身侧,对他低声耳语两句。

舒熠眉毛一挑,接过她手里的手机,对大家说:"抱歉,我接个电话。"转身走出门外。

高鹏觉得自己正使了全力一剑刺出,突然,敌人就没了。

他很不满,拍着桌子嚷嚷:"接什么电话,舒熠,怕输就别跑……"一句话没说完,他的电话也响了,高鹏看了一眼来电显示的名字,不能不接,只好拿着手机往外走。他一走出去,门一关上,会议室里那些技术宅们"哄"一声忍不住就笑了。

技术宅到底都心思单纯,就算高鹏跟舒熠华山论剑,也像两个奥数老师在巅峰对决,学生们一半是在跟着学,一半是在看热闹。两个人同时离开,两家公司的技术人员开始七嘴八舌地讨论起来,因为刚才高鹏和舒熠都讲得太快,还有几个点有人不明白,拿来向宋决铭请教。

宋决铭人特别实诚,纵然跟长河电子亦敌亦友,还是很认真地跟他们解释这几个点的技术问题,听得一群技术宅频频点头。

高鹏拿着电话走到走廊里,有点生气,因为这个电话来得太不是时候了,尤其他刚说完那句话,简直是打脸。然而打电话的这位是他的亲信,没有十万火急的事,也不会明知道他在开会,还轻易打电话来。

所以他接电话的时候,情绪已经稳定了:"怎么了?"

"高总,出事了。U&C最新款的那台平衡车,出事了。"

高鹏只觉得心里一咯噔,他老头子有钱,所以在他这个败家子的力主之下,满世界买买买,这家U&C公司他们有收购股份,但只是很小的一部分，因为U&C研发的都是前沿科技，人工智能，有些研究方向甚至跟军工有关，所以美国人很警惕。

高鹏热爱科学，热爱技术，所以早就觊觎U&C，十分想染指。然而谈何容易，U&C市值很高，老头子纵然有大片油田财源滚滚，也买不下这么贵的公司。高鹏于是退而求其次，但当年收购这极小部分股份的时候也费了九牛二虎之力，先是买了一家银行，然后银行控股某科技公司，某科技公司又控股某基金，基金才是U&C的小股东，饶是兜了这么大一个圈子，美国人对小股东是中国人这事还是挺忌惮，幸好份额少，不然肯定还有得折腾。

高鹏问："平衡车出什么事了？"

"他们的新车还在试验期，U&C的CIO，也是创始人之一的Kevin Anderson，在美国他家社区附近驾驶最新款平衡车时，经过路口时突然失去控制，被一辆车撞到，送医后不治。"

高鹏没有作声，短短几句话，信息量太大。他问："老头子知道了吗？"

"高先生已经知道了，才让我打电话告诉您。"

高鹏说："行，我知道了。"

高鹏挂断电话，正好舒熠从走廊另一端走过来，他也正在挂断电话。高鹏突然想起来，舒熠是U&C的陀螺仪供应商。而对平衡车这种产品来说，陀螺仪是灵魂配件，因为平衡车是根据陀螺仪和加速度传感器，来感应驾驶者体态的变化，从而控制车辆行驶。

舒熠心情十分沉重，这和手机爆炸事故不同，平衡车的核心部件是陀螺仪，而且出事故的是重点客户公司的高管，他打过很多次交道，亦师亦友，很开朗有趣的一个美国人。

他失去了一个很好的朋友。

然后，他的事业岌岌可危。

因为所有人都会把手机事故和这件事必然联系到一起。手机事故原因是否是陀螺仪还在核查，但起码是由陀螺仪使用过程中引发的，现在，又出了平衡车这样的重大事故。

今晚美国那边一开市，公司股价一定狂跌。

对内对外，他都得有个交代。

高鹏很同情他，虽然两个人总是针尖对麦芒，但那句话怎么说来着，英雄与英雄之间，总是惺惺相惜。

高鹏当然认为自己是个英雄，他也愿意承认舒熠是个英雄，不然哪配做自己的对手。他拍了拍舒熠的肩，问："你要不要立刻赶到美国去？放心吧，韩国人这边，我替你盯着，你要不放心，那不还有老宋吗？"

舒熠摇摇头，又点点头。

最终，舒熠说："我心里有点乱，出去吹个风冷静一下。"

高鹏说："那行，我回会议室主持会议，你放心。"

他话只说了一半，舒熠也明白他的意思。高鹏他绝不会乘人之危落井下石，虽然有多年恩怨，但高鹏也有自己的骄傲。赢也要赢得堂堂正正，他们之间有的只是技术分歧。

舒熠走出实验室，搭电梯上了天台，虽然江南地暖，但正月里的风还是颇有几分寒意，他连外套都没穿，被这么一吹，倒是精神了许多。

只是心里千头万绪，不知道从何理起。

好多年不曾有过这样的情绪了，上一次如此茫然无措，好像是拿到母亲病情的确诊书时。母子俩相依为命，他从来不曾想过，有一日会失去母亲。

现有的一切，他会失去吗？

一件事连着一件事，他对自己的技术从来不曾有过怀疑，但这一刻，独处的这一刹那，他突然动摇了。

怀疑自己是不是在某个技术节点上犯了错。

这种情绪很可怕，像前所未有的孤独，铺天盖地地袭来；像生平第一次数学没有拿到满分，做错了最简单的选择题，连老师都不信他会犯这样低级的错误。

风吹得他整个人都冷透了。

他有些麻木地看着铅灰色的天空，沉甸甸的，排满乌云，不知道会不会下雪，还是酝酿着一场冷雨。

身后有人轻轻地替他披上大衣，他转过身来，看到繁星的脸，虽然眼中写满焦虑，但她嘴角还是弯弯的，仿佛在笑。

她伸手握住他的手。

他的心里一瞬间安定下来。

很长时间里，舒熠都没有说话。他自己也知道，并不需要交代什么，她什么都懂得，什么都理解。她当然是有几分担心，但并不十分外露她的担心，因为相信他能解决，就如同此时她握着他的手，是鼓

励,也是保证。

她会在他身边,不管什么时候,不管什么样的状况。

繁星也并没有说话,两个人站在天台上,静静地看着遥远而模糊的天际线。

过了一会儿,舒熠说了句特别无关紧要的话:"来过很多次苏州,一直都没空到处逛逛。"

繁星说:"晚上十点出发去上海机场都来得及。要不我们去逛逛园子,顺便吃个晚饭?"

舒熠目光炯炯地看着她:"就我和你?"

繁星点头。

舒熠反倒很放松,大考前他的状态都是很放松的,大敌当前,困难重重,他的状态也差不多。

他很轻松地说:"好呀。"

高鹏整个下午都有点心不在焉,其实宋决铭也是,两个人虽然开着会,但都有点意兴阑珊,虽然争论还在继续,探讨也在继续,甚至高鹏和宋决铭还亲自动手做了一场对比实验,但舒熠一走,他们两个连吵架都有点缺乏火花。

下午的时候韩国人又临时召开了一个视频会议,规格很高,韩方由CTO带头,其集团电子移动事业部的多名高管参加。供应商这边,就只有高鹏和宋决铭做代表。

韩方态度变得特别强硬,甚至咄咄逼人,因为U&C的事情一出,韩方觉得应该就是陀螺仪的问题,所以立刻调整调查方向。本来连续的手机爆炸已经让整个电子移动事业部觉得焦虑,此刻更是火上浇油。

宋决铭除了技术,人情世故都迟钝些,打嘴仗尤其用英文打嘴仗更不擅长,一不留神就被韩国人给套路了。

高鹏却有着一颗玻璃心,再加上他是个公子哥儿,从小又是所谓神童,何曾被人这样当面挤对。然而他终究隔了一层,听着宋决铭吭哧吭哧在那里断断续续地反驳韩国人,高鹏不由得生出一种悲凉之感。

前所未有地,高鹏觉得,要是有舒熠在这里就好了。舒熠虽然人讨厌,然而反应多快啊,尤其他在技术方面真是没得说,在行业内,起码在他舒熠擅长的细分领域里,还真没人敢说三道四。

高鹏郁闷地呼出一口气。

宋决铭也觉得哪哪都不爽。

他和舒熠分工明确,他负责技术,舒熠负责整个公司。没钱的时候给他找钱,没人的时候给他找人,像保姆一样解决任何问题,宋决铭可以什么都不管,只管任性地带着研发团队奋勇向前。万一在技术上遇见迈不过去的坎,舒熠也会卷起袖子帮他解决问题。两个人同甘共苦,一路走过来,可以说是互补最佳的搭档。

客户们,尤其重点客户们,几乎没有舒熠搞不定的。美国那家著名刁钻难缠的客户,印裔高管还不是掏心掏肺,恨不得能有女儿嫁给舒熠。所以宋决铭一遇上麻烦,也想的是,要是舒熠在这儿就好了。

趁着翻译正在翻译大段发言,宋决铭忍不住嘟哝了一句:"要是舒熠在这儿就好了,韩国人哪敢这样对我们说话。"

高鹏竟然不知不觉点了点头。

舒熠毫无觉察两位好友正在念叨他。他和繁星径直打车去了老城区，正在苏州博物馆里看文徵明手植的古藤。

繁星成年后很少有这样清闲的时刻，说是清闲其实也并不是，只是很放松。不知道为什么，明明得知平衡车事故的那一瞬间她是很焦虑的，然而跟着舒熠，不知不觉就镇定下来。他牵着她的手，两个人像最普通的游客那样，慢悠悠地逛着苏博。

苏州博物馆出自著名建筑师贝聿铭之手，设计很精妙，虽然场馆不大，但处处移步见景，既有中国传统园林的意趣，又有现代建筑的美感。这时节是旅游淡季，游客稀少，两个人从容自在地看完了所有展品，舒熠对繁星说："走吧，咱们去看看文徵明手植的那棵古藤。"

春天尚浅，古藤还没有长出叶芽，落地的铁柱撑着满架枯藤，想必如果是暮春时节，定会开出瀑布似的紫花，覆满整个院子。

舒熠说："可惜来得不是时候。"

繁星说："不要紧，等花开的时候我们再来看一次。"

舒熠说："花开的时候一定很美。"他停了停，又说，"等花开的时候，我们一定要再来看一次。小时候我妈妈教我背古诗，这一首我还记得，蒙茸一架自成林，窈窕繁葩灼暮阴。"

他提到母亲时总是很惆怅，繁星只是握着他的手，轻轻地靠在他身边。

在去往机场的车上，舒熠睡着了。

繁星订的商务车，后排宽敞而舒适，座椅经过调节后，舒熠的长腿也能半躺着伸直了。

这几天他非常辛苦，繁星十分清楚，他睡眠不够，每天还要劳心劳力，而且，事情一桩接着一桩。

繁星将他的大衣取过来，轻轻搭在他身上，其实车子里开着空调暖气，十分暖和，然而人睡着后毛孔是张开的，所以要盖得更暖一点，这是从前外婆教她的。

车子平稳地行驶在高速上，车身只有轻微的晃动，让繁星也有了一丝倦意，但她强自打起精神来，如果这时候睡着，飞机上就睡不好了。十几个小时的航程，她还是希望自己能在飞机上多睡一会儿，这样下飞机后才有精力帮助舒熠应对繁忙的工作。

她打开笔记本，重新确认了一遍航班信息，她和舒熠需要中转两次才能到达美东，但这已是目前能够最快到达目的地的方式。接机的车子已经订好，目的地酒店信息她也确认了一遍，这才合上笔记本，闭目养神，默默地在心里又把行程梳理了一遍。

就在这个时候她的手机突然响起来，繁星连忙接听，怕吵醒舒熠，所以声音压得很低。

"妈妈？"

繁星妈很少给繁星打电话，所以繁星觉得挺突兀的，繁星妈在电话里支支吾吾了几秒，繁星听不清楚她在说什么，于是又追问了一句："妈，怎么啦？"

繁星妈突然"哇"一下子就在电话里哭起来，繁星知道自己妈妈那性格十分要强，从来打电话来，一句不对都能把自己骂个狗血淋头，万万没想到她会打来电话就哭，不由得也乱了几分阵脚，连声

问:"怎么了?妈,到底怎么了?你慢慢说,到底出了什么事情,你告诉我。"

繁星妈这才止住了抽泣,哽咽着告诉繁星:"你……你爸他……"

繁星反倒镇定了一点,问:"爸爸怎么了?"

从小父母无数次争吵、冷战,繁星习惯了从父母的任何一方,都听不到说对方的好话。所以她觉得肯定是自己亲爹又因为龚阿姨做了什么事,气坏了自己的亲妈,所以亲妈气急败坏地打电话来哭诉告状。

没想到繁星妈说:"你爸他检查出来得了癌症……"

第四篇

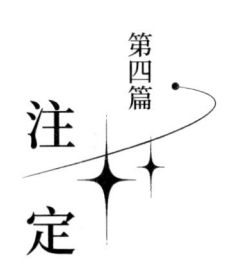

注定

繁星猛然吃了一惊，只觉得对向车道上明晃晃一串车灯，刺得人眼睛都睁不开，瞬间眼前白花花的一片，耳朵里也嗡嗡作响，像是突然生了耳鸣。

她定了定神，才听到自己的声音，像隔着墙一样，又轻，又远，就像不是她自己在说话似的："什么时候的事？到底怎么回事？妈，是怎么出的事？"

繁星妈本来说起什么来都头头是道，这时候却突然颠三倒四，翻来覆去，讲了好久才讲明白。

原来龚阿姨认识个熟人是卖保险的，出尽水磨工夫说服了龚阿姨，让她给繁星爸再买一个保险，本来繁星妈还颇有微词，嘀咕说买什么保险，医保社保退休金，样样都有，还闹腾再买什么商业保险，可不是刮闺女的钱——她一口笃定龚阿姨是不肯拿这钱出来给繁星爸买保险的，繁星爸又是那种妻管严，所有退休金都交给龚阿姨，一分钱私房都没有。要买保险，那可不就只有再问繁星要钱。

龚阿姨被繁星妈这一激，可赌上一口气，立刻说："老祝这保险我就给他买了！"先交了第一笔险金，然后签合同之前，保险公司就按惯例，安排繁星爸去做体检。

其实繁星爸单位每年都安排体检，然而那些都是常规项目，走马观花，不痛不痒。保险公司这要求不一样，查得特别仔细，一查可不就查出一个天大的毛病来。繁星爸并不知道具体情况——医生当着繁星爸的面说得含糊，只说从B超看肝区有阴影，还要进一步检查，建议立刻做增强CT。

龚阿姨憋了整整一天，到晚上可忍不住，借口去超市给小孙子买牛奶，走出家门，站在楼底下一边抹眼泪一边打电话告诉了繁星妈，她偷偷问过医生了，这可是癌症！

繁星妈听到这消息，跟五雷轰顶一般。虽然吵闹了半辈子离了婚，夫妻情分也消磨殆尽。但活到这年纪的人，渐渐面临生死，最怕听到同龄人的噩耗，何况这还不是什么普通亲友熟人，而是前夫，跟她有一个女儿的前夫。

繁星妈一瞬间就绷不住了，哭着给女儿打了电话。

繁星耳中还在嗡嗡响，这个消息太突然了，好似所有血液都涌进了大脑，汩汩地引起耳鸣。她也不知道说什么能安慰母亲，只好乏力又苍白地追问了几句。

繁星妈说："看你爸那样子，我以为他要祸害一千年的呀，都说好人不长命，他那么没良心，都坏得冒水了，怎么还会这样……"一边说，一边倒又哭起来。

繁星只好对自己说，妈妈这是骤然受了刺激，糊涂了口不择言。她也问不出什么来，只好匆匆安慰了自己妈妈几句，又打电话给龚阿姨。

龚阿姨比繁星妈更崩溃，她虽然跟老祝是半路夫妻，但两个人这些年来着实恩爱。何况老祝对她是真好，好到广场舞的那些老姐妹们哪个不羡慕眼热，说老祝出得厅堂下得厨房，退休金不少，偶尔还能挣点外快，一个大男人，还特别细心地帮她带孙子。

那孙子跟他一点血缘都没有啊，可所有人都说这爷爷真是好爷爷，疼宝宝疼得来……比亲生的还要亲！

宝宝也喜欢爷爷的呀，宝宝晚上睡觉一定要爷爷抱的，现在爷爷病了，宝宝可怎么办啊，宝宝哭都要哭坏的来……

龚阿姨一路哭一路说，肝肠寸断，泪如雨下，泣不成声。

繁星没有办法，只好拼命安慰她，又建议立刻将爸爸送到北京来，她陪着去最好的医院，看最好的大夫，万一是误诊呢？退一万步讲，哪怕是最坏的情况，那还有很多办法可以治呢。现在医学这么昌明，好多新药特药，说不定再治几年，又有新药出来，那又可以再治好几年……

龚阿姨被她说得生出了希望，立刻满口答应，连小孙子都狠狠心让儿媳妇先带着，她要陪老祝到北京看病。最好的专家都没有看过，说不定真是误诊呢！

繁星挂了电话，手却在抖。虽然劝别人好劝，自己却在心里琢磨，老家的医院也是正规的三甲医院，说是误诊，可能性微乎其微。

她只是……无法相信这个噩耗。

爸爸对她虽然不好，在她小时候，才几岁，正换牙，有一颗牙齿总也掉不了，妈妈单位忙请不了假，是爸爸请了半天假带她去医院，把那颗牙拔掉。虽然不痛，但蘸了麻药的棉花塞在那个洞里，总是酸酸的。

走出医院等公交车，爸爸想起医生说，拔完牙可以吃冰棍，冰凉止血，特意牵着她去买了个冰激凌。

小时候冰激凌还是很奢侈的零食，要好几块钱一个，父母工资各管各的，每次为了分摊电费水费的几角几块都要吵架，自然谁都不舍得给她买这种零食，这次爸爸却挑了个又贵又大的冰激凌，让她一路慢慢吃着。

她小心地咬掉冰激凌软软的火炬尖，特别好吃，于是她举着冰激凌问："爸爸，你吃不吃？"

"不吃，爸爸不吃，你吃吧。"

那个下午，她坐在夏日阳光下的公交车上，吃着冰激凌。化得很快，她必须得大口吃，才不会弄到衣服上。弄脏了衣服妈妈当然会骂的，然而她觉得很快乐，很奢侈，也很满足。

爸爸当然是爱她的，不然怎么会买这么贵的冰激凌给她吃。爸爸明明很热，也很渴，但五毛钱的豆奶也没舍得买一瓶喝，带她回家后，才在厨房里喝了两大杯凉白开水。

青春期最别扭的时候，她也恼过恨过自己的父母，不懂他们为什么要把自己生下来。他们离婚后各自成家，自己成了累赘，小心翼翼地在夹缝中生活。很长一段时间她都想，能不能快点长大，长大后挣钱了，她就独自生活，再也不要看父母的任何脸色。

可是，只要想到拔牙的那个下午，她的心就像果冻一样，重新柔软，重新颤抖。女孩子的心总是纤细敏感的，正因为父母给得少，所以曾经给过的那一点点爱，都让她铭记在心，永远感恩。

在小小的时候，在她还是一个孩童的时候，她曾经真的像掌上明珠一般被爱过、呵护过，起码在那一个下午。

繁星不知道舒熠什么时候醒过来的，也许是她正讲电话的时候，也许是更早，她接妈妈电话的时候。他伸手握住了她的手，他的手掌宽大、温暖、干燥，将她纤细的手指都握在了掌心，他问："怎么了？"

繁星只好草草地告诉他事情的来龙去脉。

怪不得她的脸色苍白得像纸一样，手也冷得指尖发凉，他有点爱怜地想要将她搂进怀里。但是司机在前排，这是他们经常租车的公司，司机也算是半个熟人。他有所顾虑，而且没有当着外人面与她亲热的习惯，所以轻轻地再握一握她的手，希望给她安慰。

幸好很快机场就到了，在航站楼外卸下行李，打发走了司机，舒熠说："你别跟我去美国了，赶紧回家，带爸爸在北京好好做检查。"

繁星张了张嘴，没能说出拒绝的话。

舒熠说："什么都比不上家人重要，而且，我一个人应付得来。"

她去美国其实也帮不了什么忙，就是处理一些杂事，让他可以更加心无旁骛。

繁星还想说什么，舒熠已经伸手搂住她，在她额头上吻一下，说："别担心，有什么事给我打电话。本来应该陪着你，但你也知道现在的状况，我得先处理美国那边的事。我有个朋友应该有医院方面的资源,我给他打个电话,让他回头联系你,看看他能不能给点建议和办法。"

他其实也想不出更好的话来安慰她。

因为那种忐忑,恐惧,焦虑,患得患失,各种忧虑,全都是他曾经经历过的。他知道不论说什么,做什么,其实她还是束手无策。

生死面前,人所有的力量都变得微茫,所有的一切,都不得不承担,不得不面对。她其实是孤零零的。

他能做的,也何其有限。

繁星已经很感激,她渐渐从这突然的噩耗中回过神来,她踮起脚,在他脸上轻轻吻了一下,用自己的额头轻轻抵住他的额角,低声说:"照顾好自己。"

舒熠有千言万语想要说,最后只说了一句:"你也是。"

她一直将他送到海关外,不舍地看着他离去,舒熠回头冲她招一招手。她的眼睛里已经有了眼泪,然而不敢让他看见,只是嘴角弯弯地笑着,冲他挥一挥手。

爱一个人,希望时时刻刻都在他身边,希望可以跟他一起面对所有风雨,希望他不要担心自己,希望他一瞬间也不要看见自己落泪,因为他会牵挂。

就像得知平衡车事故的那一刻,她不假思索地立刻替舒熠和自己订了飞往美国的机票,她知道他会第一时间赶往美国,她当然会和他一起,作为秘书,这是工作,作为爱人,她在他困难的时候,要站在他身边。

只是家里突发的状况,让她暂时做不到了。

那么,起码在上飞机之前,她也不要让他觉得,抛下她独自处理家事,是他亦要担忧的问题。

她把自己的机票退掉,酒店取消,然后订了最快的航班回家,只是当天晚上已经没有航班飞省城。她本来想第一时间赶回去,舒熠也问她要不要租商务机。但龚阿姨的话提醒了她,爸爸还不知道病情的真相,她真要半夜赶回去,无论如何爸爸会起疑。

所以她要在机场附近的酒店住一晚,明天好赶早班机。

舒熠其实心事重重,他想得更多,过了海关出境边检,一直走到休息室,他已经给好几个熟人打了电话,拜托他们照顾一个病人。他只说病人是自己的长辈,那几位都是医疗界数一数二的人物,都答应替他安排肝胆或肿瘤方面的权威。他把联络方式都发给了繁星。

过了一会儿,繁星回复了一句话。

其实是一句诗。

"南国红蕉将比貌,西陵松柏结同心。"

王世贞的《紫藤花》:"蒙茸一架自成林,窈窕繁葩灼暮阴。南国红蕉将比貌,西陵松柏结同心。"第一句就刻在文徵明手植古藤旁的墙砖上。当时他牵着繁星的手,在还没有开花的古藤前念出这句诗的时候,其实有点小小的希冀,也不知道是希冀她会知道,还是希望她并不知道。

他自己并不是想要这么含蓄,但还是很不好意思啊,虽然中国古代文人也动不动海誓山盟,但情话总不好意思说得太直白,都现代社会了,哪能跟演电视剧似的,动不动将那些腻腻歪歪的话挂在嘴边上。

带她去看紫藤,其实为的就是这句诗。

她其实是懂得,所以才没有在那时候说出来。

像松柏一样,高高的,直立的,并肩直入青云。这是繁星想象过的,最好的爱人与爱己的方式。大雪压青松,青松挺且直。懵懂稚子时背诵过的诗句。即使在城市里,松柏也是常见的树木,一年四季,永远翠绿,春时夏时皆不醒目。可是冰雪后才见不寻常,所有树木都已经落尽叶子,唯有松柏仍旧枝叶相交,青翠依旧。

舒熠不知不觉,看着手机屏幕笑起来。

这是他爱的人,聪颖、明澈、坚强,就像松柏一样,虽然枝叶柔软,却能经得起风霜。

繁星接到舒熠登机前的电话,他问:"怎么样,好一点没有?"

繁星已经在酒店房间安顿下来,离机场近,时不时能看见跑道上腾空而起的飞机。她说:"其实没事,就是一阵难过,挺过去就好了。"

舒熠说:"在加利福尼亚州,有一棵全世界最大的树,叫The General Sherman Tree(谢尔曼将军树)。它生长了几千年,有八十多米高,等有机会,我带你去看它。"

繁星说:"怎么突然想到要带我去看它?"

舒熠说:"我母亲去世之后,其实有很长一段时间,我觉得很伤心。你没有见过我母亲,可能不知道她是什么样一个人。她很善良,也很简单、热心,愿意帮助别人。她的学生们都喜欢她,我觉得她是这世上最好的人。我不明白她为什么会生病,为什么会离开我,我觉得特别不公平。一度我很愤怒，因为她真的是个好人，怎么命运就选择对她面目狰狞。为什么偏偏是她，生命这么短暂，这么脆弱。有一天，我开着车在美国胡乱逛着，开到那个国家公园附近，就临时起意去看那棵树。据说它是目前地球上活得最久的生物，它在地球上活了几千年，很多生物都已经死去，它周围的树，也远远比它的树龄要小。所谓沧海桑田，几千年来，就它一直立在那里，看着这个世界。人类在它面前，特别渺小。我看到它的时候，想真是可怕啊，它见证了几千年来，无数生物的诞生，无数生物的死去，它是目前这世界上最大的生物，连深海里的鲸鱼都比它小。虽然只是一棵树，但它生命的长度，足够傲视所有人类。跟它一比，人类的生命，简直像露水一般，转瞬即逝。"

繁星静静地听他讲着。

舒熠说："我在那里一直坐到天黑，因为公园里可能会有猛兽出没，所以管理员催促我下山，他说'嘿，老家伙不会消失的，你明天还可以来看它'。我问他在那里工作多久了，他说大约有二十多年了。他从小就生活在附近的小镇，他称那棵树叫老家伙。我问他不觉得可怕吗？这棵树一直长在这里，长了几千年，还会继续活下去，但我们不会，我们几乎每个人都活不到一百年。他耸耸肩说'老家伙是活得够久，可是活得越久，就越孤独。你看它待在这里，哪儿也不能去。而且它身边的树也都死掉了，重新长出新的树来，它没有朋友，没有爱人，它是孤独的。这样多可怕。我们只能活几十年，但我们有家人，有朋友，有经历，有欢乐。那是不一样的。'"

舒熠说:"我告诉他我失去了我最重要的家人。他说,是的,你会很痛苦。这痛苦是我们每个人都必须要承受的,但你会走出来,因为你会遇见相爱的人,结婚,生子。等你老了,你对离开这个世界并不恐惧,因为你爱的人,你爱的一切都在你身边。你知道孩子们会继续生活,他们会遇见相爱的人,一代一代,好好地生活下去。"

舒熠说:"所以,我想带你去看一看它,看看那棵树。"

繁星轻轻地答应了一声。

舒熠说:"我得向它炫耀啊,上次我还是一个人去的,下次我要带上你。你看,它孤零零地长在那里活了几千年有什么好的,我有爱人,它有吗?"

繁星忍不住"扑哧"一笑。

舒熠说:"笑了就好。早点休息,别担心,一切都会好起来的。"舒熠还想说什么,空乘已经走过来,催促他关机,航班准备起飞了。

繁星在电话里说了句:"我爱你。"也不知道他到底听到没有。她站在窗前,过了一会儿,看到巨大的飞机凌空而起,越飞越高,渐渐变成机翼上一闪一闪的灯光,渐去渐远,隐没在黑夜里。

她躺在床上,虽然思潮起伏,但努力劝说自己尽快入睡。所有的艰难困苦,她已经决定去面对。如果命运要给她白眼,她也会拼尽全力一试。生老病死,或许真由不得她做主,然而她是爸爸的女儿,她会竭尽所能,用自己全部的力量去帮助爸爸,跟疾病做斗争。

据说大海里的渔民遇见风浪,一定要用船头直对着风浪冲上去,不然很容易翻船。这当然需要莫大的勇气,繁星鼓励自己,没什么好怕的,虽然即将面对惊涛骇浪,但她一定要驾驭好自己这条小小的航船,正对着浪尖冲过去。

冲过去,才是赢了。

她在这种给自己的鼓励和劝慰里,终于慢慢睡着了。

繁星搭了最早的航班回省城,到家的时候还很早,被上班的早高峰堵在了市区的环线上。自从大学之后,家乡已经成了最熟悉却又最陌生的地方。尤其毕业之后,每年只有过春节才回来,节假日期间的家乡其实和平时是不一样的。这次突然回来,繁星只觉得人多车多,跟北京一样堵车堵得厉害,并且到处在施工,据说是修地铁线。

她下飞机先给母亲打了个电话,说打算去爸爸那边看看情况,最好今天就带爸爸去北京。

繁星妈只是长长叹了口气,难得并没有多说什么。然后又问:"不耽搁你工作吧?"

繁星说:"不要紧,这不刚开年,我年假都还没用。"

繁星爸的状态比繁星想象的要好,也许是因为医生压根没告诉他实情。

倒是龚阿姨眼睛红红的,明显没有睡好。

繁星怕爸爸起疑心,也不敢多说什么,只说自己是到省城出差,顺便回家一趟。

然后龚阿姨就提到了体检报告,絮絮叨叨说起肝区有阴影那事。

繁星赶紧说:"要不去北京再做个检查吧,到底北京的医院大,专家也更好。我这趟回来正好顺便带你们俩一块儿去北京。"

繁星爸还有点犹豫，龚阿姨已经满口答应了，她说："难得正好繁星回来，你就听闺女的一回，这也是她的孝心。咱们去北京大医院，做完检查要是没毛病，也好放心。"

繁星爸是个妻管严，龚阿姨说一不说二，听妻子这么说，也就罢了，点了点头。

繁星只说是出差时间紧，回公司还有事情，立刻就订了下午的机票，龚阿姨动作也利索，三下五除二收拾了行李，三个人草草地在家吃了顿中午饭，就直接奔机场了。

繁星没想到妈妈和贾叔叔竟然到机场来送他们。

繁星妈也很憔悴，虽然也精心化妆打扮了，头发梳得整整齐齐，口红涂得漂漂亮亮，但眼皮微肿，一看就是哭过。

繁星只好紧紧攥着亲妈的手，怕她一时失态，说出什么不合时宜的话来。繁星妈倒还忍得住，只说是来看看女儿，顺便给女儿带了点土特产。

龚阿姨心里一酸，繁星回来都没顾得上回亲妈家看看，就直接奔家来了，带了自己和老祝就去北京，这孩子还是挺不容易的。

繁星妈叫丈夫把那箱土鸡蛋给繁星搬到行李车上，说："你爸年纪大了，你龚阿姨也是上年纪的人了，你多照顾点，这鸡蛋你自己吃，也给你爸吃，这是你叔叔的侄儿从乡下送来的，比买得好。"絮絮叨叨又说了许多家常话，过了一会儿，又拉着龚阿姨到一旁，两个女人说起了悄悄话，没过一会儿，两个人都背转着身子抹眼泪。

繁星怕父亲看到，只好说自己要带几斤家乡特产牛肉干去北京给同事们尝尝，撺掇父亲和叔叔陪自己去开在航站楼里的专营店买。

等他们买了牛肉干回来，龚阿姨和繁星妈已经情绪稳定了，两个人像姊妹一般亲热，手拉着手说话。

繁星爸眼珠子都快掉下来了，不知道怎么这两个女人突然就好成了这样。

等过了安检，趁着龚阿姨去洗手间，繁星爸才问繁星："你妈怎么了？"

繁星掩饰说："我怎么知道，我都没回过妈妈家里。"

繁星爸还想问什么，繁星说："爸，这不是好事吗，妈妈和龚阿姨关系好，不吵不闹的，你也不用再受夹板气了。"

繁星爸一想对啊，于是也就乐呵呵的了。

到北京已经是晚上，繁星想了想还是给父亲和龚阿姨在医院附近订了酒店房间，自己租的房子一个人住惯了，纵然是父母，住进去也多有不便，何况龚阿姨还是个后妈。生活习惯不一样，格格不入。不如让他们住酒店，各自都自在。

龚阿姨对这安排倒是满意的，因为舒熠早就替繁星找好了人，专家特需门诊，还有几个专家也特别给面子，说随时可以过来会诊。龚阿姨只听说北京大医院人多难挂号，据说有人排好几天的队都挂不上号，要不繁星既孝顺又有出息呢，不愧在北京工作。听说这个专家是全中国最好的肝胆权威呢，繁星一个电话，对方就答应明天给他们加特需的号。

繁星真正感激的是舒熠,他想得非常周到,找的人也特别给力,不知道是动用了什么样的人脉。

他在美国也刚刚落地,给她打了一个简短的电话,听说她这边没有什么问题,就忙碌去了。

繁星也并没有跟他多讲,毕竟他要处理的事情更重要。

繁星将父亲和龚阿姨安顿好,自己才回家去,洗了个热水澡,躺在床上翻来覆去睡不着,竟然前所未有地失眠了。

她只好爬起来做瑜伽,一套动作做完,重新躺在床上,还是睁着眼睛看着天花板,毫无睡意。也许是太忐忑了,明天去医院简直像宣判,她第一次紧张到失眠,索性拿过手机刷朋友圈。她很少看半夜的朋友圈,有人在发美食报复社会,有人还在苦哈哈地开会,有人发酒吧纸迷金醉,有人在国外是时差党。

繁星随便点了几个赞,被顾欣然发现,她"嗖"地发了条微信过来:"你怎么还没睡呢?"

繁星老老实实答:"失眠。"

顾欣然说:"你也有今天!"

顾欣然是常年失眠严重,她那行业,黑白颠倒,又经常辛苦加班,三餐不定时,起三更睡五更,只好全凭安眠药。繁星那时候就不理解,顾欣然每天都在嚷嚷好困好困,怎么会睡不着呢,所以今天顾欣然才有这么一句,好似大仇得报。

没等繁星说什么,顾欣然又发了一条过来:"是不是谈恋爱谈得太甜蜜,所以都孤枕难眠了?"

繁星回："我们现在是异地恋。"

顾欣然吓得眼镜都快掉了："哈？怎么突然就成异地恋了？"

繁星卖了个关子不肯告诉她，靠在枕头上磨磨叽叽，打了几个字又删掉，最后发出去的是："我很想他。"

顾欣然说："完蛋了！！！祝繁星你坠入爱河了！！！书恒走的第一天，想他！书恒走的第二天，想他！想他！书恒走的第三天，想他！想他！想他！"

顾欣然还发了个表情包，不知道从哪儿找来的图。

繁星看到那么多感叹号，再加上那张图，不由得"扑哧"一笑。

顾欣然要求视频聊天，被繁星拒绝，顾欣然在微信里哀号："繁星你不能这样，你不可能对我这样无情这样冷血这样残忍，你知道吗，我们今天跟了小花一整天，她身边竟然没有男人！"

繁星说："没有男人不正好，说明人家没有恋情，你们也可以早点休息啊。"

顾欣然说："打死我也不信，她明明在跟人谈恋爱，看她接电话的表情我都知道！哪怕掘地三尺，我也要把这个男人找出来！我要做中国最好的狗仔，比卓伟还要厉害！"

繁星并没有嘲笑她，每个人都有梦想，都不应该被嘲笑，尤其是朋友的梦想。哪怕是要做最厉害的狗仔呢，为什么不呢，只要她想，并且在为之奋斗。

繁星说："你继续加油，我要睡了！"

顾欣然说："加油！祝我们都好运气！"

繁星觉得这句话真挺好的，明天她要带爸爸去医院，她希望能有好运气。

"晚安。"在手机上打出这两个字后，她关掉台灯，翻了个身，过了片刻，终于进入了睡眠。

繁星竟然一个梦也没有做，早晨被闹钟叫醒，起床洗漱，收拾利索了就叫车出门。还很早，天刚蒙蒙亮，城市仍旧睡眼惺忪，交通虽然已经渐渐繁忙，但还算顺畅。她怕堵车，所以出门早。

到酒店了还早，繁星看了看时间，比约定的早了大半个钟头，怕龚阿姨和父亲还没起床，就在街边的快餐店吃了早餐，又给龚阿姨买了豆浆和油条。虽然酒店是有自助早餐的，但他们得去医院，时间来不及。而且父亲没准还要做一系列的检查，得空腹。龚阿姨爱吃豆浆油条，她买一份顺手带上去，免得龚阿姨也空着肚子去医院。

她拎着豆浆油条走进酒店，不料一进旋转门，抬眼就看见一个特别眼熟的身影，还没等她反应过来，那人本来是出门的，却多转了半圈，也跟着她重新进了酒店，站定了，望住她。

是志远。

其实也没分开多久，繁星只觉得陌生。他仍旧衣冠楚楚，看着仿佛还比从前更精神一些，也许是因为瘦了。他的注视让她有点尴尬，大学谈恋爱的时候，也曾有过十分甜蜜的时候，不承想最后是那样狼狈地分手。

不料志远竟然朝她伸出手："好久不见！"

繁星出于礼貌本能地抬手，结果一手豆浆一手油条，装油条那纸袋还油腻腻的。于是她笑了笑，又小心地放下手，免得豆浆洒了。

志远问："你怎么在这里？"

繁星有点不太想回答，于是顾左右而言他："你们是在这里开会？"

不然这么早，他何以出现在酒店里？

志远说："一个香港客户住在这里，我过来接他喝早茶。"

"哦哦，挺好的。"繁星心想再说一句就可以道别了，于是说，"那你忙吧。"

繁星朝电梯走去，志远却又追上来两步："繁星！"

繁星有点诧异地停步，志远说："你……没事吧？"看她静静地看着自己，他又赶紧补上一句，"我看你好像没睡好的样子。"

繁星笑了笑，说："没事。"正好电梯下来了，她说，"我先上去了。"走进电梯，又冲他礼貌地笑一笑。

电梯的双门缓缓阖上，志远不是不惆怅的。要说他不喜欢繁星，那是假的，这么多年的恋情，虽然平淡，但早已经成为彼此生活的一部分，甚至，成了一种习惯。只是，他一直觉得繁星离自己的理想伴侣差那么一点点，比如说，她并不是天才型的女生，班上好几个学霸女孩，锋芒毕露，才华横溢，工作之后也是耀眼夺目，连他们这些男生也是服气。再比如说，繁星虽然长得眉眼娟秀，但离女神，当然也差了一点，哪里有唐郁恬那么漂亮。

大约是年少气盛，志远一直觉得自己要拥有的，应该是这世上最好的，不好宁可不要。但是繁星她毕竟不是个物件，她是个活生生的人，分手之后他才觉得有点后悔，虽然她发来那枚粉色大钻戒的时候他也挺生气，但他一想，舒熠那种人怎么可能认真看得上繁星，不过是有钱人的游戏，吃腻了山珍海味想要试一下清粥小菜。如果繁星因此受伤，倒是很让人可惜的。

志远一直想要找机会提醒一下繁星，但偌大的城市，工作又忙，两个人一旦把彼此从通讯录中去掉，简直就消失在人海，罕有机会。志远还想要不要通过同学什么的辗转联络一下，结果没想到今天就遇上了繁星。

只是，她很憔悴。虽然精心掩饰，也像平时一样化了淡妆，但她如果没睡好，眼皮会微微肿着。而且，她的神情里，有一抹挥之不去的焦虑。

志远觉得她可能遇上什么事了，只是他一再追问，她却不愿意告诉他。

从前的时候她像只小鸟一样，什么事都咕咕哝哝地对他说，尤其刚上班那会儿，同事间最近流行什么，聚餐时吃到什么好东西，朋友闺密闹了什么小别扭，那时候他只觉得烦，上班累都快要累死了，哪有心思听她说这些鸡毛蒜皮，而且她就做个秘书，办公室里方寸大的地方，能遇见什么风浪。

他跟着上司，来往都是投行和基金，顶尖级的人物，谈的都是以亿为单位的业务。她那点茶杯里的风波，他真心有点瞧不上，也不关心。

也不知道什么时候，繁星也不怎么跟他提这些事了。两个人约会也像例行公事，看看电影，吃吃新开的餐厅，难得有一回去爬香山看红叶，半道他接了个电话，上司有急事找他，他立刻要赶回城里，把她一个人扔在山顶上,她也没有生气,说自己可以打车回去。

那时候还觉得她挺识大体的,不像别人的女朋友那样天天查岗,密不透风缠得人透不过气来。

没想到,她越识大体,越独立,就离他越远。

分手虽然是他主动提的,但他还是觉得有点失落。像是自己才是被抛弃的一方,也许是因为曾经拥有过,不再属于自己的时候,总有点怅然若失。

志远想,如果她真遇上什么难事,自己能帮就帮一下吧。

他才是真正能关心她,可以给她未来的男人。等她真正明白这一点的时候,不怕她不回头。

繁星倒没想这么多,她确实有点焦虑,也有点紧张,毕竟今天就要带着爸爸去看权威医生。

结果龚阿姨比她还紧张,虽然很感激她买了豆浆油条送上来,但吃了半天也没吃下半根油条,只说饱了。

繁星劝她多吃一点,说:"今天没准一整天都得耗在医院里,多吃点有体力。"她用眼神鼓励龚阿姨,"您还要照顾我爸爸呢!"

龚阿姨想到繁星妈在机场拉着自己的手,劝自己要坚强,忍不住眼窝一热,差点就掉眼泪,赶紧又吃了半根油条,豪气地将豆浆咕噜咕噜全喝了,说:"走吧!"

龚阿姨有一种上刑场般的悲壮,繁星又何尝不紧张,三个人中间反倒是繁星爸最放松,到了医院一见人山人海,繁星爸就打了退堂鼓:"这么多人!要等到什么时候去?咱们要不下午再来。"

"哪能下午来,好容易约上的!"龚阿姨着了急,"再多人咱们也等!"

龚阿姨发挥广场舞锻炼出来的眼明手快,一会儿就在候诊区抢了三个座位,不仅把老祝安顿好,自己坐下,还用包包占了个位置叫繁星:"来!繁星,你坐!"

这倒是她这个后妈第一次贴心贴肺地心疼这个继女,繁星当然得领情,坐下没一会儿,瞅着有个病人新来没位子坐,赶紧站起来让座。龚阿姨本来有点不快,但看那病人再三道谢,又一脸病容,想到老祝这病不知道好不好得了,心里顿时涌起一股哀戚,心想只当给老祝积福了。自己也站起身,把座位让给了另外一个病人。

医院人多,但是井井有条,一丝不乱,并没有任何人喧哗或是插队,只不过候诊区每个人脸上都写满焦虑。繁星虽然急,但只是闷在心里,面上也不能表现出来,怕自己爸爸看出端倪。她在候诊区狭小的过道里走来走去,忽然手机一响,是信息的提示音。

繁星打开看,竟然是舒熠发过来的。

他问:"要看美男子吗?"

繁星回了句:"有多美?"

舒熠发了一张照片,穿着睡衣躺在床上,被子盖到齐肩,头发大约刚刚吹干,额发服帖地覆满额角,整个人窝在一堆雪白松软的枕头里,乖得简直像幼儿园要午睡的宝宝。

繁星回了一条:"还不够美。"

舒熠又发了一张照片,这次整个人站在床上叉腰摆出了模特的姿势,挑衅似的看着镜头,他本来就腿长,站在床上简直变成了九头身,占据了整个画面。底下还不知道用什么软件做了闪闪发光的几个大字:美不美???

繁星从来没想过他会这么幼稚好玩,忍不住"扑哧"一笑,焦虑之情一扫而空。

她有好多话想要跟他说,想说自己正在医院里,等待最后的医生的宣判,想说自己其实很害怕很担心,如果真的结果不好,真怕自己会当场哭出来,想说其实她很想他,虽然才分开了三十多个小时,但她已经觉得好久好久了。

最终,她什么都没有说,只是说:"早点休息,晚安。"

他很快回了条消息:"不行,睡不着,你都还没说那句话。"

繁星问:"什么话?"

他说:"我上飞机后你说的最后一句话。"

繁星脸悄悄地红了,原来他还是听到了。

她飞快地打了一行字:"我在医院。"

他回复:"我知道。"

她正在打字,他的另一条已经冒出来:"我爱你。"

她微微一怔,他的第三条已经发过来:"不管遇见什么事情,都别再自己硬扛,因为你现在不是一个人了。你有我。"

繁星视线渐渐模糊,鼻子发酸,这些话别人看到一定会觉得腻歪吧,可是这么傻的话,就是从舒熠嘴里说出来的啊,一个耿直的技术宅,也不会说甜言蜜语,可就是说了啊,说得她都要哭了。

这世上比我爱你更贴心的三个字，原来是"你有我"。

我是属于你的，你想怎么倾诉就可以倾诉，你想怎么依靠就可以依靠，你想怎么打扰就可以打扰，你想让我怎么样，我就可以怎么样。我爱你，所以我心甘情愿，愿意分享你的一切喜怒哀乐，愿意宠你，愿意做最幼稚的事情，发自拍照片给你，哄你一笑。

繁星噙着泪水打出三个字："我知道。"然后才说，"晚安。"

美国东部时间已经是深夜了，他一定忙碌整天，回到酒店临睡前，还惦记着她一定在医院里，一定不开心，所以才想方设法，逗她一笑。

繁星躲到洗手间补妆，这才走出来回到父亲身边。她已经镇定下来了，舒熠说过，有人爱，是这世界上最强大的资本，赤手空拳的时候也不会怕。

她不再害怕，不管命运会给出什么样的重击，她已经决定坚强面对。

加的专家号最后才轮到，但医生的助手一拿到病历翻看了一下，就立刻说："老师交代过，你们先等等。"

专家很和蔼，虽然忙碌了一个上午，嗓子都说得有点喑哑。看过了B超结果，又问了问病情，然后让他们去做增强CT，还建议他们不要在本医院做，因为排队太久了，要排好几天才能排上。并且说三甲设备都是一样的，结果都会很准确。回头把增强CT的结果直接拿来给他看就好了。

他在病历上还写下了自己的手机号，这下子连两个助手都有点惊讶了，因为这是很罕见的事情。繁星感激不尽，专家说："一有了检查结果，你就直接打电话给我。放心吧，舒熠这孩子是我看着长大的，他轻易不求人，你一定是对他很重要的人。"

繁星有点意外，大大方方就承认了："我是舒熠的女朋友。"

这是她第一次，当着父亲和后妈的面，说出这句话。也是她第一次，在陌生人面前提到舒熠。她脸颊微红，眼中闪烁着晶莹的光泽，有什么好藏着掖着的呀，她爱他，他也爱她，这是值得骄傲地告诉全世界的事情。跟关心他们的长辈分享，她并不觉得不妥。

老专家也愣了一下，马上高兴地笑起来，说："太好了，他妈妈要是能知道，一定开心极了。"

他反倒催促繁星："快带你爸爸去做检查吧，一有了结果就发给我看！"

外面还有很多病人在等，繁星也觉得不能多打扰专家工作，于是再三道谢，领着父亲出来，按照指点去了另一家医院，果然并不用排队，检查的费用甚至还便宜一些，立刻做了增强CT，据说第二天下午才能够拿到结果。

繁星也没能松口气，觉得悬在头顶的那只靴子还没掉下来，然而现在也只能苦等。她故作轻松地对龚阿姨说："看医生这口气，问题应该不大，反正明天才出结果，我一个人来拿报告。明天我给我爸和您报个一日游，你们去长城看看，来了北京不去趟长城，太可惜了。"

龚阿姨其实没什么心思游玩，但一想到要去拿报告，心里还是有些打鼓的。她虽然人泼辣厉害，其实也是色厉内荏，老祝得病这事让她吃不香、睡不好,心里揪得不知道多难受。说到底,怕!

繁星说要一个人去拿报告,她就明白是想支开自己和老祝,但现在她跟繁星是同盟啊,万一真是那什么治不好的病,她们可不要齐心协力瞒着老祝?

爬长城就爬长城!龚阿姨咬咬牙,决定豁出去了。

她说:"好,我和你爸都没去过长城,这回去看看,拍些照片,也放朋友圈给亲戚朋友们看看,都说不到长城非好汉,咱们这回可当两个老好汉了,一定好多人点赞!"

繁星爸被逗得哈哈笑,老伴跟继女的关系也前所未有的融洽,繁星爸觉得身心舒畅。虽然北京早春还冷,但他兴致勃勃,跟龚阿姨讲长城的来历,他是学过一点文史知识的,龚阿姨也听得认真。

繁星送他们俩回酒店的路上,听他们讲了一路的长城,心想自己还是太疏忽了,早该把父母都接到北京来玩一玩。

不然很容易后悔。

繁星累了一整天,尽在医院里打转,虽然特意穿了平底鞋,但来来回回脚后跟都生疼,看一看计步器,自己竟然在医院里走了两万多步,怪不得会如此疲乏。

她拖着步子上楼,只想尽快进家门好好洗个澡,然后倒在床上昏睡过去,睡得早不要紧,半夜如果醒了,正好舒熠那边天亮,她还可以跟早起的他聊一会儿。

她心里盘算着,不料却看见志远竟然等在门口。

繁星心里一咯噔,这人是怎么了,早上酒店那是巧遇,晚上在这里，那就是专程等自己了。不都分手了吗，难道自己早上有什么错误的暗示？

但见了面，还是强打精神，礼貌地点点头，十分客气地问："怎么，有事吗？"

志远一时冲动下班后就直接过来了，之前繁星因为跟闺密合租，所以他一次也没来过这个地方，还是翻旧手机聊天记录里繁星当年曾经发给他的快递收件地址，才找到这个地方来。只是见她这样冷淡，一点都没有请自己进家门去坐坐的意思，才觉察自己来得冒昧。

但风度他还是有的，所以说："我打了电话给阿姨，听说叔叔病了。"

繁星要想一想，才听明白他这句话的意思。原来他给自己妈妈打电话，得知了自己爸爸得病的事。

志远说："我有位师兄是做医疗产业的，我跟他很熟，有什么能帮得上忙的地方，你尽管说。"

繁星很客气地道谢，又说："已经看过医生了，正在等检查结果。多谢你，专程还过来一趟。"

志远有点无奈，第一次觉得自己是真的失去她了，就像沙子，用力攥也攥不住。

他欲言又止，最后只是说："我们总归是朋友吧，朋友有事，我应该帮忙的。"

繁星想了想，索性将话挑明白了："其实，我没有跟你做朋友的打算。因为我们之前的关系是恋人，那时候真心诚意地爱过，然而分手就是分手了。过去的时光有美好，有痛苦，总之是一段人生经历。分手就是告别，你和我已经不是在一条路上继续前行的人了，所以还是做陌生人吧。如果你有女朋友，她不会希望你跟前女友保持联络的。"

志远倒被激怒了："我知道，你就是因为舒熠嘛，有了新男朋友，就怕他误会是不是？"

繁星坦然相告："舒熠不会误会的。我们对彼此都有信心。只是我不想跟你做朋友了，之前的种种，在我这里都已经结束了。我不愿意跟一个我不喜欢的人做朋友。"

志远被气得够呛："别巧言令色了！别狡辩了！说来说去，不就是因为舒熠有钱！"

繁星倒觉得有点好笑起来，她也真的笑了，她说："哎，咱们别说了，就此打住吧，趁着记忆还算美好。"

她取出磁卡开门："麻烦让让。"

志远只觉得一败涂地，繁星不争辩，不解释，甚至，她笑得很轻松。这样的繁星是他觉得陌生的，不可理解的，像跟他隔了一堵厚厚的玻璃，她的世界他再也进不去了，她很轻松地就说出，最好连朋友都不要做这种话来。

他觉得受伤害了，自己好心好意过来想要帮她，怎么就变成了他在纠缠前女友，他是那样的人吗？祝繁星什么时候变成这样眼高于顶，将别人的好意都放在脚下践踏？

一定是因为舒熠。

志远心里很复杂，也不知道是嫉是恨，是妒是酸，舒熠简直是同龄人的魔咒,不,简直是P大的魔咒。他才念了半年,却是学校的一个传奇。他是年纪最轻的杰出校友,因为他在那么年轻的时候就创业成功,美国上市。这个纪录目前暂时还没有人能打破。

如果说唐郁恬是女神,那么P大也是有男神的,舒熠虽然不敢说是唯一男神,但也起码是男神之一。那几届的学生里头,风云人物渐渐也分出了层次,但舒熠,他是在金字塔尖的。

志远一直不肯承认自己是个精致的利己主义者,但在这一瞬间,他失控了。内心的愤懑像毒液一样侵蚀着他的理智,他脱口叫了一声:"祝繁星!"

繁星已经打开门,回过头看了他一眼。

志远说:"你以为……"

只说了三个字,他及时忍住了,然后,他就转身离开了这个地方。

繁星心想还好,还好他没有口出恶言,不然的话,这段恋情最后的记忆都变得不堪。其实也真心相爱过啊,虽然是小儿女的那种爱,一块儿打饭,一块儿自习,但是纯净的、水晶般清澈的心,是真心付出过的。

繁星不想让自己太纠结,她很快就不再想这件事了。她洗完热水澡,躺在床上的时候想,明天起个大早,出城去潭柘寺。就算是迷信吧,她也迷信一回,希望明天下午的那份报告是爸爸平安无事。

繁星是在潭柘寺接到律师电话的。她本来半夜真的醒过来一次,给舒熠留言,舒熠没回,她以为他正忙,于是也没在意,翻个身又睡了。

早上她起床后,看看舒熠还没回复自己的留言,心里有点奇怪,因为舒熠忙归忙，但总是会挤出时间来跟她聊一会儿，不可能这么长时间还不回复。大约是出于本能，她打了一个电话，但舒熠的手机关机，这让她更觉得奇怪了。

她想了想，给宋决铭打了个电话，宋决铭正跟韩国人撕得厉害，韩国人要宣布手机爆炸是因为陀螺仪，宋决铭坚决不答应。他拍着桌子说："不做万次以上的对比实验，怎么敢说爆炸原因已经调查清楚？你们这是欺负普通消费者不懂技术！"

韩国人纵然强势，无奈老宋真的发起飙来，也是勇不可当。再加上高鹏那也不是个吃素的主儿，冷不丁就在旁边放一支冷箭："你们要是这样草率地宣布爆炸原因，那么我只能自己做独立调查了，不然我向我的董事会交代不过去的呀。"

韩国人被僵持住了，双方差不多又撕了一个通宵，老宋舌战群雄，逮谁灭谁，接到繁星的电话，才走出去听，真让会议室里跟他鏖战通宵的人都松了口气。

繁星将自己的担心讲给老宋听，老宋直愣愣地还没反应过来："舒熠的电话怎么会打不通呢？这不可能，是不是手机没电了？"

宋决铭自己也试着拨打舒熠的电话，结果还是打不通。他说："你别着急，我找别人去看看，到底什么情况。"

隔了万里远，一切都变成了遥不可及。

繁星觉得不同寻常，所以在潭柘寺礼佛时就格外虔诚。

她只是这世上最普通的一个人，希望生命有奇迹，希望命运不要给出难题，希望家人，希望爱的人，都平安顺遂。

天气冷，山里更冷，繁星穿得严实，山风吹得耳郭都冻得疼，她把大衣领子翻上来，遮住耳朵。山上的树木都还没有发芽，只是略有一点返青，配着湛蓝的天空，树木的枝杈脉络分明，仿佛云在青天水在瓶。

繁星无心看风景，只在心里想，千万千万不要有任何坏消息啊，不管是自己的爸爸，还是舒熠。

律师打电话来，本来是陌生号码，但她一看是美国来电，赶紧就接听了。律师的中文说得不那么地道，带着粤语口音，问："祝小姐是吧？"

繁星干脆跟他讲英文，律师顿时松了口气，立刻换了英文和她沟通，原来舒熠在美国的酒店被警方带走，面临涉嫌欺诈等多项指控。现在律师已经见过舒熠，舒熠提出了几个紧急联络人，其中之一就有繁星。

繁星心急如焚，律师说事情发生得非常突然，正在努力地搞明白到底怎么回事。但美国的司法体系严密而自成系统，他和合伙人，甚至整个律所都忙碌起来，因为舒熠是他们律所很重要的客户，他们正在努力弄明白发生了什么，有什么不利证据，然后看看能不能先说服法庭保释。

繁星回城的路上已经方寸大乱，宋决铭也已经接到了电话，他也马上打给了她，问："你知道了吗？"

繁星说："刚知道。"

宋决铭说："我安排一下，马上去美国。"

繁星吐出一口气,说:"不。"

她知道目前公司跟韩国人的僵持到了最紧要的关头,宋决铭要是一走,韩国人肯定会把所有事情推到陀螺仪上面,公司已经很被动了,不能再雪上加霜。

她十分冷静地提醒宋决铭:"你得盯着韩国人。"

宋决铭一愣,觉得繁星像换了一个人似的,平时她虽然能干,但那种利索还是处理庶务样样周到的利索,不像现在,整个人有大将之风,抓大放小,甚至,说话风格都有点像舒熠了,一句话直指重点。

宋决铭想起繁星做了五年的CEO秘书,公司所有文件凡交给舒熠的她都经手,大小事情其实她心里有数,凡是舒熠参加的会议她都有参与,她是完全不懂技术,也不是公司独当一面的高管,但她知内知外,其实是总管角色。

平时只看到了她的柔,此时方才看得见她的刚。

宋决铭忽然觉得松了口气,他最怕女人哭哭啼啼,虽然繁星不是普通女人,但也保不齐她关心则乱,没想到她竟然是个刚柔并济的同盟,可以委以大任,甚至比自己还头脑清醒的那种。

所以他问:"那么安排谁去美国?"

繁星这才觉得自己适才语气似乎有点僭越了,但非常时刻,她得非常清楚地表明态度,所以她才说得那么语气坚定。此时她就放柔和了一些,说:"您看要不要跟高总商量商量,如果他愿意的话,能不能跟我们一起去美国,然后公司这边,是不是让冯总和公关部李经理一块儿,另外我也过去。"

宋决铭觉得很神奇，冯越山是公司另外一个联合创始人，负责对北美业务。繁星提议让他去美国那是意料之中，但让高鹏也去，这思路就很意料不到了。

宋决铭问："为什么你想让高鹏也去美国？"

繁星说："他不是舒总的好朋友吗？而且高总在行业内人脉广，去美国一定能帮上忙。"

宋决铭再次对繁星刮目相看，心想舒熠先下手为强抢走繁星是有道理的，这才几天哪，繁星都能看出高鹏那小子是有用的，而且还觉得自己能说服高鹏去美国帮忙。

他心甘情愿地对繁星说："好，就先这么着吧。"

十万火急，高鹏也没推搪，马上就答应了。他还给繁星打了个电话，说："别订机票了，我叫老头子的湾流过来，到加拿大再加油直接飞东海岸，这样快。"

繁星也没客气，富二代都愿意动用私人飞机了，她还客套啥，反正要欠人情也是舒熠欠人情。

繁星一边协调各种赴美事宜，一边就到医院拿到了父亲的检查报告。她也看不懂，立刻拍了照片，发给那位权威专家。

不一会儿，专家亲自回了个电话过来。

繁星还是挺感激的，问："要不要把报告拿过来给您当面看看？"

专家说："不用了，看得很清楚，是血管瘤，良性的。准备手术吧，应该问题不大，小手术，我们医院恐怕排期要排很久，你们愿意回家乡医院做也行，普通三甲医院都能做这种手术。"

繁星差点在电话里哭起来，她担了好几天的心，一直怕得要命。说不着急是假的，再怎么说，也是亲生父亲。

　　她在电话里谢了又谢，老专家说："没事，这病好治，放心吧姑娘。"

　　一句姑娘，又让繁星差点落泪。为什么对她这么好，还不是因为舒熠，可是现在舒熠出了事，她心急如焚，恨不能插上翅膀，飞到他身边去。

　　繁星飞奔到酒店，告诉龚阿姨这个好消息，龚阿姨都不敢相信，连问了好几遍："真的吗？医生真这么说？他们真检查清楚了？"

　　繁星一径点头，龚阿姨嗷一声就哭起来，倒弄得下楼买水果刚回房间的繁星爸莫名其妙："怎么了？出什么事了？繁星，你说什么了？你怎么惹你龚阿姨生气了？"

　　繁星还没来得及答话，龚阿姨倒已经急了，一边抹眼泪一边嚷嚷："你咋对闺女这么说话呢？闺女多心疼咱们，你不知道她担的什么惊，受的什么怕，这么多年我冷眼看着，闺女多贴心啊，对你对我可真没二话。她一个人在北京容易吗？你没看到她这几天忙前忙后的，只差没把咱俩当佛爷似的供起来，这么贴心的丫头你还冲她嚷嚷，你再说这种丧良心的话，我就不跟你过了！"

　　繁星爸被这一顿抢白都弄蒙了，繁星倒是鼻子一酸，差点也掉眼泪。龚阿姨抱着她好一场痛哭，最后还是繁星劝住了她，又说自己有十万火急的事要去美国出差，如果爸爸决定在北京做手术，自己就请护工照料，如果爸爸要回家做手术，自己就转账付医药费。

龚阿姨经过这一场失而复得,整个人都开通了不少,拍着胸脯说:"有你龚阿姨呢,别担心,我们俩先不回去,好好在北京逛逛。你出你的差,不用管我们,也别提什么医药费了,我们有钱,你爸的退休金都没动过,够用了,我的退休金也有。这真是捡回来的一条命,一定得好好玩几天了再回去,你别操心了,手术的事我做主,回家做。家里人熟,又近,我好照顾你爸。"

繁星是真的放心了,看龚阿姨这样子,脸上直放红光,看来这一场惊吓,让她真是想通了。繁星觉得挺好的,龚阿姨虽然有这样那样的缺点,但人无完人,最重要的是爸爸喜欢,日子都是自己过的,都这么多年了,老两口更恩爱了,特别好。

繁星回家胡乱收拾了行李就赶到首都机场,高富帅的湾流从上海飞过来,落在首都机场,在这里接上他们几个人,同时加满油准备进行跨洋飞行。繁星还是第一次搭这么高大上的私人飞机,然而也没有任何心思参观。起飞后所有人都去了后舱休息,就她独自在前舱。

高鹏倒是对她兴趣盎然,看她一个人坐在那里,特意走过来跟她说话,坐下就问她:"听老宋说,是你提出的建议,为什么要我去美国?"

繁星还是那句话:"您是舒总的好朋友,一定愿意帮忙。"

高鹏双手交臂坐在私人飞机的豪华小牛皮沙发里,像看怪物一样地看着繁星,过了好几秒,才说:"舒熠到底是怎么招到你这个秘书的?"

繁星说:"招聘网,我是应届生,海投的简历。"

高鹏都被她逗乐了:"行啊,你真是,哎,要不要跳槽来我们公司,舒熠给你开多少钱,我出双倍,不,三倍。"

繁星说:"那不行,您不就是看中我忠诚可靠吗?我要是为了钱跳槽,岂不成了您最看不起的那种人。"

高鹏哈哈大笑,不死心地又问一遍:"你到底是为什么就笃定我肯去美国帮舒熠奔走?舒熠不像是话多的人,他在你面前提过我?"

繁星微微一笑,说:"舒总虽然没有在我面前具体提过太多次您,但我想,万一您遇上危难的时候,舒总一定愿意为您两肋插刀,所以,我反过来想,您一定也愿意为了舒总两肋插刀。"

高鹏嫌弃地看了繁星一眼,说:"我才不愿意为他两肋插刀呢,我最多插他两刀,只是舒熠是我的,要死也只能死在我手上,旁人谁敢动他,那是绝对不行。"

繁星已经无所谓了。她在最短的时间内组了一个精致却强悍的团队前往美国,至于能不能帮到舒熠,说实话她心里没底。

然而,什么不是豪赌一场呢?

湾流商务机极尽豪华,内饰颇有风格,据说全部都是定制,按照飞机拥有者的个人品位来量身打造。机舱里甚至还有一台AVDesignHaus Dereneville VPM2010-1黑胶碟唱片机。

高鹏放了一张黑胶碟,I Don't Want To Say Goodbye[①],反复听了好几遍,到了后来,他索性跟着轻轻唱起来,尤其其中两句歌

---

① 歌名,翻译为:我不想说再见。

词，反复唱了好几遍。

别说，他的英文发音不错，嗓子低沉有磁性，唱起歌来也挺好听。繁星闭目养神，觉得挺好的，高总愿意在自家飞机上唱小曲，那么就唱呗。只是这《断背山》的插曲还真是……尤其高鹏这一遍遍地播放还跟着哼唱，要是顾欣然一定尖叫起来了吧，想想看，一个高富帅搭乘着湾流飞越大洋奔赴美国去救另一个男人，全程还在三万英尺的高空听着I Don't Want To Say Goodbye，这含蓄而隽永的表白啊！

用顾欣然的话说，这一定是荡气回肠的真爱啊！真爱！不能置疑的真爱！

高鹏看繁星似乎睡着了，很郁闷，非常郁闷。他都特意挑了I Don't Want To Say Goodbye这首歌了，"Let the stars shine through（让繁星照彻夜空）"这句歌词多么重要！还有"All I want to do is live with you"唱得这么明明白白！

她怎么就无动于衷呢！

以前他追女孩子，这一招百试百灵，简直是一击必杀！

挑一首带着女孩名字的歌曲，把她的名字轻轻唱出来，再加一句歌曲里的浪漫表白。

女孩子哪个听到不热泪盈眶。

何况，那只是在普通酒店套房里普通音响作为背景，都足以让姑娘们感动得无以复加。

这还是在自家的湾流商务机上，这还是AVDesignHaus

Dereneville VPM2010-1黑胶碟唱片机!

光这台唱片机就价值好几百万人民币,这唱片机还刻着他的名字!是厂家专为他定制的!

更甭提这架湾流了。

整架飞机加上配饰什么的,价值近五亿!

五亿!

可以毫不客气地说,这是一首价值五亿的表白。

追女孩子当然第一要务不是砸钱,作为一个情场高手,高鹏很早之前就知道,最重要的不是有钱,而是要用心!用心!用心!

若她涉世未深,就带她看尽人间繁华;若她心已沧桑,就带她坐旋转木马。

这句话俗归俗,但俗得有道理啊,说的其实是同一个秘诀:用心!

用心带她体验她之前没有体验过的生活乐趣,用心带她感受截然不同的世界,让她自然而然地对你产生兴趣。

不用心哪能追到女孩子,你爹是首富也不行,你怎么知道她为的是钱还是你的人。为你的钱不要紧,反正第一个字是"你",第三个字才是钱,但单纯只是为第三个字,可不就没劲了吗!

高鹏第一次上来就用一招绝杀,却踢到铁板败下阵来。

这真是万万没想到。

太不解风情了。

他哀哀地想。

都怪舒熠,他一点情趣都没有,所以找个秘书才这样,也一点情趣都没有。他俏眉眼做给瞎子看,他明珠暗投,他一片明月照沟渠。

他委屈。

高鹏喝了三杯橙汁,去后舱的大床房睡觉了。

小秘书这么不解风情,他是情场第一流的高手竟然都开局不利,一定是那个又凶又狠的女人差点踢到他命根子,踢坏了他的风水。他躺在偌大的床上,哀怨地撕开一张面膜敷在脸上,现在,他只能指望自己帅气的外表能打动小秘书了,不保养不行啊,再帅也不能不保养。

湾流哪哪都好,就是舱内湿度不如A380,总让人觉得皮肤干燥。

还是得好好挣钱啊,不然都买不起A380做私人飞机。

他幽怨地睡着了。

繁星在航程中几乎没睡,事发以来,她虽然表面镇定,其实心急如焚。等真正上了飞机飞往美国,并没有松口气,反倒更加忧虑。她虽然坐在沙发里闭目养神,但几乎一分钟都没能停下思考,自己也知道自己焦虑过度。

在加拿大落地的时候,飞机又加了一次油,因为降落,所有人都被叫醒,空乘也打开了舷窗遮光板。北美时间的黄昏,日影西斜,机场十分繁忙,所以他们等待了稍长时间。虽然只是过境不能下飞机,但正好趁这时间吃饭。高鹏抖擞精神向大家推荐飞机上特备的私厨大餐,尤其是云吞面,繁星虽然一点胃口都没有,但还是勉强自己吃下食物。美国那边情况不明,不吃东西哪有体力,这应该是持久战,她已经想清楚了。

高鹏只觉得几个小时不见，这小秘书怎么就颇见憔悴了，也许是因为长途飞行的缘故，她整个人都细了一圈似的，那碗云吞面，她也吃得特别艰难，一看就是在勉强往下咽。

高鹏琢磨难道是美人晕机？不能啊！湾流飞得又快又稳，她也不像是晕机的样子。何况这云吞面，是他让人精心准备的。香港某记的师傅常年为他私家定制，冻干后一路冷链送到飞机冰箱里。

他这么挑剔都爱吃，她没理由不爱啊？

一个能给自己送上那么一碗鲜美河蚌汤的人，怎么可能不爱这碗云吞面？

高鹏再次有明月沟渠之感。

快要落地美东目的地机场之前，繁星去了趟洗手间，等出来的时候终于重新容光焕发。高鹏此时此刻特别佩服女人的化妆，好像只给她们二十分钟，她们就能换个人似的。

繁星其实不过把粉底补一补，唇膏重新涂了，让自己显得有气色。然后对着镜子给自己打气，冷静沉着，千万不要自己先垮了，相信舒熠，他不会做违法的事，自己总有办法与他取得联络，那么就有办法从困局中脱身。

过海关的时候，她已经镇定自若了。

美东时间已经是深夜，但律师还是到机场来接他们。在接机的加长林肯车上匆忙地向他们说明了一下情况，其实还是一筹莫展。律师只见过舒熠一面，对现有的指控也有点茫然。所以基本上目前的努力方向是力争尽快保释。

繁星听得很仔细，到最后才问了一个问题："我们什么时候能见到舒熠？"

律师解释说，在第一次开庭前基本没戏，但他会争取。

繁星对美国法律几乎一无所知，只好默默点头。

繁星替大家订的酒店离律所不远，入住后其实已经是凌晨，她连续二十多个小时未进入睡眠，此刻筋疲力尽，洗过澡几乎往床上一倒就睡着了。仿佛只是合了会儿眼睛，闹钟就响了，原来已经是早上九点。

她挣扎着起来，又洗了个澡，打开电脑看了看国内的邮件，随便下楼吃了个三明治做早餐。

没一会儿就接到老宋打来的电话，问她情况怎么样。

繁星说还没有见到舒熠，律师已经在联络，试试看今天能不能探视。

老宋也没说什么，只说如果见到舒熠，就给自己打个电话，不用理会时差。

繁星挂上电话才叹了口气，成年后她几乎都不叹气了，因为觉得这种行为很沮丧，会给自己错误的心理暗示。只是在异国完全陌生的环境下，又处于这样的焦虑中，她不由得特别紧张。

上午的时候所有人一起去了趟律所，跟律师们开了一个会。律师得知高鹏的身份后特别吃惊，感觉下巴都要惊掉了似的。他私下问繁星："你们为什么要带一个公司的竞争对手来？"

繁星解释说，他不仅是公司的竞争对手，更是公司的合作伙伴，重要的是，他是舒熠的朋友，非常重要的朋友。他不会做出对此事或舒熠不利的行为，因为……人情！中国人都讲究人情。

律师是个ABC，出生在美国，虽然父母都是华裔，他也会说一点中文，但对中国传统文化的了解已经十分浅薄，听她这么说，也只好耸耸肩。

舒熠其实这几天也很受折磨。主要是精神上的，他从酒店被带走，到了警察局才被允许给律师打电话，见到律师之后，他只能仓促交代了一些话，然后就被带回继续关押。

从出生到现在，舒熠虽然不算得一帆风顺，但也过的是正常而体面的生活。尤其创业之后，苦虽苦，但技术宅男相对都单纯，所谓苦也就是加班多点。创业成功之后财务自由，偶尔也任性一把，但都是多花点钱买自己喜欢的东西，多去看看广阔世界这种普通的任性。

可以说，舒熠一直是个遵纪守法的好公民，不论在学生时代，还是成年之后。不论是在美国，还是在中国。

所以这次被捕，简直就是突然打破三十年来人生的平静，不说别的，将他跟毒贩、杀人犯、人蛇、走私犯，各种犯罪嫌疑人关在一起，这就是一个极大的折磨。虽然都是独自羁押，但那些人隔着栅栏互相吐口水，骂脏话俚语，狱警也无动于衷。

舒熠在监牢里度过第一个漫漫长夜，也是几乎一夜未眠。见到律师后他心里稍微安定了点，回到监牢里才睡了一觉。

这一夜也尽是噩梦，仿佛当初抑郁的那段时间，不知道自己梦见什么，只是如同溺水的人一般，在梦中拼命挣扎，却挣脱不了。

他在半夜醒来，出了一身冷汗。没有窗子，也不知道外面有没有月亮，白炽灯照在栅栏上，反射着亮晃晃的光斑，然后再映在地上，像是一颗朦胧的星芒。

他努力让自己想到美好的事情，这么一想，就想到了繁星。

这次可把她急坏了吧。

舒熠有点歉疚，见律师的时候律师问他要联络什么人，他第一个就说出了繁星的名字，说完才有点隐隐后悔，但是这么大的事情，也无法瞒着她，他也深知她的个性，是不惜一切会赶到美国来的。

舒熠想着繁星，迷迷糊糊又睡着了。

等到第二天下午，律师又申请到了见面，告诉他两个好消息，一个是繁星及公司副总一行人已经到了美国，但暂时未得到探视的许可；第二个好消息是明天就可以第一次开庭了，律师会力争保释。

舒熠有千言万语，到最后也只说了一句："辛苦了。"

繁星连续两天都跟着冯越山拜访在美东的一些客户，公司股价正在狂跌，这种科技类公司受创始人影响很大，目前舒熠被控数罪，其中最严厉的一项指控是过失杀人。

因为警方在调查Kevin Anderson死因的时候发现，Kevin与舒熠有很多邮件往来，双方讨论的都是新一代概念平衡车——正是Kevin临死前驾驶的那辆。舒熠说服了Kevin使用最新的技术调整，警方推断可能是这种全新的技术调整导致了平衡车失控，从而最终导致Kevin的死亡。

U&C公司并无其他人知道这项技术调整的具体细节，甚至包括U&C的CEO。这本来是舒熠与Kevin私下里关于技术的交流，但因为

— 238 —

Kevin事故的原因，现在这些邮件往来就成了证据。

在美国一个客户的建议下，冯越山跟宋决铭通了一个电话，由公司高管集体决策，请了一家美国的公关公司来处理这次舆论危机。公关公司进行了一些游说，还在媒体上发表了一些文章，说明这些技术的试验性和探索性，又强调舒熠是一个痴迷技术的中国商人，并且详细说明了公司技术的种种优越之处，比如他们也是世界第一流电子产品公司的供货商。

公司的市值已经跌下去三分之一，经过这些公关手段，股票略有起色，但还是处于萎靡不振的状态。公关公司花了很大的力气进行舆论上的游说，希望能让法庭认为这是一场谁都不愿意看到的意外事故。

繁星在开庭前赶着去买了一件红色的毛衣，倒不是迷信，而是因为红色醒目，希望舒熠能一眼看到她。

她不知道舒熠在狱中这几天是怎么过来的，连他们在外面的这些人都心急如焚，每分每秒都像在油锅里被煎熬着，他一定更不好受。

这件红毛衣让高鹏大摇其头："首先，这件衣服就不对了，你穿这个颜色不好看；其次，这是去年的款式了，不时新。你要是想买衣服，不如我陪你去第五大道逛逛？"

繁星哪有心思逛第五大道，只不过勉强笑笑罢了。

高鹏去法庭旁听前倒是精心打扮过了，因为在公关公司的运作之下，这事终于被炒出了热度，有些行业相关的报纸和媒体得到消息，要赶来采访第一次开庭。高鹏认为在媒体面前应该时尚得体，上镜嘛，总得有点样子。

等到开庭的时候,他们一行人早早来到法庭,坐在那里望眼欲穿。法官排了很多案子,前面都是很轻的罪名,审得很快。轮到他们这个案子的时候,舒熠一出来,果然就看到了繁星。

繁星与他四目相对,两个人都有千言万语,奈何这种场合,半个字也无法交谈。

繁星只觉得舒熠瘦了,几天没见,他就瘦得吓人,虽然精神看着还好,但眼窝是青的,他一定没睡好。而且他是被警察带出来的,真正像犯人那样,繁星心里难过得想哭,然而又怕舒熠看着难过,所以拼命地弯起嘴角,朝他微笑。舒熠只微微地朝她的方向点一点头,就转过身,面对法官了。

第一个回合律师就败下阵来,法庭不允许保释。因为报纸和社交媒体上长篇累牍地正在讨论此案,嫌疑人非常富有,又并非美国籍,法庭有理由担心他弃保逃走。

律师还想据理力争,但又担心激怒法官,两分钟后法官就宣布不予保释,候期再审。

繁星眼睁睁看着舒熠被带走,心如刀割,这次他都并没有朝她点头,只是微笑着注视着她。她明白他这眼神的意思是想让她别担心,她很努力地保持微笑,到最后一秒还是模糊了视线。

离开法庭的路上,她心事重重。

冯越山一直在跟公关公司打电话,李经理在应付一个媒体采访,只有律师可能觉得繁星脸色不好——毕竟舒熠提供的第一个紧急联络人就是她,律师本能地觉得繁星很重要,他再三向繁星解释,第一次开庭通常都是这么快,但不给保释这种情况太特殊了,一定是哪里出了问题。

繁星当着外人的面还是很镇定,说一切听公司的安排吧,大家开会再商量。

繁星回到酒店后关起房门来,才大哭了一场。自从成年后,她几乎从来不曾像今天这样无助、彷徨、恐惧过。实在是非常非常难过,原来所谓的心疼是真的,是像心肝被割裂一样疼。真正亲眼看到他的时候,看到他遭受这一切的时候,她差一点当场失声痛哭,觉得所有的理智,所有的克制都已经离她远去,她只想像个孩童一样放声大哭。

可是不能,她只能独自返回房间,默默哭泣。一边哭她一边给自己打气,还没有到放弃的时候啊,正因为情况这样艰难,自己更要振作起来。

最后一次他和她通电话的时候,他说:"不管遇见什么事情,都别再自己硬扛,因为你现在不是一个人了。你有我。"

现在她也是这样想的,他有她,不管多么艰难的状况,她一定要勇敢地战斗下去,为了他。

等终于哭好了,她又洗了脸,重新补妆,定了定神,这才给顾欣然打了个电话。

繁星没犹豫,简明扼要地向顾欣然说明了当前的情况,问她作为一个媒体从业人员,有没有什么主意和看法。

顾欣然还是第一次知道此事,毕竟科技圈相对还是封闭,事发地又是美国。她听完之后考虑了好久,才问:"你刚才说,找了公关公

司在游说此事？"

繁星说："是啊。"

顾欣然说："美国的舆论环境我不熟，但是当年我们上课的时候，有位老师跟我们讲传播学理论，提到一个观点，In fact, it might have just the opposite effect（事实上，可能会适得其反）。"

繁星问："为什么会适得其反？"

顾欣然说："传播学涉及很复杂的大众心理学，但是有一点中西方是一样的，越是在巨大的舆论压力之下，当事人越会趋于保守，谨慎地做出最安全的选择。目前处于舆论中心的法官才是当事人，这案子闹得越大，他越不会给媒体任何口实。"

繁星问："那我们现在努力方向完全错了？"

顾欣然说："我也不是很懂，要不然我找一个人帮你参谋一下，是我当年的一个师姐，非常厉害，在美国很多年了，据说做得很不错，她也许比较熟悉情况。"

不一会儿，顾欣然就发了在美国的师姐Ellen的联络方式给繁星，繁星急忙写了一封邮件去问，措辞很客气，也说明愿意支付咨询费用。

邮件发了没几分钟，Ellen就打电话来，虽然在海外多年，但仍说一口脆响的京片子，快人快语，电话里都听得出是个爽快人，她说："既然是小师妹介绍的，都是自己人，这案子我听说了一点，想也别回邮件了，就直接打电话过来问问你情况。"

繁星简单介绍了一下，Ellen一直很认真地听，听完才说："你们找的哪家公关公司？"

繁星说出名号来，Ellen说："是他们？应该不至于办出这样的蠢事啊。"原来还是业内挺靠谱的公司，Ellen问，"你们是不是没把需求说清楚？"

繁星将几次会议大概说了一遍，Ellen问："等等，这谁提的要求？"

繁星说是公司集体决策，她担心Ellen不了解情况，又补了一句，说："CEO是创始人，所以现在公司也人心惶惶，大家都不太能拿主意。"

Ellen说："依我看，你们第一步就走错了。"

繁星听到这句，心里就一咯噔。

Ellen说："我正在市中心办点事情，要不我过来见你，我们面聊一下。"

繁星自然是感激不尽，不一会儿Ellen驱车前来，也就是在附近咖啡店喝了一杯咖啡，指点了繁星几句，繁星已经如醍醐灌顶，恍然大悟。

繁星再三道谢，Ellen却不肯接受任何费用。她只是打量繁星，说："比我晚毕业十年的小妹妹们都像你这么大了，真是岁月不饶人。"

繁星说："欢迎回北京，如果有机会，一定在北京请你吃饭。"

Ellen眉飞色舞："柴氏牛肉面！我每次回国，出机场第一件事一定是奔到柴氏，吃一碗他们家的面条。"

繁星一听就知道Ellen的喜好，于是说："我还可以先去聚宝源排队，等你出机场直接过来吃。"

Ellen果然大喜："好妹子，就这么说定了！"

繁星送走了Ellen，心里稍微安定了一些。可巧冯越山给她打电话，

— 243 —

原来约好了从法庭出来再碰头开会,她看看时间快到了,连忙上楼。

公关公司的人也已经到了,提了各种方案和意见,繁星坐在沙发里,想起舒熠在法庭上的模样,只觉得整个世界又远,又冷,所有人说话的声音嗡嗡响,像隔着一堵很厚的墙。好似他们无论如何努力,舒熠都在墙的那头,既听不见,也看不见。

繁星努力提醒自己集中精神,不要再沮丧。沮丧于事无补,必须得努力想办法。

冯越山是公司在美国职位最高的,所以最后也是他拍板:"那么先按这个方案来吧。"

大家纷纷收拾东西,繁星有意拖延走在最后,等大家都走了之后,繁星才说:"冯总,有件事情,要向您汇报一下。"

冯越山对繁星还是很客气的,只是这客气里到底有几分疏离。他和宋决铭不一样,他当初在跨国公司工作,是舒熠费了九牛二虎之力才说服他跳槽跟自己创业。他跟舒熠的个人关系没有舒熠和宋决铭那么亲密,而且他在大公司做了十年,根深蒂固有一套思维模式,CEO的秘书说有事向自己汇报,冯越山还是本能地先说客气话:"哪里,你有什么想法,我们一起商量。"

繁星倒有些明白舒熠为什么让他管北美业务了。因为北美业务全是大公司,冯越山如鱼得水,物尽其用,特别能发挥他所擅长的。

繁星讲到Ellen出的主意,冯越山很认真地听了,委婉地说:"繁星,咱们不能病急乱投医,公司找的这家公关公司是业内很有口碑的。要不,我们再等等看吧。"

繁星其实已经想过不太有把握能说服他,听他这么说,也只是说:"好的。"

回房间之后,她到底不甘心,强迫自己安静下来,翻看借阅到的美国相关法律文件,希望能找出什么办法来。只不过厚厚的法律文书,各种案例,又全部是英文,一时半会儿,哪里能有头绪。

正抱着书头大,忽然听到有人按门铃。

从猫眼里一看,竟然是高鹏。

繁星想了想,还是打开门。

高鹏拿着一篮水果,说:"给你尝尝。我父亲的一个朋友刚才来看我,带了好些他自己农庄里的水果,都是有机的。"

繁星忽然想到情人节那天晚上,舒熠特意黑进大屏幕给她播那段视频,到末了还对她说:"礼物这样才好玩是不是?别搭理那些只知道送花送水果的傻瓜。"

谁知道今天高鹏又送水果来,这一招用了一遍又一遍,真是执着。想到舒熠的话,她忍不住"扑哧"一笑,可是刚笑到一半,忧虑又重新爬上她的心头,她的嘴角又不由自主地沉下去。

高鹏只觉得她这一笑简直令人心荡神摇,但是很快,那抹笑就像冰雪融化一般,迅速从她脸上消失了。

高鹏觉得挺可惜的,美人一笑多难得,于是出言安慰:"别愁了,我跟你说,舒熠那人虽然傻吧,傻人有傻福,没准什么机缘就化险为夷了。再说了,他公司真要不行了,你可以跳槽到我的公司来,不要怕失业!"

繁星心想这哪儿跟哪儿啊，但她也没说什么，只是接过水果，礼貌地道谢。高鹏夸口说："这是我爸朋友自家农庄产的，他们家是美国南部的大地主，真地主，家里还是跟《乱世佳人》那样的庄园，几时有机会，我带你去他们家看看，房子还是一八几几年的，特别漂亮。"

繁星心里一动，忽然问："高总，今天我有个朋友说，也许我们可以想想别的办法。"

繁星将自己见过Ellen的事原原本本说了，然后问："高总，您在美国朋友多，人脉广，能不能介绍一两位参议员，让我想办法去游说。"

高鹏不由得笑嘻嘻："能跟参议员这种人有交情的全都是old money，我这种new money可沾不上。"

繁星黑白分明的眸子定定地看着他，忽然一笑，说："飞机上您可说过，舒熠是你的人，谁都不能动他。这眼看舒总的案子特别不利，说不好将来这十几甚至二十年都要归联邦监狱管了，您不努力想想办法？"

高鹏不由得"噗"地一笑，说："舒熠上哪儿找到你这么个活宝。"

繁星挺从容地说："您在飞机上问过了，我也回答过了，招聘网，我是应届生，海投的简历。"

高鹏说："士为知己者死，舒熠那小子真是傻人有傻福，竟然有你这么个秘书。"

他说："等着吧。"

他这一说等着，就好几天没消息，每天早出晚归，也不知道在哪里忙什么。繁星也不管，除了跟律师偶尔开会，就是埋头苦读各种美国法律。每天连饭都没心思吃,只叫送餐,或者偶尔下楼买个三明治加一杯美式,就是胡乱混一顿。

这天突然报纸上发表了一篇深度报道,就是关于舒熠案件的,报道里列举了几十年来,因为各项发明和技术创新出现的各类事故。比如著名的Segway公司的创始人意外身亡,出事时正是驾驶着自己公司生产的Segway双轮车。比如个人喷射飞行器事故,也导致死伤,但所有的公司,从来不曾停下创新与发明的脚步。到最后,文章问,仅仅是因为舒熠是非美国籍,我们就已经预先判他有罪吗?甚至,法庭不予以保释?当个人喷射飞行器事故的时候,为什么没有认为发明者有罪,这是种族歧视吗?

文章还指出,舒熠的公司是美国多家电子及高新科技公司的供应商,每年为美国创造大量的就业机会和纳税,他的企业和多家美国大学合作,开展实验室探索性研究,这样一个人,如果在硅谷,会被称之为天才,尊敬地请他参加各种技术论坛,但现在,在纽约,他因为个人的努力,为人类科技进步提供的高端技术获得巨大的合法所得,竟然成为法庭宣布他不得保释的重大理由。这是令人难以置信的,是无法让人相信这发生在自由开放,号称兼容并收,希望能吸引全世界最精英人士的美国。

文章最后,还列举了当事法官判过的所有案例,得出分析数据,当事法官自从就任法官以来,判决有色人种嫌疑人有罪的比例竟然是白人犯罪嫌疑人的七倍!七倍!这个数据触目惊心。

写文章的人文笔犀利老辣,又非常了解美国媒体心态,娓娓写来，特别具有煽动性。繁星看得拍案叫绝，重读再三，想了想就猜到了幕后推手是谁，打了一个电话给Ellen，并没有多说什么，只是向她道谢。

Ellen还是那样快言快语，说："不用谢我，这是你答应替我去聚宝源排队换来的。"

繁星说："聚宝源哪够，必须再加洪记炸糕。"

北京大姐顿时就绷不住了："不能再跟你说了，我口水都要流下来了。"

两个女人一起在电话里哈哈大笑。

这篇报道引发了一阵讨论的热潮，因为本来前沿科技创新确实有风险和不稳定性，网络上各种各样的讨论都有，不少人转发这篇报道，才知道了舒熠案件的始末，认为不予保释确实是太过分了，这真的有种族歧视的嫌疑，华人尤其愤然，有人说："如果是美国某科技公司的CEO，还会不予保释吗？只怕早上开庭，下午就已经回家了吧？"

繁星觉得很欣慰，起码是在朝有利的方向发展。

这样过了好几天，高鹏那边的努力也有眉目了，他上来敲门，得意扬扬挥动着一张请柬，对繁星说："ITP公司的CEO周末在他家长岛别墅举办的party（派对），为了欢迎Brandon参议员及其妻子度假归来，宾客中有多位政商名流。我打听过了，这个参议员非常有影响力，尤其对司法界。"

他弯腰彬彬有礼地施了一礼："美丽的女士，不知是否有荣幸邀请您，作为我在party的女伴？"

繁星既惊且喜，还没说话，高鹏已经将她上上下下左右打量，并且大摇其头："你这样子参加party可不行，black tie（黑领结，意为正装需求）！black tie你明白吗？"

高鹏觉得特别好，终于有机会可以为美人效劳了，尤其这效劳还如此地赏心悦目。繁星从善如流地乖乖听话，由他带领着去了国际大牌的店，挑了一件晚礼服，高定的礼服尺寸都可以微调，于是这边改衣服，另一边高鹏动用关系火速找来一流的造型师和化妆师给她试妆，还有一位专家特意莅临酒店指导，从社交礼仪到行动谈吐，对繁星做了一次集训。

繁星学得很认真，为了救舒熠，她恨不得自己有三头六臂，学点东西算什么，哪怕是全套的《窈窕淑女》她也勇于挑战。

高鹏也觉得繁星挺狠的，一边穿着长裙高跟鞋，顶着厚厚的铜版纸时尚杂志练走路，一边平举平板电脑念念有词。高鹏忍不住打量，繁星索性大方地将平板给他看："参议员及其太太的资料，他太太竟然是位意大利歌剧演员！出生在巴斯蒂亚，后来随父母移居意大利，母语是法语和意大利语！你看她的推特账号，提到中国十六次，其中有九次都是提到《图兰朵》所以提及中国……你以为她最喜欢这部歌剧吗？不，她提到《拉美莫尔的露琪亚》二十二次……"

繁星甚至做了一个PPT，主要是统计并分析参议员和其夫人的社交媒体关键词，她在短时间内需要记住大量的关键信息，所以做了图表，每天熟悉情况。

高鹏觉得繁星这种精神简直……女人拼命起来真是太可怕了！

繁星另外找了一位意大利语教师，每天两个钟头练习日常会话，她的态度积极而乐观，临时抱佛脚，能学多少就学多少吧。

高鹏已经不在意繁星在干什么了，他觉得这个女人下一秒哪怕宣布要竞选美国总统都有可能。

繁星学得心无旁骛，其实也是因为极度忙碌的时候心里才不发慌，脑力与体力都用到极限，每晚往床上一倒就能睡着。世事茫茫，命运叵测，她不知道上天会发给她什么样的牌，但认真地把每一张牌打好，是她目下唯一能做的事情。

她态度坚定，目标明确，并且不惜一切代价为之努力。

时间飞快，每分每秒每个钟头甚至每一天就像流水一般消逝。等到周末，造型师和化妆师围着繁星忙碌了四个钟头，繁星顶着一头卷发棒还在练习说意大利语，等她终于打扮好走出房间的时候，高鹏真忍不住吹了声口哨。

高鹏一直认为小秘书不是那种美艳不可方物型，但今天她真的非常漂亮。造型师给她打造了最合适的妆容与造型，最重要的是，她一反连续几日的低迷，眼神熠熠似有星光，她的脸庞也闪烁着玫瑰花似的甜美光泽，整个人都不一样了。高鹏说不上来她哪里不一样，但就像钻石经过打磨，有了光芒。她穿着那件晚礼服，就像战士突然穿上了盔甲，不，这世上哪有这样动人的盔甲，她第一次露出了美丽的锋芒。

高鹏忍不住有风度地伸出胳膊，繁星也大方地挽住他。

社交礼仪，今日她是他女伴，做戏做全套。

高鹏亲自驾驶着特别骚包的超跑，载着繁星前往长岛的别墅。

在路上，他忍不住放了一首音乐，还是那首I Don't Want To Say Goodbye，并且吹着口哨，重复着那两句他最深情款款的旋律。

繁星实在忍不住嘴角上弯，如此星辰如此夜，街区两侧一幢幢摩天大楼好似琼楼玉宇，跑车穿梭在世界上最繁华的大都市，载着他们准备去赴一场衣香鬓影纸醉金迷的盛宴，他还特意又放这首歌曲。

可见，他对舒熠是真爱！

无可置疑！

等舒熠脱身出来，她一定要把这么深情而经典的一幕讲给他听。

高鹏也得意扬扬，笑了笑了，终于笑了吧！

虽然超跑价值三千万，比湾流算是便宜。可是今晚这场party，贵宾们的身家加起来超过五百亿，还是美金！

灰姑娘都千方百计去王子的舞会呢，小秘书再矜持，也没机会见识过这种场面。什么叫盛世繁华的巅峰之上，这就是盛世繁华的巅峰之上！

他清清嗓子，说："你看，今晚有月亮。"

繁星早就注意到了，她说："是啊。"

高鹏："我想到了一部电影，你猜猜是哪部电影？"

高鹏都做好了思想准备，准备她说是Pretty Woman（漂亮女人）或者Date Night（约会之夜），不论她说哪部，自己都可以给她一个甜蜜而会心的微笑。

结果，繁星问："The Great Gatsby（了不起的盖茨比）？"

高鹏差点脚下一滑误踩油门让价值三千万的跑车冲进哈德逊河。

冷静！他深呼吸。

不解风情不要紧，女人嘛！在她死心塌地爱上自己之后，自己可以慢慢教她怎么做一个风情万种的女人！

高鹏带着这样的信心满满，驾车驶入长岛豪宅漫长幽深的私家车道。

繁星并不怯场。她素来临场发挥好，每次重大考试都占便宜，要不然高考也不能骤然多考了几十分进P大最热门的专业。而且她跟着舒熠见惯了业界大佬，有什么好怕的，不就是一个party，宾客们非富则贵。虽然她今天的目的非常重要，但她有信心达成目标，所以，一点也不患得患失。

高鹏对她的表现甚是满意，小秘书落落大方，讲一口特别流利的英文，能聊艺术品和各种时尚话题，上得厅堂啊。哪怕是自己那个最苛刻的老头子，只怕对这么个玲珑剔透的水晶人也挑不出毛病来。

高鹏都认真考虑时机成熟带她回去见家长了，繁星还一无所知，只是跟着他周旋应酬。

主人夫妇对他们俩很照顾，虽然高鹏自谦是new money，但new money代表的是新势力，何况高鹏的父亲在中东有那么多口油井，高家跟美国石油大亨们都熟。今晚高鹏也让繁星刮目相看，这花花公子正经起来还挺有模有样的，真是交际圈，哦不，交际花中的一朵好手。

高鹏花蝴蝶似的忙碌了一圈，然后就自然而然地让相熟的朋友替他和繁星引荐了参议员夫妇。

即使是这样的名利场，参议员夫妇也是耀眼的社交明星，身边聚拢着一大群朋友，谈笑风生。高鹏不负众望，与参议员就页岩油开采对环境的影响展开激烈讨论。

繁星就会临时抱佛脚的那几十句意大利语，竟然跟参议员夫人聊得不错。她大学辅修过法语课，当年也是大学无聊，所以狠下了一点工夫，会话还没有全忘，遇到实在不会说的就说法语，反正法语也是这位夫人的母语。

两个人谈得甚是投机，繁星还将话题从《图兰朵》巧妙地引到了参议员夫人最热爱的歌剧《拉美莫尔的露琪亚》上，两个人不时发出一阵阵轻盈的笑声。在场除了参议员，几乎没有人懂意大利语，参议员夫人兴致勃勃，主动提出要为远道而来的东方客人表演《蝴蝶夫人》中著名的咏叹调《晴朗的一天》。

大家三三两两聚集在泳池边，在乐队的伴奏下，参议员夫人充满激情地演唱了这段著名的女高音唱段。她演唱得高昂激情，百转千回，有穿透力的声音一直盖过了乐队的伴奏，回荡在早春的晚风里，一时间，万籁俱静，只有美丽的歌喉，仿佛天籁回响在每个人耳边。

繁星屏息静气，艺术其实是相通的，她能听出这歌声的美丽和哀愁，对爱情的向往和无奈，还有那感人的情绪，从每一个旋律迸发出来。一曲既终，过了好久才有人反应过来鼓掌，雷鸣般的掌声响彻庭院。

繁星也用力鼓掌，唱得太美了，她真心地夸赞。

参议员夫人说："东方的故事，总是这么哀伤。可怜的巧巧桑，最终还是被抛弃，甚至放弃生命，却没有得到爱情。"

繁星说："不，夫人，其实我们中国的爱情不是这样的。"

参议员夫人问："是像《图兰朵》里的中国公主那样吗？因为猜不出自己的谜语，就要将王子处死？"

繁星不禁含笑："不是，当然不是。"她忽然灵机一动，一个大胆而意外的想法从脑海里冒出来，她迅速有了全盘的考虑和计划，克制着自己亢奋的情绪，礼貌地说，"尊敬的夫人，感谢您为我们演唱了动人的咏叹调，我愿意为您和今晚所有的朋友献上一首歌，是我们中国古老的戏剧中的一段歌曲，在这首歌里，您能听见我们中国的爱情。"

参议员夫人说："太好了！是京剧吗？"

繁星只是笑眯眯，参议员夫人正要举手示意乐队，繁星说："我没有乐谱，请让我独自演唱。"

她不知道法语或意大利语中的清唱应该怎么说，只好说了独自演唱。

参议员夫人很兴奋地拿着银叉敲响了酒杯，用英语大声向大家宣布这个好消息。刚刚她演唱的咏叹调非常优美，听说中国客人愿意为大家演唱一段中国歌剧，顿时客人们颇为期待，响起一片热烈的掌声。

高鹏已经蒙了，不知道怎么自己刚刚跟参议员谈到网球赛，参议员夫人就声称繁星要为大家表演中国歌剧了。

他赶紧在繁星耳畔低语："你会唱戏？可千万别逞能，弄巧成拙。"

繁星不慌不忙，说："我可是安徽人。"

高鹏更蒙了，这跟安徽有什么关系？繁星已经随手从高鹏口袋里抽走口袋巾:"借用一下。"

高鹏彻底蒙圈,看着繁星笑吟吟走到乐队边的舞台上,先抖开口袋巾,使出高中时代参加学校文艺会演的功力,转了个手帕花,这个小花招像魔术一般,顿时吸引了所有人的目光,大家兴致盎然地鼓掌,还有人大声吹着口哨。高鹏心想坏了,她难道要在这里唱二人转?

然后,繁星就摆出身段,唱出了第一句:"为救李郎离家园……"

高鹏刚喝一口香槟,顿时差点全喷出来,真要喷在对面参议员的衣襟上,这可就酿成重大社交事故了。所以他拼命闭紧嘴巴,呛得自己连连咳嗽。

参议员倒是兴致勃勃地问他:"京剧?"

可怜高鹏捂着嘴咳嗽,还要一本正经地回答:"不……黄梅戏。"

繁星表演得有模有样,黄梅调唱得字正腔圆:"谁料皇榜中状元,中状元着红袍,帽插宫花好啊,好新鲜哪!"

在场的人对中国戏剧的最高了解程度也就是听过几句京剧,这黄梅戏还真是闻所未闻,听她唱得婉转柔美,参议员夫人又听得全神贯注,都认为这是很动人的东方艺术,连参议员都击节赞赏,对高鹏说:"好美,黄梅戏!"

高鹏只好随声附和。

繁星继续唱:"我也曾赴过琼林宴,我也曾打马御街前,人人夸我潘安貌,原来纱帽照啊,照婵娟哪……"唱到这里,她十指纷飞,用张绸巾又转出一个手帕花。

虽然大家都不懂中文,但听到这里,也知道这是一个段落小节,禁不住纷纷鼓掌。

"我考状元不为把名显,我考状元不为做高官,为了多情的李公子,夫妻恩爱花儿好月儿圆哪!"

最后一个身段,繁星拿出高中文艺会演的看家本事,将手帕花转得腾空而起。其实黄梅戏里当然没有这样的动作,但是老外又不懂,反正炫目就可以了。她连转三个手帕花,最后收起绸巾,深深鞠躬谢幕。

果然地,掌声雷动,众人纷纷喝彩,参议员夫人激动地上前拥抱她,亲吻着她的脸颊,连连用意大利语说:"太美了!太美了!"

繁星因为演唱用力,双颊迸出绯红,她对参议员夫人说:"这才是我们中国的爱情。虽然是发生在很久以前,中国古代的故事。美丽的少女得知她的未婚夫蒙冤入狱,想尽一切办法去拯救他。少女的父亲和母亲贪图富贵,逼她嫁给首相的儿子。她逃离了家庭,穿着男人的衣服,扮成男人到了首都,冒用未婚夫的名字考中状元——状元就是全国联考的第一名,中国古代用这种方式挑选最优秀的人做公务员。因为她考中第一名,穿着男人的衣服又非常英俊,皇帝想把自己的公主嫁给她,她机智而巧妙地说服了公主帮助自己,最终拯救了未婚夫。"她这一长串话,意大利语夹杂着法语,想不起来的单词就说英语,说得磕磕巴巴,但是无比真诚,她的眼睛里有光,仿佛天上的月亮倒映在泳池上,发出粼粼美丽、温柔却不能拒绝的神采。

她说:"夫人,这才是我们中国的爱情。我们中国的女人,不会因为男人不爱自己就哭泣着自杀,也不会因为自己爱的人陷入困境就绝望叹气。我们会尽自己最大的努力,我们会用自己的学识和胆量去拯救爱人。这是中国古代发生的事情,在中国现代,在当下的中国,女人们更勇敢,也更坚强。我们中国的网络上有一段话,虽然粗鲁无礼,但我非常愿意跟您分享,'请转告王子,姑娘我还在披荆斩棘的路上,还有雪山未翻、大河未过、巨龙未杀……叫他不妨继续睡着吧!就像睡美人一样,我会来吻醒你的。'"

参议员夫人被逗得哈哈大笑起来。

她问:"实在是太有趣了,你们这样对待格林童话。"

繁星耸耸肩:"小时候谁没有羡慕过仙度瑞拉呢。但长大后发现,我还是愿意做一个勇敢的人,能和爱人并肩战斗,甚至愿意为了爱人杀死巨龙的人。"

参议员夫人说:"你实在是太有趣了,连你的名字都有趣,非常多的星星,啊,你的父母一定很爱你,认为满天的星辰都美丽得像你。"

法国女人还是天性浪漫,繁星没有在这个问题上多纠结,她只是坦率地说出自己的困难:"夫人,其实今晚我是来请求您的帮助。"

参议员夫人很关切地问:"我有什么地方可以帮到你?"

繁星并没有说话,只是看了看周围正在音乐声中低笑交谈的人群,参议员夫人已经会意:"我知道后院有个地方,非常不错,那里有一座希腊式的喷泉,你愿意跟我去看一看那座美丽的喷泉吗?"

繁星露出笑容:"非常愿意,夫人,是我的荣幸。"

当舒熠听说有人来探视自己的时候,还以为仍旧是律师,没想到这次狱警竟然将他带到了接待室,虽然还是除了桌椅空荡荡无一物

的地方，但宽敞明亮许多。他不动声色地坐下来，觉得事情似乎在朝好的方向转变。这几天他想得很多，想得最多的是繁星，不知道她在外面会如何担心，另外就是想公司的事情，知道目前这种情况，对公司来说，当然是万分危急。虽然还有老宋，但老宋习惯了有自己做后盾，单打独斗，他肯定不行的。不知道今天律师会给自己带来什么样的消息。

他一个念头还没有转完，狱警已经打开门，带了探视的人进来。

打头的人还是律师，但鱼贯而入的，除了公司的冯越山、李意，还有高鹏，走在最后面的是繁星。她看上去没有在法庭上那么焦虑了，但还是双目闪闪，似乎含着泪光。他本能地站起来，狱警也没有阻止，律师还没有说话，繁星已经走上前来，舒熠这时候也有点肆无忌惮了，他用炽热的目光注视着她，她什么也没说，只是冲上前来搂住他，然后，就踮起脚来，深深地吻他。

所有人目瞪口呆，高鹏只觉得"咔嚓"一声，顿时觉得自己心都碎了，还是碎成粉末补都补不起来的那种。

这个吻忘情而缠绵，舒熠觉得这个吻是甜的，带着她特有的芳香气息，还有热带水果浓郁的甜味，又觉得这个吻是苦的，这么多天来的煎熬与相思，让两个人受尽了折磨。

他想不要紧啊，我还有繁星，哪怕真的要坐牢，哪怕真要在异国受这种失去自由的漫长煎熬，她也绝不会离我而去的。

也不知过了多久，两个人才分开。律师都不敢说话了，小心翼翼地观察着舒熠的脸色。

冯越山其实也惊呆了，但这种场合下，高鹏垮着一张脸，李经理嘴巴张得能吞下一个鸡蛋，自己就不能不说话了。不然，这难得的探视机会，岂不白白浪费了。

冯越山只好咳嗽一声，说："舒总，这些日子也难为繁星了，是她找到参议员游说，我们才获得了这次探视机会，主要还是跟您见见面，好安心。"

舒熠非常磊落，说："谢谢大家，大家辛苦了。"

他身处囹圄也非常从容，洒脱得好像自己不是在监狱的接待室，而是仍旧在公司主持会议似的。

冯越山不由得就觉得放心很多，舒熠个人有一种魅力，是创业过程中树立起来的整个团队对他的信心。每次濒临绝境的时候，他总有办法拯救公司，所以冯越山一见到他，尤其见到他这种从容的态度，就觉得没什么好怕的，舒熠一定有办法解决目前面临的困难。

大家轮流跟舒熠聊了一会儿，探视时间有限，所有人都很抓紧这个机会，舒熠布置了一下公司紧急状态下的工作，又跟律师聊了几句，时间很快就到了。

大家一起向舒熠告别，繁星除了最开始冲上前来吻他，甚至没有再跟他说一句话。她只是微笑着注视着他，舒熠朝她点点头，目送着他们出去。

他们刚走出监狱不久，就听到凄厉的鸣笛声，然而不是警车，是一辆911急救车，正在快速驶入监狱。

繁星最后一个上车，从容地坐下，拿起纸巾擦去嘴角的果汁渍。

高鹏觉得哪哪都不对，总觉得她好似刚刚偷天换日的小狐狸，脸上露着一缕若有若无的狡黠笑意，尤其看到那辆911急救车的时候。他问："祝繁星，真看不出来，你……"他本来想问你竟然跟舒熠是这种关系，但话到嘴边，总觉得有失风度，只好硬生生拗过来，变成一句闲话，"你刚才进监狱之前，为什么要在车上吃杧果，还一吃吃了三个？"

那么大的杧果，他一个大男人都吃不了三个，当时她吃得多艰难啊，简直是硬撑，还吃得满脸都是，都不用纸巾擦一擦，他百思不得其解。

真要跟舒熠是情人关系，她都不收拾打扮好了去见他啊？嘴角都是果汁，好看吗？

繁星说："舒熠杧果过敏。"

高鹏想了三秒钟，才拍着大腿叫绝。

"祝繁星，你让我五体投地。"

是真的，这辈子他还没这样佩服过谁，她这机灵劲儿，没得比了！

旋即律师也反应过来了，他大声夸赞繁星，并问她从哪里得到的灵感。繁星不好意思地说自己看了好多天的美国法律案例，发现有一例是因为犯人严重过敏所以监外执行，就想到这个办法试一试。

一行人也不回酒店了，掉头去法庭，律师果然等到监狱方面打来的电话，舒熠因为严重的过敏，送医院了。

律师向法官紧急申请，这必须保释，当事人体质特殊，监狱方面无法提供良好的防过敏环境，危及当事人的生命。他是犯罪嫌疑人，然而他的生命权现在得不到保障,律师好容易抓到这个空子,巧舌如簧,火力全开。

法官本来就非重大恶劣案件却不能保释这一特殊状况,承受了很大舆论压力,被指责有种族歧视的嫌疑,再加上收到医院的报告,顿时就宣布以五千万美金的高额保释。

虽然保释金额特别高,可高鹏为了救出舒熠,立刻就调齐了头寸,心想自己卖了舒熠这么大一个人情,以后他好意思再为难自己吗?好意思再跟自己争东争西吗?起码在自己研发团队遇上事的时候,找他帮忙也能找得理直气壮了吧!

舒熠在医院里躺了三天,本来美国的急诊就是活受罪,他又不是车祸外伤什么的,医生看了他一眼就没再管他,把他撂在那里直到半夜,舒熠肿成一个猪头,差点引发肺水肿导致过敏性休克,夜班医生处理完了真正十万火急的病人,这才看到他,给他开药打针。

等他从医院出来的时候,律师已经办妥了保释手续,都没再进监狱转一圈,直接从医院到法庭,宣布被保释了。

所有人都到法庭来接他,大门外还有记者,他们以最快的速度保护着舒熠离开,没有接受采访。一上车,舒熠就伸开手臂,将繁星紧紧地搂在怀里。

繁星眼泪这才掉下来。

她本来不是爱哭的人,但是到美国来已经哭了好几次了。每一次都是因为心疼他,她摸索着他手背上的透明医用胶带,那是针眼,他瘦了许多,手背上都有了青筋突起,脸上也没有了光泽,只有他的眼睛,还是明亮的,温柔地注视着她。

高鹏非常识趣,都没说给舒熠设宴洗尘这种话,倒是李经理不知道从唐人街还是哪里寻到了一堆柚子叶,放在浴缸里给舒熠洗澡去晦气。

繁星给舒熠订了一个大套间,所有人将舒熠送到房间就走了,让他自在地洗个澡,休息休息,先是监狱后是医院,他一定很多天没有放松休息过了。舒熠痛快地泡了个澡,然后随手将那些柚子叶捞起来放在浴室的垃圾桶里,他可不想闹出堵塞浴缸下水道的事来,然后穿上浴袍,一边拿着浴巾擦干头发,一边往外走。

客厅里有轻微的动静,已经是夜色初上,客厅里只开了一盏落地灯,晕黄的光圈照着一个人,正是繁星。她弯腰将托盘放在餐桌上,长发滑垂下来,遮住她的半边脸,她长长的睫毛被灯光照出浓密的阴影,然而她心情是愉悦的,不知为什么,舒熠就是知道。

他悄悄地走近她,拈起她的发梢,吻了吻。因为他动作很轻,繁星并没有觉察,等他炽热的嘴唇吻到她脖子里的时候,她微笑着转过脸来,在他微肿的嘴角上亲了一下,说:"吃饭吧。"

很精致的白粥,熬到米粒细糯已化,还有几样很清爽的小菜,也不知道她从哪里弄来的。在监狱里成天汉堡三明治,当然没有这样中国的家常风味吃。他其实很想马上坐下来吃饭,然而他说:"等一下!"

然后他偷偷跑去拿了样东西,出来就牵着她的手,繁星不解地看着他,直到他微笑着单膝跪下来了。

"繁星,你愿意嫁给我吗?"

他手中举着一枚戒指,是他每天戴在尾指上的那一枚,黑色的,并不起眼。

他说:"这是我当年做出的第一枚陀螺仪,是我事业的全部开始,也是我人生很重要的一部分,它见证了我的过去,也提醒着我的未来。所以我将它做成了戒指,每天戴在自己的尾指上。现在,我希望将来的每一天,都和你一起度过,所以,你愿意吗?繁星,你愿意吗?"

繁星几乎不假思索,就点了点头。

他将戒指戴在她的手指上,竟然刚刚好在她左手中指落下,如同天注定一般,这段因缘。

她看着自己指节上那枚朴素的戒指,眼泪这才掉下来。

舒熠吻去了她的眼泪:"别哭。"他说,"明天我们就去登记结婚,没什么能将我们分开。"

繁星不能自已,哭得稀里哗啦,她搂着舒熠的脖子,紧紧搂着,怎么也不肯撒手。

之前所有的担心和忧虑,她一直装作毫不在意,她是要杀死恶龙的姑娘啊,持剑战斗吧,战斗吧,为了自己爱的人。

到了这一刻,她才真正怕了,她的盔甲,她的软弱,都是他。所有的患得患失,也都是他。

她没有自己想象得那样坚强。

舒熠伸手将她揽入怀中,其实他都明白,他轻吻着她的耳郭,像哄着小婴儿一般,在她耳边轻轻嘘着,她放纵自己的眼泪汹涌。还有什么比在爱人怀里痛哭更加让人肆意的事情了,所有的软弱都放下了,所有的坚强也都放下来了,只有本真的那个我,小小的,柔软的，如刚刚初生的婴儿一般，对这个世界完全没有防备，因为有人会用最坚强的臂膀拥抱住她。

所有的一切都重新开始了，所有的伤痛都被抚平了，所有的未得到，所有的已失去，都圆满了。她不再缺失，从今后，她是一个完整的人，她得到了全新的世界，那个世界无所不有，那个世界温柔包容，那个世界有她所希望全部的温暖与光明，那个世界唯一的名字，叫爱情。

她不知哭了多久，直到最后舒熠用热毛巾给她擦脸，她才不好意思。他眼睛亮晶晶的，看着她："戒指你收下了，那我现在可以吻你了吗？"不等她说话，他又赶紧补充一句，"我等好久了。"

像小孩子盼望吃冰激凌，他只是目光灼灼地看着她。

她"扑哧"一声，破涕为笑。她搂住他的脖子，献上自己最柔软的嘴唇。

没有什么比相爱更美好的事情了，当她疲倦而满足地躺在舒熠怀里时，她想，终于啊，这么多年，她像一个疲惫的选手，一直跑一直跑，终于跑到了终点。她不再流浪，也不再孤单，她终于不是一个人了。

她可以把自己全部身心，都托付给另一个人。

舒熠说："这是我有生以来，觉得最幸福的一个晚上。"

繁星说："我也是。"

他吻了吻她的发顶，将她搂得更紧。

从此以后，他和她都不再孤单了。

第五篇

微光

高鹏很生气，特别生气。他生气自己果然是自欺欺人。

本来繁星和参议员夫人谈过之后，终于争取到了探视机会，他还是很高兴的。

虽然不能影响司法公正，但参议员可以在这种无伤大雅的事情上帮助他们，比如让他们去探视舒熠什么的。

结果繁星在探视时狂吻舒熠，他的心顿时碎成了一万八千片，片片粉碎。

出来上车之后，繁星那番话又让他升起一线希望。

万一呢，万一这姑娘只是士为知己者死，拼命想要帮助老板，知道舒熠杧果过敏所以特意吻他，好让舒熠可以成功被保释。

他努力说服自己，毕竟舒熠给她期权呢，这是他话里套话从老宋那儿打听到的，因为想挖繁星跳槽，所以他打听了一下繁星的薪酬，得知期权他也很意外，舒熠真是慷慨大方。

可是没关系，反正他比舒熠有钱。而且舒熠的公司市值正在大幅缩水，这期权眼下就值几百万了，这构不成什么威胁。

他信心满满。

等到繁星通过他借了一个在纽约居住的朋友的厨房,做了清粥小菜特意给他送来的时候,高鹏信心更加爆棚了!

繁星送菜时只说感谢他这几天帮了不少忙,但如果她不喜欢能给自己做这么好吃的食物吗?

这里面满满都是爱啊!是爱啊!爱啊!

吃完清粥小菜,高鹏更感激了,挑了一瓶香槟,拿上楼来,只想借口说庆祝一下舒熠被保释,顺便打探一下繁星性格爱好什么的,自己也好做下一步的打算。谁知道刚出电梯,就看着繁星端着托盘开门进了舒熠房间。

她竟然有舒熠的房卡!

高鹏本来挺生气,过了两秒又冷静下来,她是秘书嘛,替老板订房,有房卡正常。

可是繁星进了房间,久久没有再出来。

高鹏说服自己,一定是等舒熠吃完,她好将托盘拿出来。自己正好装作巧遇,可以跟她打个招呼,顺便问她明天有什么安排,自己甚至可以随机应变安排个约会,比如去中央公园走走什么的,来美国这么多天了,每天她都焦头烂额替舒熠奔走,都还没有像样地观光呢。

结果他在走廊里刷了快一个小时手机,连德州扑克游戏都玩了几十盘了,她还没有出来。

高鹏终于无法说服自己了,按门铃这种事他可做不出来,只好气冲冲回到房间,到了半夜十二点,他给她的房间打了个电话,然而并没有人接。

高鹏顿时伤心了，这伤害是双重的，加倍的！虽然他不明白为什么这伤害是双重加倍，但舒熠太不够意思了！繁星虽然并没有接受他的追求，然而被甩得这么惨他完全不能接受啊，他一个高富帅，要钱有钱，要人有人，哪点比不上舒熠，还有舒熠，他竟然跟小秘书相好，就是不告诉自己！瞒自己一直瞒到了今天！

他伤心了，受到了一万点伤害。

明月沟渠啊，明月沟渠。

他突然悟过来，小秘书不是不解风情啊，而是根本不接受自己的信号，她所有的频道都给了舒熠。还有舒熠也太坏了，就是不跟自己说，就想看自己出糗！

他憔悴失眠大半夜，喝了好几杯威士忌，打越洋长途骚扰了一番老宋，这才倒在床上睡着。

爱谁谁，他不干了！他明天就回中国！他要回到温暖的家里，疗伤！

高鹏是被门铃声吵醒的，他昨天晚上喝大了，半夜口渴喝了太多苏打水，所以肿着眼皮爬起来开门。他一看床头柜上的时间才早晨九点，自己一定是忘记了"Do not disturb"，他气冲冲打开门，结果门外是舒熠。

舒熠神采奕奕，满面春风，笑着对他说："能不能请你帮个忙？"

高鹏更没好气了，然而又拉不下面子把门摔他脸上，只好问："什么忙？"

舒熠说:"我今天和繁星注册结婚,能不能请你做见证人?你知道纽约州的法律,我们注册得有一个见证人。"

高鹏差点就飙泪了,他冲舒熠咆哮:"你也太欺负人了!我……我对你这么好!你竟然要跟别人结婚!!!"

其实这句话是想对繁星说的,然而他不好意思啊,他是个大老爷们,怎么能纠缠一个不喜欢自己的女人呢?

舒熠被他这么一吼,竟然也没生气,只是十分淡然地拍了拍他的肩,说:"别怕,结婚之后我们还是好朋友。"

"谁要跟你做好朋友!"高鹏怒不可遏,"我才不要跟你做好朋友!"

舒熠不知为什么,似乎十分了解他这种别扭的心态,他很淡定地说:"起码我找你做婚礼见证人,又没找别人,这还不够证明你是我最好的朋友吗?"

高鹏说:"你敢找别人吗?你还欠我保释金五千万!美金!"

舒熠终于双手抱臂:"那你到底来不来?黄世仁!"

高鹏悲痛万分,黄世仁!黄世仁有这么惨吗?都要见证喜儿跟别人的婚礼了,他还算什么黄世仁?!

可是舒熠扔下句:"一个钟头后,市政厅等你。"然后就走了。

高鹏含泪回房间,开始洗脸刷牙找自己的礼服。

北风那个吹,雪花那个飘,雪花那个飘飘,喜儿要结婚了。

黄世仁还得穿礼服去证婚,这日子没法过了!

没法过了!

黄世仁决定在前往市政厅的路上给出致命一击!

其实舒熠还是有点紧张的,他和繁星一齐出发,在车上他就问:"你不会后悔吧?"

繁星挺生气的:"昨天晚上我都说过了。你现在是我的人了,不许胡说八道!"

舒熠乖乖沉默了几分钟,过了一会儿,又递上一本文件夹。

繁星问:"这是什么?"

舒熠说:"授权书,如果……我是说如果啊,万一我被判有罪,要坐很多年牢,作为我的妻子,你就拥有我名下公司所有股份的投票权和决策权,方便由你来管理公司。"

繁星说:"我不会签这东西的,你想把公司甩给我,自己在美国坐牢,没门!"

舒熠说:"以防万一……"

繁星说:"以防万一你是不是还要写个离婚协议给我,万一你要坐牢你是不是就不拖累我了,自己默默地孤独终老?"

舒熠赶紧说:"不会不会,我又不傻!我有你,我为什么要孤独终老!我好不容易遇到你!我就是表忠心而已。我的钱就是你的钱,我的公司就是你的公司!就算是坐牢你也会等我的,你昨天说过了。我万分之一万地相信你!"

繁星明眸一睐,瞟了他一眼:"那可说不好,毕竟你上次跟别人求婚,可是包了海边的大别墅!"

舒熠连忙解释:"昨天我求婚的地方是市中心的五星级酒店,能看到中央公园，也不差！"

"你向别人求婚的时候穿得衣冠楚楚，昨天你向我求婚的时候只穿着浴袍！"

舒熠怪委屈的："你不是夸我穿浴袍最帅吗？原来你是骗我！"

繁星戳了戳他的脸："反正你已经求过婚了，我也答应了，你别想反悔，也别想跑。哪怕你要坐一辈子牢呢，我也嫁定你了！"

舒熠特别感动地亲她，正在这时候，电话十分不凑巧地响了，是气势汹汹的"黄世仁"来电。

舒熠拿起手机看了看，只好接了。

结果"黄世仁"就在电话里放了一段《女驸马》唱段给舒熠听。

舒熠听出是繁星的声音，那天party上有人录下来，发给了高鹏。高鹏收到后一直私藏着，时不时拿出来看看、听听，乐一乐。

现在没必要了，他把繁星在宴会上唱《女驸马》的事情原原本本告诉舒熠，然后说："对你这么好的姑娘，拼了命想尽办法来救你的姑娘，我告诉你，本来我想好好照顾这姑娘一辈子的，现在算你识货抢了先，你要是将来敢对她不好，我跟你没完！"

舒熠沉默了好久，说："放心吧，兄弟。"

高鹏很别扭地说："我才不要跟你做兄弟呢，记住，你还欠我五千万，我是黄世仁你是喜儿！"

高鹏把电话挂断了，繁星问舒熠："高鹏打电话来干什么？"

舒熠没有回答，只是立刻拨回去，高鹏一接电话，舒熠就说："记得发我邮箱啊！"

高鹏莫名其妙："什么？"

舒熠说："我老婆唱的《女驸马》！"

高鹏气得都泪光闪闪了："现在她还不是你老婆呢，就不发你，有本事你咬我啊！"

高鹏气呼呼再次把电话挂断了。

繁星反倒不好意思起来："那……什么……《女驸马》？"

舒熠深深地吻她，吻到她喘不过气来，他才抵着她的额头，说："我爱你。"

繁星有点娇羞地瞥了他一眼，说："你不会真要他把那段录像发过来给你听吧？"

舒熠说："我又不傻，你晚上可以唱给我一个人听啊，我干嘛非要那段录像？"

他将繁星搂进怀里，心想今天晚上洞房花烛夜太忙了没时间，等明天就黑进高鹏的笔记本，先把视频拷贝过来，然后就把高鹏笔记本里的源文件删个片甲不留。

自己老婆唱的戏，凭什么留在高鹏笔记本里！

舒熠就这么愉快地决定了。

注册非常简单，本来要预约并多等一天，但舒熠找纽约的朋友帮忙，当天就给他们排上了。繁星临时买了条白色的裙子充当婚纱，舒熠倒是黑色礼服领结一应俱全，因为他带来的行李里有礼服，正好派上用场。

冯总与李经理观礼，高鹏做见证人。其实就是出示护照，注册，宣誓，签字，然后市政厅的工作人员就宣布他们婚姻缔结有效。舒熠深深地亲吻繁星，李经理他们兴奋得不得了，一直在旁边鼓掌。

舒熠给繁星买了一束小小的花束做捧花，走出市政厅的时候，路人都含笑注视着他们，他们俩喜气洋洋，一看就是刚刚结婚。繁星站在市政厅门前，背对着人行道，向后扔那束小小的捧花。

一个路过的姑娘接到了，大喜过望，上前来亲吻繁星，说了一大堆祝福的话，更多路人围观着鼓掌，恭喜新人，还有一位老太太特意上前，亲吻繁星的脸颊，又与舒熠握手，恭喜他们俩。

陌生人的祝福让繁星感动满满。

她给国内的父母分别打电话，告诉他们自己跟舒熠在美国注册结婚。

亲妈的反应竟然比繁星想得要淡定太多，她说："就那个普林斯顿？不错啊！长得帅，人也聪明！妈妈我当时就看好他！这下好！将来我的外孙一定常青藤！"

繁星笑嘻嘻地没有多说什么，更没讲舒熠眼下面临牢狱之灾，仅仅只是被保释，每隔一段时间要定期向法庭报告，暂时也不能离开美国。但今天是好日子，她什么都不想，也不打算说什么。而亲妈除了要求回家乡办一场盛大的婚宴之外，倒也没说别的。

繁星给自己爸爸打电话，却是龚阿姨接的。她一听说就连连说恭喜，然后告诉繁星，前两天老祝刚动完手术，医生说结果很好，再住几天医院就可以出院回家了。

繁星挺意外，她以为龚阿姨和老爸还在北京游玩呢，这几天她为了舒熠都忙昏了头，打过两次电话龚阿姨说一切都好她就没细问。龚阿姨说："别怨我们没告诉你，是你爸不让告诉你的，怕你在外头还担心他做手术的事。我也赞成不说，你看，现在不是好好的！都已经要出院了！"

繁星跟病床上的爸爸视频，老祝果然精神不错，看到舒熠还连连挥手。

龚阿姨在旁边嗔怪："都不知道恭喜下女儿女婿，他们今天登记呢！"

在老家的传统思想里，登记结婚固然是大事，然而没有婚礼隆重，只有办婚礼才是真正的结婚，所以龚阿姨喜得不得了，叮嘱繁星和舒熠安排好时间回老家办婚宴，自己要跟繁星妈好好商量，一定给他们一个最盛大的婚礼，席开五十八桌！不！八十八桌！

繁星还是很感动，长辈们思想传统，认为这就是对她和舒熠最好的祝福了，但也很好啊，她真的很幸福，非常幸福。

舒熠订了一家米其林作为婚宴，答谢高鹏和冯总还有李经理。高鹏做完见证人，已经破罐破摔了，完全不觉得伤心了，去米其林的路上得意扬扬给老宋打电话："你看，你在他身边这么多年，但他结婚的时候，还是找我做见证人！"

老宋早些时候已经接到舒熠的电话，祝福过舒熠和繁星了，此时此刻正跟韩国人撕得天昏地暗，冷笑着说："要不是我人在国内，轮得到你吗？"

高鹏笑嘻嘻地说："你在美国他也会选我的，今天早上他对我说，邀请我当见证人，因为我是他最好的朋友！"

老宋压根不理睬他这种幼稚的炫耀，说："行啊，那我结婚的时候也找你做见证人。满足你！最好的朋友！"

高鹏"哼"了一声，说："你想请我做见证人，我还要考虑考虑呢！再说了，你一个三十多年的光棍，女朋友都没有，结婚？猴年马月的事了！"

老宋不搭理他："我还要跟韩国人开会呢！挂了挂了！"

高鹏都还没有炫耀完，就被老宋强行中止，特别不爽，所以在米其林的婚宴上，一个人喝了一瓶罗曼尼·康帝，还对着新娘子庄严宣布："繁星，我是你永远的娘家人，要是舒熠敢对你不好，找我！我一定替你揍他！"

繁星笑眯眯还没说话，舒熠已经说："我不会对她不好，我要敢对她不好，欢迎你随时来揍我。"

高鹏酸溜溜地说："我会锻炼身体，时刻准备着。"

高鹏喝了太多酒，兼之前一天睡眠不好，所以第二天昏睡到中午才醒。醒来后洗了个澡，开始收发邮件，联上国内的OA系统开始办公。但用着电脑，他总觉得哪不对。

他看了看桌面，没什么不对的地方。再翻看一下文件，也没什么不对的地方。

等他把OA系统的全部公文处理完，他恍然大悟，冲进某文件夹一看，可不！小秘书的《女驸马》被删掉了！

删得干净利落，硬盘都被覆盖了好几遍，再也找不回来了。

高鹏气急败坏，打电话给舒熠："你昨天还说我是兄弟！"

舒熠正懒洋洋喂繁星吃牛排，新婚宴尔心情甚好，就不跟他计较，只说："是啊，没错啊。"

"你黑进我系统！"

舒熠说："我发誓真没有，我就把我老婆的《女驸马》删了。"

高鹏："你再这样我就黑你电脑把你那份给删了！"

舒熠说："随便！只要你能！"

高鹏气坏了！

仗着自己防火墙高大威猛，仗着自己技术过人，就这样欺负人！

高鹏把电话挂了，繁星却炸毛了。

"你昨天说你不看的，你还哄我昨天晚上给你唱！"

舒熠赶紧端过自己的笔记本："老婆你看，没有！真没有！我只是删了他的文件，自己没有下载！"

繁星翻了几下，真没看见，半信半疑，兼之舒熠又花样百出转移她注意力，也就作罢了。

舒熠松了口气，特别想给友商点赞。鬃云服务，谁用谁知道！想瞒着老婆藏起任何文件，都可以！

繁星陪着舒熠去向法庭报备，每隔一段时间他都要去趟法庭，以证明自己没有弃保逃走。繁星按照中国传统，专程从唐人街买了两包喜糖带去法庭，送给法官，法官听说她和舒熠已经注册结婚，不由得大为诧异。

繁星说："我相信他是无辜的。"

法官很慎重地说:"希望陪审团也相信。"

从法庭出来,舒熠带她去了帝国大厦。晚霞漫天,游客熙熙,有不少情侣在顶层接吻。

舒熠告诉繁星:"我还在念大学的时候,喜欢一部很老的片子《西雅图夜未眠》,所以一直觉得帝国大厦楼顶,是个很浪漫的地方。我想过,如果有了爱人,一定要带她来这里,俯瞰整个城市,看最美的落日。"他稍微顿了顿,又说,"后来很长很长一段时间,我都以为自己找不到了,或许会像金刚一样,独自蹲在帝国大厦的楼顶……"

繁星含笑看着他。

太阳一分一分地落下去,夜幕初起,不远处的楼群开始亮灯,游客如织,很多人拿着相机、手机,拍摄这繁华的都市。

他握住了她的手,慢慢地举起来。他引导着她的手,在半空中书写。他的动作很慢,第一个动作画出的字母是"I",然后第二个动作,他握着她的手,画了一个心形,第三个字母,他握着她的手慢慢在半空画出来"U"。

然后,他就轻轻地举着她的手,停在半空中。繁星眨了眨眼睛,不明白他在做什么。

突然之间,眼前的灯海就变了,一幢接一幢摩天大楼亮起灯柱,每一幢楼身本身是巨大的灯幕广告,现在变成了一句中文:"我爱你!"

时代广场所有的广告牌全部变换画面,每个广告牌都变成了一句话,路人纷纷停步。

我爱你！I love you！ Ich liebe dich！ Eu amo—te！
Ik hou van jou！ S'agapo！ Szeretlek！ Mina armastan sind！
Min rakastan sinua！ Tave myliu！ Te sakam！ Miluji te！
Ani ohev otach！ Jag lskar dig！

  所有肤色、所有族裔的路人都不由得停下匆匆的脚步，看着那五光十色、各种语言的电子广告牌。有人吹口哨，有人为这浪漫而壮观的场景鼓掌叫好，有人认为这是一场声势浩大的搞怪节目，左顾右盼寻找摄像头在哪里，有情侣忘情地接吻，有人搂紧了身边的爱人。

  帝国大厦顶层的所有游客也纷纷在惊呼拍照，有中国情侣一起手指比心，圈着不远处楼身上那巨大的灯光字幕，中文的"我爱你"，这一定是个中国人大胆而浪漫的告白吧。

  繁星被这浪漫的一幕惊呆了，舒熠吻她，额头抵住她的额头，鼻尖抵住她的鼻尖，说："很多年前，我在这枚戒指里设了一个程序。当陀螺仪感应到定位是帝国大厦楼顶，并且完成刚刚那三个手势时，会自动给卫星发射信号。卫星和帝国大厦及附近所有的摩天楼，还有时代广场的电子广告牌都签有合约，一旦感应到信号，就会自动播放一则讯息，就是刚才那些。"

  他说："我爱你，虽然当初我设定这个程序的时候，还不知道你是谁，也不知道你说什么语言，用什么名字，是因为什么样的因缘来到我身边，我爱你，这是世上最重要的事情，也是我给你的，最郑重的承诺。"

繁星说不出话来，只能轻轻吻一吻他。

他在她耳边说："谢谢你为我唱《女驸马》，谢谢你为我做的一切。"

游客手中的相机、手机闪光灯不断闪烁，组成灿烂而美丽的星河，所有人都在拍摄摩天大楼浪漫的灯幕告白，无人留意在角落里，有一对相爱的人正在深深接吻。

也有人看到了，但此时此刻，帝国大厦有好多对情侣沉浸在热吻中，爱情这么美好，告白如此浪漫，良辰美景，即使是路人也在微笑，感受这幸福的甜甜滋味。

帝国大厦顶层不再有孤独的金刚，还有一对对有情人。

这一轰动创举立刻上了有线电视网的突发新闻，推特与Facebook上也全部是相关的消息，很多人纷纷与这一壮观景象合影，大家都议论纷纷，迅速成为热点。连万里之外的中国，也开始在朋友圈和微博上出现相关的消息，因为那些摩天大楼的光幕都是中文，留学生和华侨拍到的画面被转发。

然而始作俑者，已经看完此生最重要的风景，高兴地手牵着手，搭乘电梯下楼。

回酒店的途中繁星甚至饿了，于是舒熠跑进快餐店，给她买了一个热狗。美国的热狗巨大，她吃不完，分一半给舒熠，隔着窗子都可以看见快餐店电视机正在播放刚刚那浪漫的一幕，她调皮地将热狗当作话筒伸到他嘴边："现在我们来采访一下当事人，请问，你现在是什么感受？"

— 279 —

舒熠淡定地说:"深藏功与名。"

繁星乐得哈哈大笑。

全世界都不知道他们做了什么,除了高鹏。

他看到新闻的第一反应就是给舒熠打电话:"你是怎么做到的?"

舒熠说:"什么?"

"有钱带着老婆玩浪漫,不还我钱吗?"黄世仁凶神恶煞,"五千万!美金!"

舒熠说:"你怎么知道是我?"

高鹏"哼"了一声,说:"知己知彼,你不是我对手吗,我能不知道你吗?"

舒熠说:"这是很久之前设计的小程序了,其实挺简单的。"

高鹏开始耍无赖:"我不管,反正将来我求婚的时候,你也要帮我搞成这样的场面,不然你就还钱,现在,立刻!"

舒熠说:"五千万美金我真办不到,现在广告牌和卫星租金都涨了好几倍,不如你再追加点预算?"

高鹏还没有失去理智,说:"那等我找到那个姑娘再说!"

舒熠提醒:"过几年租金又涨价了,早订早划算啊!"

高鹏气得眼圈都红了,太过分了!就欺负他现在仍旧是单身狗一条,连个目标都没有,万……万一隔了十几二十年他才找到那个人怎么办,岂不被舒熠笑掉大牙!

高鹏决定回国就相亲,老头子曾经夸好的名门闺秀都去看一看,老妈安排的那些姑娘他都去瞧一瞧,没准能有对上眼的呢!

他就不信那个邪了!

趁着舒熠暂时没有五千万美金还给他,他要搞定这个事,到时候就拿这个抵账保释金了,不够的预算叫舒熠自己贴补。

反正我是黄世仁,高鹏恶狠狠地想。

舒熠当然不知道黄世仁下了这样的决心。第二天一早吃过早餐,舒熠就换上了规规矩矩的黑色西服,打算带繁星去另一个很特别的地方。

繁星也换了条素色裙子,早起她特意去花店,买了一束洁白芬芳的花朵。

他们要去Kevin Anderson的墓地。

墓园非常大,因为是高端墓园,维护得很好。道路两侧并列着绿伞一般的高大树木,放眼望去一片如茵的草地,疏疏朗朗排列着许多墓碑。昨天晚上又刚下过雨,所以空气湿润,偶尔还可以看见一两只松鼠从树上跳到草地里,踩碎草叶尖上无数晶莹的露珠,这里就像公园一般,只是比普通公园更寂静。

舒熠带着繁星找了很久,才找到那块崭新的黑色大理石墓碑。平放在绿色草地上的大理石简单镌写着Kevin Anderson的名字,他创立公司的徽章,他的生卒日期,还有一张微笑的半身照片。

墓碑上和四周都挨挨挤挤摆放着许多花束,想必是葬礼当天亲友献上的,已经凋零枯萎。

舒熠沉默地站立了很久。

繁星蹲下来,将手中那束洁白芬芳的花朵,端端正正放在墓碑前。

舒熠当时第一时间赶到美国,除了调查导致事故的技术原因,另

一个更重要的原因就是希望赶来参加Kevin Anderson的葬礼。他与Kevin的关系亦师亦友，所以，对于Kevin的离世，他非常非常难过。

然而警察将他从酒店带走，他未能出席Kevin的葬礼。

舒熠蹲下来，掏出手帕仔细拭去大理石墓碑上的灰尘。

他看着墓碑上好友的照片，一时说不出话来。

繁星轻轻地牵住他的手。

舒熠说："当年是他对我说，'舒，你要尝试，你要不断地尝试，不经过一万次，甚至十万次、一百万次的尝试，你永远不知道光芒会在哪里。'"

繁星无法劝慰他，默默握着他的手指。

舒熠说："他常常去大学演讲，在硅谷，在东部，对所有创业者演讲。鼓励一无所有的我们坚持下去。他说科技是漫长黑夜里最微小的光芒，你要学会捕捉它。一旦捉到它，你会发现自己拥有整个星空。他说你不要因为看不到它，就认为这光芒不存在，它就像原子一样，永远存在。只是，你需要通过一台原子放大镜去看到它，所以，不断地尝试，不断地寻找看到它的途径，不断地寻找适合自己的那台放大镜。挑战更新更好的科技，是人类进步的唯一动力，也是唯一的原因。"

"当年他是我的第一个客户，我租了一间特别破的车库做实验室，忐忑不安地把第一批样品寄给了他，他亲自打电话给我，约我去他的办公室面谈，然后开了一张五万美金的支票给我。从那个时候开始，我才真正下决心，我才有信心，觉得自己可以做一些事情，我可以做一家公司，为科技的进步做出自己微小的贡献。"他的语气里有淡淡的惆怅和遗憾，那是一段繁星全然陌生的时光。在那个时候，她还没有认识他。他初出茅庐，还有青涩和迷茫，是那个人照看了他，是他给了他走出第一步的力量。所以，他才会这么难过。她知道他只是需要倾诉，说给长眠于此的好友和师长听，说给自己听，说给她听，说给这墓园四周，如茵的绿草，巨大的树木听。

风吹过，远处树上的枝叶传来沙沙的响声。

他再度沉默下去，这些话本来他是打算在葬礼上说的，在美国的葬礼，每一位亲友都可以在葬礼上发言，说一段和逝者有关的话，有人会笑着说，有人会哭着说，有人会笑着笑着哭了，有人会哭着哭着笑了。那是一段缘分的终结，也是另外一种缘分的开始，因为逝者已经在另一个世界里，他从此后活在所有亲友的心里。

只是，舒熠是真的很难过，这种难过，其实无法用语言去表达万一。在监狱里的时候，他想过很多，但错过葬礼，是他最大的遗憾之一。

他和她手牵着手，长久地伫立在那方大理石墓碑前。

他将她带到这里来，一起来见自己最尊重的朋友和师长。这位朋友和师长或许已经没办法见证自己和繁星的婚礼，但是舒熠希望他能够知道，自己找到了可以相伴终生的那个人。

在从墓园回酒店的路上，舒熠接到了高鹏的电话，高鹏的声音在电话里竟然有几分低沉，他说："刚才老头子的秘书打电话给我，说老头子的体检报告有点问题。"

舒熠猛然吃了一惊，问："要不要紧？"

"还不知道，秘书说得挺含糊的。"高鹏故作洒脱地说，"我估计没事，你看老头子成天乱蹦乱跳，打网球还能赢我，这把年纪了还喜欢跟美女吃饭，贼心色心俱全，没准能祸害一千年。"

舒熠说："你还是赶紧回去吧。"留下半句话他没说，秘书既然特意打电话来，说明并不是小事。虽然高鹏成天冷嘲热讽，口口声声称自己亲爹为"老头子"，但其实也是让老头子给溺爱了这么多年，不说别的，没有亲爹惯着，哪能养出他这种既骄且狂的性子。

高鹏说："嗯，过会儿就走。"

舒熠说："多保重。"

高鹏说："你也是。"

男人之间的对话，有时候都不用多说什么，舒熠虽然欠着他五千万美金，但一个"谢"字都没说。他心里清楚高家那也是一个巨大的乱摊子，高鹏的父亲高远山当然不是寻常人，方才能压得住场面。连舒熠都隐约听说过高鹏几个叔叔都在董事会有一席之地，可见不是吃素的。真要是高远山健康出了问题，高鹏虽然作为他的天然继承人，但这权力让渡不见得能风平浪静。舒熠决定尽快调齐款项，把高鹏借他的保释金给还上，五千万美金折合好几亿人民币，风口浪尖，他不能给高鹏留个把柄让人抓。

繁星并不清楚高鹏的家世，听舒熠寥寥描述了几句，知道那才是真正的豪门恩怨，错综复杂，一言难尽。他们回酒店都没来得及给高鹏送行，高鹏匆匆退了房，去机场直接搭湾流回国了。

繁星约Ellen吃饭，感谢她在舆论战中做出的贡献。Ellen爽快地答应了，约在纽约一家颇有名气的时尚餐厅，Ellen挺开心的："这家位子特别不好订，你们有心了。"

繁星说："一码归一码，我们先在美国吃，聚宝源之约还是算数的。"

Ellen哈哈笑。她带了一束粉色郁金香来送给繁星。

繁星既惊且喜，连声道谢。

Ellen很大方地说："路过花店，看到这束花，觉得很配你，所以就买了。"得知繁星和舒熠已经注册结婚，Ellen一点也不意外，只是有一抹笑意从眼睛里透出来，先连声恭喜，然后又说，"其实，我早看出来了。"

繁星不由得问："为什么？"

Ellen说："爱和贫穷、咳嗽，是最无法掩饰的三件事情。你提到他名字时，眼睛里有光。"

繁星挺喜欢Ellen这种直截了当的风格，一方面有北京大姐的爽朗，一方面又是纽约客的时髦与傲娇。讲到一些好玩的人和事来眉飞色舞，妙趣横生。这一顿饭吃得特别愉快。舒熠挺有风度，全程十分照顾两位女士，还把繁星吃不掉的一半牛排都收拾了。

正聊得开心的时候，突然一个人走过来跟Ellen打招呼，是个高大英俊的外国男子，与Ellen拥抱贴面，显得熟悉而亲密。Ellen将他介绍给舒熠和繁星，原来他叫戴夫，服务于某著名的私募基金。

戴夫与舒熠握手，跟繁星握手时，他俏皮地对女士行了吻手礼，

十分恭维繁星的美貌，赞赏她的黑眼睛和黑头发真是美丽。繁星知道对老外而言，这种热情的恭维只是一种社交礼仪，所以只是含笑说谢谢。没一会儿戴夫的朋友就来了，他回到了自己的座位上。

跟Ellen的这顿晚饭吃得很愉快，回酒店后舒熠先去洗澡，繁星却接到Ellen的电话。繁星有点意外，因为已经挺晚的了，Ellen特意打电话来，一定是有事情。

果然，Ellen告诉她说，戴夫不仅和她是朋友，甚至是她的一个"admirer（追求者）"，所以晚餐后，他约了她去酒吧喝一杯，Ellen婉拒了，戴夫于是就殷勤地开车送她回家。

在路上，两个人闲聊了一下，虽然晚餐的时候介绍过，但中文名字的翻译对美国人戴夫来说没那么好懂，当他得知舒熠就是gyroscope（陀螺仪）的ShuYi时他大吃一惊。

Ellen说，戴夫的这种吃惊非常令她诧异，虽然他什么也没说，并且迅速转移了话题，但她总觉得哪里不对，所以特意打个电话给繁星。

她强调说："戴夫有很多大客户，非常大，他服务的基金业务主要侧重于亚洲……"她斟酌了一下，说，"其中应该还有和你们是同行业的公司。"

都是聪明人，话只用点到即止。繁星只转了个弯，就明白过来她的意思，她连声道谢。

Ellen说："不用谢，希望你们好运。"

挂断电话后，繁星思考了几秒钟，使劲晃了一下头，寻找可能有的关联，一个最不可能的情况突然跳进她的脑海，她打开电脑开始着手收集整理数据。等舒熠洗完澡出来后，发现她盘膝坐在沙发上，对着几张图表发呆，舒熠看了看，正是公司最近的股票牌价和成交量，他不由得开了个玩笑："怎么啦舒太太，别担心，公司股票已经止跌回升了。"

繁星不作声，她将投影仪通过无线Wi-Fi接入电脑，直接投射在粉白的墙纸上，一张张图表，全是最近的股票数据。

舒熠最开始有点困惑，等她一帧一帧播放，每个重点数据上，都被她用触控笔标注有红圈，等放过大半的时候，他终于明白过来，他蓦地睁大了眼睛看着繁星。

繁星解释说："我的毕业论文，写的是关于森迪银行的收购案。"

那是一家著名的欧洲老字号银行，没有倒在2008年的金融风波里，却在收购案中黯然收场。那场恶意收购战非常具有教学参考价值，老师曾经敲着投影屏幕上的课件说："嗜血的资本，同学们，这就是嗜血的资本，像鲨鱼围歼庞大的蓝鲸！闻到一点血腥味就追逐而来，资本就是这样，逐利而生，逐利而至，只要让它们闻到一点点金钱的味道，它们就不死不休！"

因为老师的这番话，所以繁星对那堂课印象深刻，毕业论文也自然而然地选择了这个方向，只不过做梦也没想过，毕业几年后，竟然遇上类似的实战。她越看数据越心惊肉跳，越分析也越笃定这中间是有问题的。

舒熠匆匆搂了搂繁星，不知道她从哪里得到的灵感，会突然关注到公司股票的异动。他开始打电话，和公司董秘沟通，分析最近的数据，大约一个钟头后，确认公司股票确实存在异常，有不明资金在大量暗中收购。方式和手法都非常巧妙隐蔽，但最近公司都忙着各种事情，所以才没有注意。

舒熠通过视频召开了好几个紧急会议，虽然是美国东部时间的深夜，但正好是北京时间的上午，跟国内联系倒是很方便。繁星毫无睡意，舒熠更是沉着冷静。这种紧急会议比业务会议沉闷，气氛严峻得像大战来临之际，他们也确实面临一场没有硝烟的战争。

而且，形势非常不容乐观。

等会议结束时，已经是纽约的清晨。繁星做了严密的数据分析和情况小结，像大学做功课那样，她把电子版给舒熠看，舒熠却伸手环抱住她，两个人静静地、轻轻地拥抱了一会儿，贪恋对方身上那股温暖。

她把头埋在他的胸口，他说话的声音嗡嗡的，像有回响。

他说的是："你放心。"

她其实没有什么不放心的，选择他，就选择在任何状况下与他并肩战斗啊。

如果要翻越高山，那就翻越吧；如果要蹚过河流，那就蹚吧；如果要杀死恶龙，那就拔剑吧。

她早就做出了自己的选择。

情况比预想的更糟，一旦留意到股票的异动，其实有千丝万缕的蛛丝马迹可以寻查。大量收购的那两家基金背景都不单纯，基本可以判断这不是一次狙击，而是恶意收购。

公司盈利状况良好，拥有多项国际专利，最重要的是，公司在细分市场领域的地位非常非常重要，如果大公司想要完善自己的产业链，或者想在这个行业占据有利地位，收购是最简单粗暴的做法。

而舒熠官司缠身，让反收购应对更加棘手。首先他不能离开美国，无法返回国内获取资金支持。然后如果他真的被判有罪入狱，公司会立刻失去控制。

繁星强制让舒熠睡一会儿，她自己也吃了颗褪黑素躺下，既然这是一场持久的战争，那么养精蓄锐很重要。但只睡了差不多两个钟头，老宋打电话来告诉舒熠另一个坏消息："韩国人刚刚在首尔召开记者发布会，宣布手机故障的主要原因是陀螺仪。"

舒熠脱口说："他们是故意的。"

老宋说："对！他们是故意的。这帮孙子，这么多天早拿定了主意，就假模假样跟我在苏州实验室各种讨论，冷不丁却瞒着我们在首尔开记者会，这是存心要把黑锅让我们背，我绝咽不下这口气！你等着，看我用万次实验数据打他们的脸！不就是开记者会吗？我们也开！而且就在记者会上列数据，看他们有什么好说的！"

老宋气得破口大骂，舒熠倒十分冷静，说："他们既然敢开记者会，起码表面上不会留破绽给我们找到证据，估计后期不肯再配合我们做万次实验。"

老宋说："那我找高鹏去，都是一条线上的蚂蚱，这事他可不能袖手旁观。"

"高鹏家里出了点事情，他得集中精力处理一下。"

老宋挺意外的，但也没问什么，他和舒熠讨论了一会儿，决心还

— 289 —

是尽快做万次实验，看到底问题出在哪里，只有证据才能洗刷冤屈。

形势当然非常不利。发布会的召开几乎让新闻界炸锅，整个业界更是风声鹤唳，韩国公司已经宣布全球召回所有涉及的手机产品，媒体对这一系列风波都有报道。韩国公司总裁鞠躬道歉的照片和视频出现在所有报纸和网络媒体的头条。作为主要责任人，舒熠公司的股票再次应声狂跌，因为纳斯达克没有跌停板，所以成交量仍旧异常而惊人的高。

舆论如此不利的情况下迎来了第一次庭审。舒熠这边有强大的律师团，检方也摆出了特别强悍的阵容。双方抗辩数个小时唇枪舌剑，休庭的时候很多记者等在门外，舒熠和繁星几乎是被律师们拽着突围，上车后隔着车窗闪光灯还在猛闪，司机一脚油门才成功摆脱。

在这种四面楚歌、烽火连天的情况下，舒熠也没太表现出慌乱，只是繁星半夜醒来，看到他独自站在露台上，似乎在看夜景。

繁星起床，拿了件外套，轻手轻脚地走上露台，给他披在身上。

舒熠没回头，只是反手握住了她的手。

繁星将脸埋在他背上，蹭了蹭。

舒熠微笑着转过身来，环抱住她。

舒熠说："有时候觉得，自己运气太好了。"

繁星说："所有的一切，都是有因有果，如果运气好，说明之前付诸了太多努力。"

舒熠说："但有些事情，不是努力可以达到的。"他稍微顿了顿，说，"如果说，念书，创业，做事业，这些都是很大程度上努力付出就有回报，可是遇见你，那不是努力就可以达到的。这仅仅只需要运气。"

繁星踮起脚来，捏了捏他的耳垂，说："那确实是运气，多谢当年你没把我的简历扔进垃圾桶里。"

舒熠搂着她，两个人一起看城市的灯火。纵然是夜深人静，但仍旧灯海如星。远处道路上流动如光束的，是蜿蜒车灯的河流。

夜风吹得她鬓发拂动，舒熠将她搂得更紧，用大衣将她整个人裹起来，两个人像两只豆子，亲亲密密地挤在豆荚里，安稳而舒适。

他说话的声音很近，她因为贴在他胸口，所以都能听见他胸腔的震动，他说："如果我一无所有……"

繁星说："你不会一无所有，即使你什么都没有了，你还有我。"

舒熠笑起来，繁星说："我知道公司对你很重要，但你对我很重要，你不要想象什么一无所有，所以要离开我。这不可能，我认识的舒熠也不是这样子，哪怕真的一无所有，他也会从头再来。努力做到什么都有。"

舒熠点了点她的鼻尖，宠溺地说："那现在你要什么？"

繁星干脆地说："回房间，陪我睡觉。"

舒熠哈哈大笑，将她打横抱起，吻了吻她被夜风吹得微凉的脸："遵命！"

虽然繁星积极而乐观，其实内心也有隐忍的焦虑。只不过她知道，舒熠压力已经很大了，自己得表现得更从容一点，不要让他觉得她太在意。

冯越山和李经理已经暂时回国处理业务，繁星和舒熠商量了一下，目前看来美国的官司是个持久战，长期住在酒店里也不是办法，索性在酒店附近租一套公寓。

繁星办这种事情最利索，连看房带下订金只用了几个小时，美国的公寓都是拎包入住，她稍微挪动了一下家具，添了些零碎日用品，又买了一些鲜花插瓶放在屋子里，就收拾得很像个家了。

舒熠也没闲着，除了作为主劳力在繁星的指挥下挪家具，他还租了辆车，载着繁星去超市采购，两个人这才有点居家过日子的氛围。虽然官司如火如荼，虽然收购战一触即发，但战地黄花分外香，这点家常琐碎夹杂在各种会议、讨论、开庭里，显得弥足珍贵。

搬家没几天，舒熠接到一个电话，是多年前在美国的室友江徐。江徐目前住在美国西海岸，当年他曾经投资了一笔钱给舒熠做启动资金，算是早期合伙人，所以在公司持有一定比例的股票，只是他在几轮融资中逐步将股权套现，成功上市后他又套现了一笔，现在只是公司的一名小股东，持股部分并不多。

或许是看到了新闻，江徐特意给舒熠打了这通电话，舒熠挺高兴，因为自己无法离开纽约，所以邀请江徐过来纽约聚聚，没想到江徐一口答应了。

舒熠与江徐的关系其实有点微妙，因为当年本来是三个人一同创业，江徐拿了大公司的offer后希望出售专利套现走人，舒熠和老宋被迫凑了很多钱把他名下的股份买下绝大部分，才避免公司在创业初期的分裂。

但无论如何，老朋友肯在这种关头来见自己，舒熠还是很高兴。

江徐其实是带着顾虑来的，没想到舒熠亲自开车去机场接他，回到公寓按开门铃，繁星满面笑容地来开门。

公寓不大，但明净敞亮，客厅偌大的落地窗能看到远处中央公园那一片郁郁葱葱的绿。繁星做了四菜一汤待客，也就是例牌家常菜，但因为江徐是西北人，所以繁星问过舒熠后，特意做了葱爆羊肉和臊子面。江徐娶了位南方太太，多年不吃家乡风味，非常感慨，特别感谢繁星和舒熠用心招待。

舒熠说："原来咱们租房子住一块儿的时候，你总念叨说想吃家里做的葱爆羊肉，那时候咱们穷，唐人街也是广东菜居多，你说等有了钱，要在唐人街开家西北菜馆子。"

说起当年的事情，两个人不是不感慨，繁星切了两碗餐后水果拿给他们，这才说："你们聊，我开车去唐人街买点子姜，回来做泡菜。"

繁星是有意把空间让给他们的，时隔多年不见的老朋友来了，总有很多话要聊，她没必要参与太多。当她走后，舒熠拿了瓶威士忌，给江徐倒上一杯的时候，江徐才说："你娶了位好太太。"

舒熠只是笑了笑，当年拆伙，其实他隐约知道是因为彼时江徐的新婚太太希望江徐能安定下来，进大公司任职，不要再跟着舒熠鼓捣创业。但江徐不提，舒熠也只装作不知道。他说："每个人总要找到合适的那个人，所谓的好，不过是正合适。"

江徐点点头，说："她确实比小唐更适合你。"

小唐是指唐郁恬，好多年没有人这么称呼唐郁恬了，舒熠有点感慨。

江徐说:"当初你一直决心好好奋斗然后向小唐求婚。"

舒熠说:"求过了。"

江徐诧异地问:"啊?"

舒熠说:"她断然拒绝,说我只是被我自己的困惑蒙蔽了。我不是爱她,我只是爱自己树立的那个目标。"

江徐愣了两秒,这才放声大笑:"真是……真是!不愧是小唐!不愧是小唐!"

他连说了两声"不愧",舒熠也不由得哈哈大笑,一边笑一边说:"这简直是我这辈子最丢人现眼的事情,可没任何别人知道,你也不能告诉任何人,不然我唯你是问!"

江徐举杯,两人碰杯,喝了一口威士忌,江徐拿勺子舀着水果碗里的西红柿吃,繁星果然心细,这餐后水果也不同凡响,竟然是最朴素的糖渍西红柿,江徐果然喜欢这么简单而家常的风味。吃块西红柿,又喝一口酒,说:"小唐说得对,确实有时候,我们会被自己的困惑蒙蔽。"

舒熠很坦然地说:"幸好现在我知道自己要什么。"

江徐说:"这点很难得。"

两个人又心有灵犀地碰杯,仿佛重新回到很多年前,那些在车库埋头苦干的日夜,那时候两个人热情而单纯,有一种年轻人特有的天真。时隔多年回首看,是一段弥足珍贵的岁月。

江徐说:"挺高兴能来看你,真的。"

他从来不擅表达感情，这句话说得有点笨口拙舌，还借了点酒劲，舒熠什么也没说，只是拍了拍他的肩，又给他倒上酒。

江徐掏出钱包，拿出全家福照片给他看："这是我大女儿，这是二女儿，这是小的，才一岁多点。"

照片里是很幸福的一家子，典型的美国中产家庭，衣食无忧，孩子们的脸上都洋溢着笑容，太太也满面幸福地抱着最小的孩子。

舒熠说："好家伙，你已经生了三个了！"

"你要加油赶上啊。"江徐不无得意，"有孩子是另一种生活，就像突然人生有了重心，他们是地心引力，让人觉得踏实，脚踏实地的踏实。"

舒熠说："等我这边官司了结能走开的时候，一定去西海岸拜访你和你太太，看看孩子们。"

江徐特别开心："那敢情好！我准备两瓶好酒！"

江徐爱喝烈酒，所以舒熠才陪他饭后喝点威士忌，两个人像回到从前的状态，一起斜躺在沙发里，什么都说，漫无边际地瞎扯，讲从前共同认识的朋友，讲述分别后各自的种种经历，讲述技术上哪个新闻，讲述业内各种奇葩八卦。时不时一起哈哈大笑，像从前无忧无虑的两个男生。

繁星买了泡菜坛子和子姜回来，开门发现两个男人都喝挂了，屋子里酒气熏天，江徐躺在沙发里呼呼大睡，舒熠倒在另一边沙发里也睡着了。一瓶威士忌竟然见底，两个人还自己动手拌了盆蔬菜沙拉下酒，吃得干干净净，只剩空沙拉碗。

繁星觉得很好笑，想尽办法才把舒熠叫醒了几分，费了九牛二虎之力把他拖上床去。江徐她不便动手，所以拿了条毯子出来给他盖上，就算完事。

她收拾完残局，还认真做了一坛泡菜，这才回到主卧，看舒熠仍旧醉得人事不省，就拿热毛巾给他擦了擦脸和手。幸好舒熠酒品好，喝醉了也不闹，就像个乖宝宝似的睡着，繁星怕太折腾他会吐，所以也不讲究了，只倒了大杯矿泉水放在床头柜上，怕他醒来要喝。

结果舒熠一直没醒，呼呼大睡，直到她洗澡上床的时候他都还睡得一动不动，繁星只觉得满屋子都是他呼吸的酒气，幸好公寓的新风系统工作良好，才不至于把她也给熏醉了。

半夜舒熠醒了一次，果然咕嘟咕嘟把那杯矿泉水全喝了，一喝完就倒下，仍旧醉态可掬，伸手将她抱进怀里，嘟哝说："繁星，我好喜欢你。"

繁星觉得挺好笑的，知道他是真喝多了，于是开玩笑问："那你告诉我，你银行卡密码是多少？"

舒熠迷迷糊糊："每张卡尾号数字的开方再乘以圆周率，取前面六位，取钱时心算一下就行了。"

繁星顿时黑线，技术宅果然都是神经病！

繁星有心再套他话："喂，那你之前有没有喜欢过别人啊？"

技术宅没有吭声，繁星一偏头，才发现技术宅已经又彻底睡过去了。

可睡得真是时候啊，繁星不由得想。

第二天上午两个男人才醒过来，都睡得鼻青脸肿，毕竟不像二十出头的小伙子一般，还能喝那么多烈酒都安然无事。宿醉本来挺难受的，但繁星熬了一锅细粥，昨晚临时又做了洗澡泡菜。所谓洗澡泡菜是四川人的做法，指泡菜的泡制时间特别短，一夜就得，但非常入味。樱桃萝卜鲜酸开胃，莲花白爽口清脆，最好吃的是子姜，嫩辣微酸，两个男人就着泡菜吃了两大碗白粥，都觉得肠胃熨帖了许多，连整个人都神情清爽了。

正吃着，江徐接到大女儿的FaceTime，原来她刚起床准备去上学。两个大娃在FaceTime叽叽喳喳，小的那个也咿咿哦哦凑热闹，江徐顿时心都快融化了。听女儿警惕地问："爹地你有没有喝酒？"

"没有没有，绝对没有！"江徐指天发誓，"你看我到好朋友家做客，绝对没喝酒。"压低了声音说，"他太太比你妈妈还要厉害，一点酒也不给我们喝。"

"那好吧。"小公主被蒙骗了，只不过仍旧趾高气扬，"你回来我要检查的哦！"

"好的好的，虚心接受检查！"

没想到这么多年不见，江徐变成了女儿奴，竟然坑蒙拐骗十八般武艺都得使出来，还连累繁星背"好厉害"的黑锅。舒熠也觉得好笑。两个人吃完早午餐，仍旧是舒熠开车，送江徐去机场。他一接到女儿电话就归心似箭，今天就得返回湾区的家里。

因为江徐夸繁星做的泡菜好吃，所以繁星用密封盒给他打包了一盒，带回家做泡菜饼给小公主们尝尝。另外还给孩子们买了一盒纽约现在特别红要排长队的甜甜圈，给江徐太太准备的礼物则是大牌丝巾和香水。

江徐觉得挺不好意思，说："又吃又带的。"

舒熠说："这么见外干吗，等我这边事了了，还要跟繁星一块儿，过去打扰你们全家呢。"

江徐就没再说什么。

车到机场还比较早，舒熠将车停进停车场，两个人就在车里又聊了一会儿。

江徐说："其实这次来，就是来看看你。我真的很高兴。"

舒熠说："我也是。"

两个人都不是腻腻歪歪的人，但这时候都伸出胳膊，拥抱了对方，就像拥抱一段美好但遥远的岁月。江徐轻轻拍了拍舒熠的背，舒熠用了一点力气，也拍了拍他的背，这才松手，相视一笑。

江徐说："其实要多谢你，你让我看到另一种可能性，让我想到当初自己如果没退出，可能会像你现在这样，在行业内拥有自己的领域。"

舒熠由衷地说："你也让我看到了另一种可能性。"

如果当年他在美国稳定下来，可能也像江徐一样，落地生根，娶妻生子，过着平静而幸福的生活。

江徐下了决心，说道："有件事，我必须得告诉你。一位朋友的朋友，辗转通过介绍人找到我，想要收购我手里你公司的股权。因为是朋友介绍，价格特别诱人，而我正想搬家，给孩子们换一个更好的学区……"他忽然笑了笑，说，"舒熠，你放心，这次我站在你这边。"

舒熠很感动，一时不知道说什么才好。

江徐自嘲地笑笑，说，"当然了，主要还是更看好你，觉得你会将公司做到更大更强，这股权会越来越值钱。"

舒熠说："不管怎么样，作为朋友，我尊重你的任何选择。"

江徐想到自己决意退出的那天晚上，舒熠、宋决铭还有自己，一起吃了顿散伙饭，那时候舒熠就说，作为朋友，尊重他的任何选择。

倏忽七八年就这样过去了。

两个人会心一笑，就像回到从前那些推心置腹的日子。

江徐说："你要小心，这次对方来势汹汹，好像不是什么善茬，就我手里这点股权，他们就出到市场三倍的价格，这是势在必得。"

他告诉舒熠，对方是通过一个基金来接触自己的，估计也不止接触自己这一个中小股东。至于居中介绍的朋友，也是行业内的一个熟人，并不是专业掮客。

江徐很替舒熠担心，舒熠倒反过来劝了他几句，等送江徐进了航站楼，舒熠下来就给老宋打电话："你去看看高鹏。"

老宋莫名其妙，因为时差，现在北京时间正是夜深人静，他睡得迷迷糊糊，随口反问："高鹏怎么了？"

舒熠原原本本将江徐来看自己的事说了一遍，把重点信息告诉老宋。原来介绍基金给江徐的那个行业内熟人，舒熠也认识，跟高鹏关系特别好，当年被高鹏挖到长河去做高级副总裁，主管电子业务，所以舒熠还见过好几回。

舒熠觉得高鹏不可能不知道这事,一定是他那边出状况了。

老宋虽然憨直,但也明白这中间的利害关系。第二天一早就跑到长河电子去找高鹏,结果高鹏去了哈萨克斯坦出差。他给高鹏打了个电话,原来高远山一病,原定随领导人出席的一个贸易洽谈会去不了,高鹏临时代替他出差了。

高鹏多机灵的人啊,听老宋在电话里一说,二话不说,立刻从哈萨克斯坦买了张机票直接飞回北京,气势汹汹杀回集团总部,把正在开董事会的全班人马堵个正着。

这下子老头子的狐狸尾巴藏不住了,哪有什么胰腺炎,分明正在跟董事会商量收购事宜,高家父子大吵一架,高鹏把手机都摔了,拍桌子跟老头子对吼:"我以为你病了跑回来替你干活,你却在背后捅我刀子!"

所有董事齐刷刷看着高远山。

高远山说:"我怎么捅你刀子了?收购是再正常不过的公司行为!你那生产线,成天被舒熠压着打,现在都成了集团的短板,能花钱解决的事情,为什么不把他公司买下来!舒熠是你什么人?你这么维护他!"

"舒熠是我最好的朋友!就像兄弟!兄弟你知道吗?你这么干就是陷我于不义!"

高远山气得都笑了:"你都跟他成兄弟了,我怎么不知道我还生了那样能干一个儿子?他要真是我儿子倒好了,有了他,我立刻把你打包送出门,爱上哪儿凉快凉快去!省多少心!"

所有董事想笑又不敢，毕竟高远山从来是虎威凛凛。

高远山说："还花我的钱保释他，你要真能耐，跟他一块儿在美国蹲大狱啊，你花我的钱做什么人情？还兄弟呢，不就是金钱利益，占你便宜！"

高鹏多么伶牙俐齿，跟亲爹吵架从来不落下风，今天完全是气急败坏，才被亲爹抓住了话柄。

高鹏气得语无伦次："你就知道钱！你就知道买！你能把我妈买回来吗？你知道我妈为什么跟你离婚吗？因为你这种人，眼里只有钱，就没别的任何东西！"

高远山被气得眼前发黑，举手"啪"就扇了儿子一耳光。

这一耳光打出去，高远山自己倒愣住了，高鹏反倒把脖子一挺："你打啊，你今天有本事把我打死在这里！"

高远山可气坏了，咬牙切齿地回头找称手的家什："我打不死你这小畜生！"

董事们看父子俩闹得实在是不可开交，赶紧一拥而上，劝的劝拉的拉，好容易把高鹏撮弄走了，七手八脚将他关进集团一个副总的办公室里，让他冷静冷静。

高鹏被反锁在办公室里，灯也没开，外头走廊里还闹哄哄，大约是大家在劝阻高远山不要再来砸门打儿子。高鹏半抵半靠着办公桌直发愣，觉得脸上痒痒的，伸手一抹才发现自己眼泪都流出来了。

生平第一次跟老头子这样撕破脸大闹，竟然是为了舒熠。

高鹏觉得太无厘头了，明明应该为了个姑娘啊。

他非要娶老头子非嫌弃不准进门的真爱,如果老头子不让步,他就跟真爱一起远走高飞,共筑爱巢。等生了孙子都不领回家,馋死老头。

结果闹成这样是为了舒熠。

高鹏觉得哪哪都不对。

他花了一秒钟认真思考自己的性取向问题,确定自己还是喜欢女人。

只是舒熠这事,是老头子瞒他太狠,搞成这样,叫他怎么见朋友,太丢人现眼了。

只是老头子都动手揍他了,明显不会做任何让步。

高鹏渐渐冷静下来,应该先联络舒熠,让他有点防备。他伸手摸了摸,才想起来自己的手机刚才在会议室摔了,幸好身后办公桌上有座机,他拿起来想拨号,发现自己根本记不得舒熠的手机号,平时都是直接点开手机通讯录,哪能记得舒熠电话是多少。

高鹏心里又平静了一些,很好,说明自己的真爱真不是舒熠,不然还真的怀疑自己性取向了。

他拨了个零到总机,让总机接到自己办公室,好叫自己的助理去翻通讯录。

总机小姑娘挺机灵的,听出他的声音,说:"小高总,孙助理在二十三楼开会,要不我接到二十三楼会议室找他?"

高鹏觉得这总机小姐有前途,跟繁星一样有眼力见儿。他决定待会儿就去见见这总机小姐,如果人长得不错,就立刻领到老头子面前,宣布要跟总机小姐结婚,气死老头子。

做出这个丧心病狂的决定之后,他心情愉悦多了。

等他排除千难万险跟舒熠通上电话之后,劈面头一句就是:"我打算跟我们公司总机结婚。"

舒熠愣了一下,问:"为什么?"

"气死老头呗!"高鹏轻描淡写地说,"谁让他非要收购你的公司。"

舒熠无语,不明白这中间的逻辑。但隐隐约约猜测的那桩事情终于得到了验证,他说:"那我现在是不是得立刻还你钱?"

"老头子的钱。"高鹏有点垂头丧气,"他会不会收回保释金,要是那样,你是不是要回去坐牢?"

舒熠坦率地讲:"我不知道,回头问问律师。"

高鹏说:"他今天竟然动手打我了,可见是来真格的,你别掉以轻心,我爹比我还鸡贼,从来不打没把握的仗,手底下还养了一批得力的人,他要收购你公司,就一定能办成这事。"

舒熠说:"我知道,你放心吧。"停了停又劝他,"你别跟他闹太僵,总归是父子,为我这个外人,不值当。"

高鹏长长叹了口气,说:"我也没想到他真打我啊。"

"小杖则受,大杖则走。"舒熠难得引用封建糟粕来劝他,"放机灵点,别硬顶着跟亲爹置气。"

高鹏还有另一层委屈,但没法说,他只是哼哼了两声:"那他把我当亲生儿子吗?骗我说病了,吓得我连忙飞回来,马不停蹄替他跑去出差,我这是……"他忽然停了,又叹了口气。

千言万语，更与何人说？

幸好也没想要告诉舒熠，再次验证舒熠不是自己真爱。

高鹏觉得心口堵的那块大石好歹又松快了一点。

舒熠挂断电话，心里却沉甸甸的。

纽约时间正是凌晨三点多，舒熠的手机原本放在客厅充电，他是被手上智能腕表的来电提醒震醒的，轻手轻脚走出来接完电话，走回房间看繁星睡得正沉，丝毫没有被惊扰到。他慢慢地、轻轻地把被子掀起一角上床，怕吵醒了繁星。

她最近挺辛苦，陪着他晨昏颠倒地开会，还想方设法地做吃的，给他改善生活，舒熠有点心疼，觉得她脸都瘦小了一圈，下巴都尖了。

他伸长了手臂将繁星揽进怀里，她本能地朝他的方向靠了靠，窝得更深，像团成一团的兔子，把头都埋在了他的臂弯。

舒熠伸手摸了摸她的长发，繁星头发很长，从前他都并没有觉得，后来发现能铺满整个枕头，每次睡觉他都很小心，怕压到她的头发。

他心满意足地搂着繁星，心想哪怕是为了心爱的人，他也要沉着应对，走好每一步，把目前最艰难的局面应付过去。

情况比想象中的要迅速而恶劣，新闻反倒是从国内炒起来，可能是因为高远山的策略是由内及外。因为舒熠曾经上过头条，公众对他有印象，所以在媒体的热炒之下，迅速成为一个热点，只不过国内的媒体环境鱼龙混杂，营销账号一拥而上，各种稀奇古怪的小道八卦层出不穷，连"身家亿万青年才俊在美杀人被捕"这种惊悚标题都写出来了，言之凿凿说舒熠在美国谋杀了竞争对手公司的CEO，语不惊人死不休。

在这种轰轰烈烈的情况下，几条财经新闻倒成了无人注意的轻描淡写。而且长河集团是用注册地在美国的全资子公司进行举牌收购，普通人哪闹得懂这些，反倒将那些牵强附会的八卦消息传得漫天飞。到最后说得有鼻子有眼，什么舒熠这么年轻就成为CEO是因为剽窃专利啦，什么因为竞争不过对手，所以设下技术陷阱杀掉了对方公司的高管，越是离奇越是有人肯信，因为太多人都觉得为富不仁，哪有年纪轻轻就富可敌国的，一定是因为不择手段才能有钱，不知道做了多少龌龊事。

更有一部分国人心理自卑，听到"国产"两个字就觉得矮人一等，一听说韩国公司确认故障原因出自陀螺仪，就大骂国产水货，只知道代工抄袭。

繁星当然有注意到那些乱七八糟泼污水的新闻，但在她这里就已经过滤掉了，舒熠已经够忙够累的了，没必要让他知道这些。

即使是烽烟四起时，她也努力让舒熠周围的三尺之地清净而安全。

在这种情况下，长河集团的布局已经逐步明朗。首先长河必然与韩国公司有默契甚至配合，韩国公司将技术原因推卸到陀螺仪上，进一步打压股价。其次恰好美国Kevin Anderson驾驶平衡车出了事故，舒熠身陷官司困局，对长河集团而言，这简直是天时地利人和全凑齐了，挟势而来，势在必得。

从国内舆论造势，这是第一步，目的是蛊惑中小股东，游说他们将股权出售给长河，不再信任舒熠。

然后他们或许会在美国寻找司法途径,让舒熠的官司进一步拖延下去,虽然他们无法影响美国的司法公正,但只要舒熠不无罪释放,就永远背负污名,失去对公司的绝对控制。他们赌的就是一个概率。甚至,只要舒熠无罪释放前他们大量买入股票,获得控股权,亦是大获全胜。这是一个连环局,步步紧逼,每一环都无懈可击。

繁星知道情势逼人,急得嘴角都出了一串燎泡。她不愿让舒熠担心,收购到了公开举牌阶段,公司按章程需要通知全体股东,召开股东大会讨论收购与反收购事宜,只不过舒熠人在美国,这股东大会只好协调到美国来举行,千头万绪,都是琐碎熬人的事宜。

繁星独自驾车去唐人街开了两剂清凉败火的中药,回来也没顾上吃,煎了倒给舒熠喝了两剂,其实都是什么金银花杭白菊甘草之类,就当茶水喝了。

律师们分工抠细节,每天都跟繁星开会讨论,舒熠则忙着股东大会的事情。

再次开庭后,局面朝着不利方向滑去,因为韩国公司宣布找到更多证据,证明事故出现确实是因为陀螺仪。而舒熠的另一项控罪是商业欺诈,明知技术有缺陷却出售给下游生产商。检方开始跟律师们讨价还价,如果舒熠主动认罪,他们可以考虑减刑,少判几年。检方的这种行为在美国是合法的。

然而律师刚跟舒熠提了一提,就被他断然拒绝。他说:"绝不。"

律师很无奈,认为检方条件很优厚,所以转而私下试图说服繁星,让她去说服舒熠。

繁星听完律师分析利弊，检方开出的条件极具诱惑力，他们可以放弃过失杀人的指控，这样余下的商业欺诈就会判得很轻，而且可以减刑。

但繁星也只说了同样的一个词："绝不。"

律师很不解，很抓狂："Why？"

"不白之冤。"繁星说，"中国有一个词，叫'清白'，这很重要。"

她对律师一字一顿地说："千锤万凿出深山，烈火焚烧若等闲。粉身碎骨全不怕，要留清白在人间。"她用英文将这首诗翻译了一遍，然后说，"我丈夫没有犯罪，所以他绝不会认罪。我了解他，这是原则，也是底线。"

律师无奈地耸耸肩，说："如果继续出现证据，那会对我们很不利。我们就无法再与检方谈判。"

繁星说："没有谈判，只有胜诉。"

虽然那句话没有说，但律师都是聪明人。他瞪视了一下眼前这个强势的东方女人，她个子小小——相对白人而言，语气坚定而温柔，然而她就像个战士一样。他作为律师见识过她战斗时的样子，所以他停止了游说。

他说："好吧，没有谈判，只有胜诉。"

话可以这么说，繁星内心却充满了煎熬，她理解舒熠，所以也知道他的内心也是煎熬的。

最难过的时候，舒熠开车载她去海边散心，繁星留在沙滩上，他拼命地往海面更远处游,发泄着心中的积郁。

有那么一瞬间,繁星真怕他不会再游回来了,她站在礁石旁焦急地张望,舒熠游得越来越远,越来越远,渐渐成了一个小黑点,差点就要看不见了。

繁星其实很怕,手都在抖,却一遍一遍对自己说,他会回来的,他会回来的,他绝不会抛下自己。

我要相信他。

这句话仿佛是咒语,一遍遍对自己念,她也就相信了,所有的安全感其实是建立在内心,只要你信,就有安全感。

舒熠终于开始往回游,在浪花间他仍旧是个小黑点,肉眼并不觉得他是在接近,可是慢慢地,他还是游得越来越近,越来越近,终于靠近沙滩,水太浅了,他从海水里站起来。繁星拿着浴巾迎上去,裹住他,海水打湿了她的鞋,她忘记脱了。舒熠知道她的担心,他将她抱起来,一直抱到公路旁边,把她放回车上。

荒凉的海滩,都没有别人,两个人在车里开着暖气喝保温壶里热的咖啡。春天的海水还是很凉,舒熠已经擦干换上了干燥的衣服,咖啡让他整个人都暖和起来,他说:"下次不会了,不会让你再担心,下次我在公寓泳池里游。"

繁星摇摇头,伸出胳膊搂住他,什么也不用说,她不用他为她做出改变,如果他觉得这种方式能发泄情绪的话,这一切都是她可以接受的。

两个人露营在沙滩上,半夜帐篷被风吹得呼啦啦响,他们被吵醒了,索性爬起来看星星。

夜晚空气很凉,这附近没有人家,没有灯光,远离城市,荒凉而寂静,只有潮汐的声音。

漫天的星斗,像无数颗银钉,大而低垂,衬托着旷野。

繁星裹着毯子跟舒熠斗歌,这是一种大学时代男女生寝室的活动,唱过一遍的歌不能再唱,对方唱过的歌也不能再唱,拼的是谁会的歌多,谁先想起来哪首歌。

两个人原本是闹着玩,你一首我一首地唱,输的人要被弹额头,到后来唱得声音越来越大,到最后几乎是用吼的,两个人一起吼《好汉歌》:"大河向东流哇,天上的星星参北斗哇,说走咱就走哇,你有我有全都有哇,路见不平一声吼哇,该出手时就出手哇……"

两个人的声音半夜传出老远,吼得连哗哗的潮水声都压住了,繁星声音都吼劈了,笑倒在沙滩上,觉得郁结舒散了不少。

舒熠到车后备厢拿了天然气罐小炉子煮方便面给她吃。

煮好了也没有碗,两个人头并头,就在小锅里一起吃面。

虽然就是最最普通的方便面,但半夜吃起来格外香。

繁星心想,即使真的是山穷水尽一无所有,但只要舒熠在身边,只要自己和他在一起,哪怕吃碗方便面都是香的。

所谓有情饮水饱,大抵就是如此。

那还有什么好怕的呢?

第二天清晨她醒来,舒熠已经在沙滩上散步,听她走近,他回头对她笑了笑,从容而镇定。

她站在他身边看海,他轻轻地说:"潮来天地青。"

景色很美,日出壮观。

她牵着他的手,一起看。

股东大会终于在最后一次庭审前召开,出乎意料,大部分中小股东都表态支持反收购。一位老太太在浙江有两间工厂,好几条生产线。她说:"舒熠没有做这行的时候,我们厂从德国进口陀螺仪,每个三十五欧元,还不包括关税和集装箱运费。舒熠做这行之后,全球价格降到了五美金。我知道做实业有多难,尤其做好一个实业更难,关键时候,我不会背弃曾经帮助过我的人。"

中小股东纷纷赞成,他们都是公司发展过程中逐渐加入的,有同行业的战略投资人,也有跨行业的纯粹股东,只不过公司一直在成长,所以带给他们很高的利润回报,舒熠为代表的技术宅们也很简单,没有其他管理团队那么多小算盘,所以中小股东们一直很满意,集体表态要同仇敌忾帮助舒熠反收购。

股东会统一了意见,余下的就好说了,双方在流通股进行了拉锯战。

舒熠最痛苦的一点是,没有钱。

长河最大的优势也是,有钱。

这流通股拉锯战,拼的就是钱,所以舒熠一直处于被动挨打状态。虽然中小股东都支持,并且还借了一些资金给他,但跟财大气粗的长河电子比起来,简直是杯水车薪。

收购战引起了业界的关注,但这是财经领域的,公众的八卦注意力还集中在过失杀人案上。最要命的是，行业内听闻这个消息，不少公司都蠢蠢欲动。有一家美国硅谷的大公司MTC，也对舒熠的公司垂涎三尺，特意派人飞来纽约和舒熠谈判："舒，我们对你的公司非常有兴趣，我们可以比长河条件更宽松，甚至可以答应在某些条件下保留全部管理层，你和你的团队仍旧可以管理公司，只是我们会成为你的大股东而已。"

前有狼后有虎，而且虎视眈眈。MTC也是行业内数一数二的公司，提出如此之优厚的条件，在长河咄咄逼人的对比之下，中小股东有的开始动摇，因为MTC不仅提出的意向方案确实很诱人，价格也非常具有诱惑力。因此产生了很大的分歧，一部分股东觉得，既然MTC的条件如此优厚，反收购如此吃力，不如跟MTC进行并购谈判。另一部分股东态度坚定地支持反收购。

分歧一产生，裂痕也就有了，本来反收购的拉锯战每天耗费大量的资金，股东们内部出现分歧，就让反收购局面岌岌可危。

繁星觉得舒熠像个消防员，每天都奔赴在火场之间。她觉得每一天都很漫长，舒熠有开不完的会，筹不完的钱，接不完的电话，还得对股东们的动摇进行安抚。繁星又觉得每一天都很短暂，好像没办几件事，一天就已经结束了。

夜深人静的时候，舒熠总是在她睡着后去露台抽烟，他其实是一个非常律己的人，繁星在公司工作这么多年，从来没有见过他抽烟。

他压力一定是大到了临界线，才会选择这样的方式悄悄纾解。

公司对他而言其实是很重要很重要的，作为创始人，胼手胝足地将公司做到今天，就像养育一个孩子一样，所有的一切都是心血的结晶，怎么能轻易地放弃？

可是眼看着钱一点点花完，长河频频举牌，硬生生用钱砸出流通股的持股量来，MTC公司更是财势雄厚，而且MTC是行业内的老牌公司，关联企业特别多，随便使点绊子，目前如此脆弱，正在遭受恶意收购和技术缺陷指责的公司根本就承受不起。

但选择MTC，在这种状况下无异于饮鸩止渴。

为了打消舒熠的顾虑，MTC公司的CEO巴特亲自从西海岸飞到纽约来见舒熠，可谓诚意十足。他还约了参议员夫妇一起吃饭，于公于私，舒熠都无法拒绝这次面谈。

好在气氛还算融洽，巴特在纽约长岛也有一套豪宅，特意请了舒熠和繁星去家中做客。参议员夫人热情大方，一见面就拥抱了繁星，告诉舒熠，繁星给自己讲的那个故事深深地打动了她。

"实在是太美了，中国古代的爱情。非常勇敢。"

繁星不过微笑，巴特略知事情的一二，只知道舒熠欠参议员人情，却不知道这中间的细节。在听完参议员夫人的描述后，巴特倒是对繁星刮目相看。

舒熠也向参议员表示了感谢，参议员夫妇因为还有其他聚会要参与，所以在饭后就匆匆告辞，巴特夫人陪繁星参观玫瑰花园，巴特则邀请舒熠去抽雪茄，谈话这才正式开始。

大约是为了让谈话没那么紧张，巴特首先赞美了一下繁星，夸舒熠的新婚妻子真是美丽，这也是一种社交礼仪，所以舒熠也就客气地道谢。

其实到了这种层次,也没有太多务虚或绕圈子的话,巴特坦诚地说:"舒,你应该感受到我们提前释放的善意,我们非常看好你和你的团队,愿意你们继续留任,我们并不是要做一次恶劣的收购,我们希望建立在友好的基础上,完成这次友好的行为。"

这话就有点自欺欺人了,这时候出来落井下石,怎么都跟友好扯不上边。

舒熠也没动怒,只是说:"现在并不是一个好时机。"

"是的。"巴特给舒熠倒上一杯酒,"最好的威士忌,你毕竟得承认,还是苏格兰人会酿这种酒。但是天晓得,LR(Long River,长河的英文名缩写)这时候对你们动手,这让我们不安。你知道LR是我们在全球范围内很重要的竞争对手,我们绝对不能让你落到竞争对手那里,这在我们看来,是巨大的、不可弥补的损失。"他耸耸肩,"我只是想要帮助你,舒,不要拒绝我们的友情。"他狡黠地注视着舒熠,"除非,你觉得LR对你来说,比我们对你来说更重要。"

"我没有拒绝你们的友情。"舒熠说,"你们一直是我重要的合作伙伴,这么多年你对我们公司都是很公平也很慷慨的。"

巴特举杯:"为友情!"

舒熠与他碰杯,喝了一大口酒,酒精总是让人舒缓的,尤其在紧张了这么多天之后,舒熠深深地陷进沙发里:"这酒真不错。"

"可不是吗?"巴特不无得意地说,"我有两瓶,最好的,只留给最好的朋友,待会儿你带一瓶回家,在跟该死的律师们或者其他什么人开了一整天会议的时候,你一定想来一口,我猜你一定愿意来这么一口。"

男人们喝了点酒,说话也随意了很多,巴特向舒熠推荐了几种雪茄,两人漫无目的地闲聊了一会儿,巴特说:"真没想到你会在纽约结婚,哦,看在上帝的分上,你的律师给你拟的婚前协议足够严密吗?你知道纽约州的婚姻法并不是特别友好,一般来讲,我会建议朋友们去其他州注册结婚,那句谚语怎么说?要知道天总是会下雨的,你永远需要一把伞以防万一。"

"没有婚前协议。"舒熠挺随意地说,"我的一切都是她的。她是我的妻子,我的终身伴侣,我愿意与她分享。"

巴特一时意外得说不出话来,因为舒熠即使目前处于特别困难的状态,但仍旧身家不菲,他缺乏的只是现金进行反收购而已,甚至因为长河的恶意收购,从市值上来说,他拥有的公司股票正在暴涨。

巴特嘟哝了一句,说:"你是个慷慨的人,舒,你也真是一个好人。"

舒熠说:"她是个慷慨的人,她给了我爱情,给了我她所有的一切,所以平等地,我应该给她我的一切。"

巴特举杯:"祝贺你!看来你寻找到你生命中最重要的一半。"

"谢谢!"舒熠与他碰杯。

两个人一边喝酒一边聊,巴特虽然老谋深算,但表现得非常有诚意,不断地进行试探和游说,但总的来说,他的举动并不令人讨厌。毕竟比起长河来说,他这是典型的先君子后小人,起码还给机会让舒熠选择。

"你想一想，舒。"巴特说，"你没有钱了——我能算出来你能有多少钱进行反收购，大家都计算得出来，所有华尔街的那群家伙，他们的鼻子比狗还灵。你撑到今天不容易，可是也就到此为止了，在流通股领域，你不能不认输。LR有源源不断的钱，我知道他们的主营业务，虽然油价在跌，可是它拥有那么多油井，那些石油每天都在变成钱。我也知道LR的高，他是一个非常非常狡猾的对手。他知道你没有钱了，输掉了流通股，你很难在其他地方找补回来。你很有才华，舒，但这个世界是残酷的，它的规则是，你失去了一张牌，重要的牌，OK你输了，这不是你的错，你坚持了足够久，但LR已经赢了。你再挣扎，只不过把自己弄得流血不止，而我，MTC，绝对不能眼看着LR得到你，所以别拒绝我们。我们只是想要帮助你。"

舒熠沉默了很长时间，因为他知道巴特说的都是实情，虽然还在苦苦支撑，但流通股的拉锯战不会持续太久，他已经提前输掉了这局。其实和长河进行流通股较量的时候，就已经是输了，但不能不为，虽千万人吾往矣，纵然是飞蛾扑火，他也只能用自己的翅膀挡住烈焰。

"想想看吧，舒，我们有最大的诚意，最优厚的条件。"巴特说，"我们甚至可以给你个人那家小小的公司注入一点资金，甚至，我们可以买下它。"

舒熠有点敏感地看着巴特，除了上市公司外，他个人确实有一家小公司，那原本是从起初回国创业时组建的一个研发团队发展起来的，主营业务跟陀螺仪也没有太大关系，而是生产一些特定的手机配件和人工智能专用的传感器，因为一直在亏钱，所以靠舒熠的个人财产支撑。这家小公司他绝对控股，与上市公司并无任何同业竞争或关联交易，且属于他的个人财产，因此外界关注到这家小公司的人并不多。

巴特感觉到了他表情细微的变化，他心中暗自得意，说："你看，舒，我能解决你实际的困难，甚至，可以在你个人的利益上给你最大的帮助。我们是朋友。"他意味深长地说，"朋友总会替朋友考虑的。"

舒熠说："这样是有悖我原则的。"

"但是你现在有家庭。"巴特感觉到了松动，继续游说，"你很爱你的太太，你马上就会有自己的孩子，你愿意破产吗？你愿意孩子出生就一无所有吗？我们总能想到办法的。"他宽厚的手掌落在舒熠的肩上，"想想吧，舒，不要着急，仔细考虑之后再回答我。你是一个好人，你愿意为所有股东负责，但是所有股东，真的站在你这边吗？"

回去的路上，舒熠很疲惫，繁星也是，应酬也是一件很辛苦的事情，虽然巴特太太十分热情，但那是另一个社交战场。舒熠在打一场战役，她又何尝不是。舒熠将她揽入怀里，繁星没有作声，静静地靠在他怀中。

舒熠说："觉得有点对不起你，总让你跟着我吃苦。"

繁星说："我愿意。"

舒熠笑了笑，说："前有狼后有虎，也没别的路可以选，你觉得我应该选狼，还是应该选虎？"

繁星说:"真的没有别的路可以走吗?"

舒熠说:"或许吧,但目前看来,真得在狼和虎中间挑一个了。"

繁星故意活跃气氛:"不如点兵点将,点到哪个选哪个。"

舒熠笑了一声:"还不如掷骰子。"他在她耳朵上亲了一下,说,"就选老虎吧,我决定了。"

繁星诧异地看着他:"这么快?为什么?"

"反正总得选一个。"舒熠明显表情放松了许多,也许是真的无所谓了,他甚至开起了玩笑,"毕竟老虎刚夸过你漂亮,看在这个的分上,我也得选虎啊!"

话是这么说,做任何决定其实都非常艰难。首先得统一股东的意见,股东们也知道舒熠尽力了,毫无办法,但这时候选择跟MTC合作,简直是弃子认输,仅股东们就统一不了意见。当MTC提出首先可以诚意收购舒熠那家私人公司时,股东会简直炸锅了,大部分中小股东立刻拍案而起,觉得舒熠这是背叛和出卖。

一时间什么难听的话都有,舒熠迅速失去中小股东的支持,更有难听的电话打到繁星这里来,她也默默地过滤掉。

其实这是没有办法的事情,舒熠想要卖掉私人企业的初衷也是为了筹钱,筹钱才能反收购,然而不会有人这样理解,很多中小股东甚至倒戈偏向了长河。

舒熠在一片骂声中还能苦中作乐,说:"这算不算众叛亲离?"

他其实因此肩负的压力比任何时候都大,连老宋都忍不住打了个电话来,说:"舒熠你千万不能这么干,你这么干会失去民心你知道吗？"

"那么你告诉我，我能从哪里找钱来反收购？"舒熠反问，"如果不卖掉私人企业，我能从哪里找钱？何况私人企业一直在亏钱，而现在，我甚至能把它卖个好价钱。"

老宋说："你也不能这么干，你这么干不是饮鸩止渴吗？小股东们要是全都支持长河收购了，你该怎么办？"

舒熠说："知我者谓我心忧，不知我者谓我何求。"

高鹏也打了电话了，直截了当地说："舒熠，虽然我是站你这边的，但你真要把公司卖给MTC，还不如卖给我爸呢。你看，咱们俩什么关系啊！你卖给我爸，那不就等于卖给我？你放心，没等你落我爸手里，我一定就已经想法子把你给捞出来，不让他染指你！我爸为了我跟公司总机的事都快气疯了，现在他只要我跟那姑娘分手，什么条件他都肯答应，所以我一定有法子把你弄出来，MTC开什么样的条件我都跟！我做你的大股东，你还有什么不放心的！"

舒熠还有心情跟他开玩笑："那你不得牺牲你跟总机姑娘的感情了？"

高鹏特真诚地说："我想做你的大股东想了这么多年，牺牲点感情怕什么！"

舒熠十分感动地拒绝了。

舒熠虽然觉得无愧于心，但骂声四起，长河简直快要乐疯了，知道舒熠这是被逼到山穷水尽，不得不出此下策。

高远山说："这是真没钱了，打算拿个人财产堵上。他的个人财产能堵多少窟窿，还挨所有股东的骂，认为他这是拿钱跑路。这舒熠，被逼得都出傻招了！"

长河乘胜追击，在中小股东那里颇有所得，频频举牌，渐渐逼近收购成功临界线。MTC则不焦不躁，以逸待劳。

巴特十分肯定，舒熠绝不会甘心被长河收购，而且自己已经释放了如此的诚意，舒熠肯定会回头的。那可不是一个钱两个钱，而是很多个亿。而且舒熠的个性业界都知道，他非常有责任感，哪怕仅仅是为了管理层留任，他也会跟自己展开最终谈判的。

长河将舒熠逼得越紧，MTC就在谈判中越是有利，所以巴特十分悠闲地观战，等待舒熠自己进入囊中。

因为收购而再次召开的股东会简直闹翻天，完全没有了第一次股东的同仇敌忾。所有人对舒熠充满了敌意，舒熠不得不承认MTC这招真是一箭双雕，首先迫使他天然地考虑是否立刻变现个人财产反收购，然后瓦解和离间了他与中小股东原本良好的同盟关系。

巴特老奸巨猾，给他添置了无数障碍，而他还得感激MTC的好心，起码它从表现甚至实质来说，都是在给他提供反收购帮助。

焦头烂额里迎来最后一次庭审，早起繁星给舒熠打领带，准备去法庭。纽约已经是春深似海，春光明媚，

舒熠觉得繁星手指微凉，她最近十分疲惫，他握住她的手，给了她一个鼓励的微笑。

这次庭审控辩双方都做好了决一死战的准备。

控方列举的证人都非常有力，包括一名高级别技术顾问，他详细

向大家解说了平衡车的失控原因，正是基于舒熠向Kevin Anderson在邮件中提出的技术建议。然后列举了实验室做的一次次模拟实验，正是因为这个原因，造成平衡车的失控。

控方询问舒熠："这邮件是你发送的吗？"

"是。"

陪审团寂静无声，每个人都在做笔记，也看不出来陪审员们在想什么，他们都经过培训，不会在法庭上表露任何情绪。

控辩双方纠缠的点都在于是否过失杀人，因为这是重罪。而商业欺诈罪名更轻，也是建立在舒熠有明确得知产品缺陷，却仍旧出售给下游企业的基础上，律师很有信心打赢后一点，因为主观故意很难证明。

控方的证据链倒是罗列得很完整，辩方律师试图突围了几次，都被控方精确地挡下来，庭审一时胶着，氛围也渐渐凝重。连繁星都知道情形不妙，再这么审下去，或许陪审团真的会判罪名成立。

就在庭审间隙，辩方律师的助手走进来，悄悄在律师耳边说了一句话，律师精神大振，申请引入新的证人。

控方立刻反对，因为辩方没有提前申请。律师力争，说明这位证人十分重要，控辩双方又在庭前几乎吵起来，法官最后还是决定引入新证人。

这位新证人是Kevin Anderson的太太，她在丈夫的葬礼后就沉浸在悲伤中，带着孩子去澳洲陪伴丈夫的父母，刚刚才回到美国。

舒熠不知道律师怎么找到她，并说服她出庭作证。

他已经很久没有见过Anderson太太，上次见面，还是好多年前，

Kevin盛情邀请他去家中做客。Anderson太太和气可亲,就像师母一般招待了他和另几位年轻的客人。

舒熠心里充满内疚和悲伤,律师没有向他提起,可能也是担心他反对打扰Anderson先生的遗孀。他看了一眼繁星,繁星懂得他的意思,轻轻摇了摇头,示意律师也没有跟自己商量过。

这件案子对律师而言也非常非常重要,因为获得很多美国商界的关注,报纸上更有长篇累牍的报道,所以律所几乎是拼尽全力,也想要赢下这场官司。

正因为如此,控方也是拼尽全力,想要一个漂亮的结果。

Anderson太太宣誓后坐到证人席上,她十分平静地看了舒熠一眼,然后开始做供述。

律师提问后,Anderson太太告诉法官:"是的,我知道有这些邮件,我听我的丈夫提起过,他对此兴致勃勃,觉得这是全新的、革命性的创新。他觉得舒熠这个点子是天才,他迫不及待地想要试一试。"

控方律师询问:"这是舒熠向你丈夫提议的吗?"

"不。"Anderson太太出人意料地否认了这点,"舒熠只是提出这个点子,他们通过FaceTime讨论,我家有大尺寸的屏幕用于FaceTime和视频会议,所以我看到了。我听到了舒熠说,他的英文很好,他总是用英文跟我丈夫通话。舒熠说这个点子只是基于设想,他劝说我的丈夫先不要急于使用,起码在实验室做完受力实验……他们讲述了一些技术单词,我不太能听懂,但舒熠一直在强调,这需要实验,别太迫切地将它运用到产品中,那样是危险的。我深刻地记得这点,因为结束通话后,Kevin向我抱怨说,舒太保守了,他开玩笑说舒虽然有世界一流的头脑,但骨头里还是个保守的东方人。所以我记得这点,记得很清楚。"

她说:"我不觉得舒应该被惩罚,这件事情他没有过错,他只是想到一个很好的点子,然后迫不及待地告诉了他最好的朋友——我的丈夫,因为他们两个之间,总有很多这种分享。他们提出构想,这种构想通常是距离可以使用很遥远的,五年内,十年内,我不知道。我的丈夫总是说,人类最伟大的地方,就在敢于构想,挑战最新的科技。他太迫切了,他总觉得被时间追着跑,每次有这种新的构想,他总是迫不及待想要把它变成现实……他总是对我说,如果十五年前告诉我,手机可以取代电脑,我一定不会相信的,如果十年前告诉我,人工智能可以实现无人驾驶,如果五年前告诉我,AI可以战胜人类最伟大的棋手,我也不会相信的。他要做的,就是不断地跟时间赛跑,挑战最新的不可能。只是没想到这一次,他真的是跑得太快了……太急切了……他为他的理想付出了全部,我相信他并不会后悔。虽然这对我和家人来说,是一种无法消弭的悲伤。"她低头抚去了眼角的泪水,"愿上帝使他安息。"

法庭上一阵寂静的沉默,所有人都没有发出任何声音。

Anderson太太说:"不要责备舒熠,更不要惩罚他。"她湛蓝的眼睛看着舒熠,"他和我丈夫是一样的人,他们醉心于技术,享受每一次创新和挑战。而且,这真的不是他的错,他已经再三警告和劝阻过我丈夫了。"

Anderson太太的证词实在是太重要了，法官宣布暂时休庭，给陪审团讨论时间。控方几乎没有再做任何努力，因为事实已经清楚得一目了然。

控方走过来与律师商谈，是否接受一个最轻微的指控，比如因疏忽而导致严重后果。

这次律师趾高气扬地说："不，我当事人的清白最重要。"他甚至用不甚标准的中文又说了一遍这个词，"清白！"

繁星看律师的眼神就知道，事情可能有了重大转机。

得沉住气，她对自己说。

舒熠的状态倒比刚才更沉静，他因为Anderson太太的证词而陷入了深深的情绪里，因为好朋友的离世对他而言，也是一件非常非常难过的事情。Anderson太太说的每一句话，几乎都能让他回想起当初与Kevin交往的一切。

陪审团的讨论并没有太久，控方再次做了谈判让步，然而律师拒绝，他说："商业欺诈也没有证据，不信我们可以等着瞧！"

果然地，很快再次开庭，法官当庭宣判舒熠无罪释放。

律师们轰地都高兴得跳起来，每个人都扑上来拥抱舒熠，舒熠也十分开心，连控方都特意走上前来跟他握手，对他说："抱歉，舒先生，我知道你作为一个外国人，可能不太理解我们美国的法律，我们得确保每一条罪行得到应有的惩罚，但恭喜你，你是清白的。"

舒熠十分有风度地说："谢谢！"

他走到Anderson太太面前，诚挚地向她道谢，并对Anderson先生

遭遇意外深感抱歉。"

Anderson太太说："我只是说出了我知道的事实，你不必觉得抱歉，Kevin一直很喜欢你，我很高兴，能代替他给你提供一点力所能及的帮助。他总是说，你有层出不穷的新点子，每一个都让他觉得很棒。他非常高兴有你这样一个朋友，这不是你的错，如果他还活着，他也会亲口这样对你说的。"

她朝舒熠伸出手，舒熠与她握手，再次向她道谢，并向她介绍了繁星。

"这是我的太太。"

Anderson太太拥抱了繁星，她说："真高兴你找到了自己爱的人，Kevin总是说，舒太聪明了，聪明人总是很孤独的，真高兴你不再孤独。"

从法庭回去公寓的路上，开车经过中央公园。舒熠感慨万千，思潮起伏，问繁星："要不我们下去走走？"

繁星欣然答应了。

天气甚好，公园里的树木长出嫩绿的新叶，有一两棵花树夹杂其间，两个人沿着林间小径散步。

舒熠说："跟我结婚后，一直都没能给你一个盛大的婚礼，现在官司虽然了结了，但还得忙反收购的事情，恐怕我们还得在美国待一段时间。"

繁星说："金婚的时候你可以补给我一个盛大的仪式。"

舒熠点头："这主意不错。"

繁星犹豫了一下，舒熠问："你在想什么？"

繁星说："我有一样东西想要给你看。"

舒熠询问似的挑高了眉毛。

繁星将手从风衣口袋里拿出来，将一个折叠起来的信封递给舒熠。

因为紧张，她手心里甚至有汗，这一异常让舒熠十分忐忑，他不由得问："你要向我辞职吗？你不想再做我的秘书了吗？"

繁星有点无语。

舒熠说："再招一个像你这样的秘书比登天还难，怎么办，我都无法想象自己给HR打电话会提什么样的要求。"

他反复翻看那个信封，迟迟不愿意拆开。

繁星对技术宅的思维有点难以理解，她问："你为什么不觉得这是一封情书？"

舒熠说："看着不像……如果是情书，你脸上不应该是这种表情。"

繁星又气又好笑，问："我脸上是什么表情？"

"不知道。"舒熠坦诚地说，"你脸上表情很复杂——我有一个很好的哥们儿，他是国内甚至全球最好的人工智能专家，他的团队有一个专攻领域就是微表情，根据微表情，AI会在极短的时间内做出数据分析，判断你目前的情绪和想法，据说目前成功率已经达到了十猜三中，对AI来说，这是了不起的事情……未来发展的前途无可想象，如果人工智能能猜到我们心里在想什么，你说这是什么样的技术创新……"

繁星说："你就是不想拆开它是吧？"

舒熠没有否认，最近繁星的情绪并不是太好，他知道。比如她胃口极差，吃饭的时候几乎勉强，每天早晨她都花很长时间在洗手间，也许她内心的焦虑远远越过他。但他却无法真正有效安慰她，官司就像一颗定时炸弹，他自己都无法猜测结果，怎么能去安抚她？

他甚至都想，难道这里面是一封离婚协议，现在官司赢了，她就是来帮助他的，现在就打算离开他了。

她是他命运里最好的头彩，他太害怕失去最美好的这一切了。

患得患失的舒先生还在那里纠结，繁星已经拿过信封："不拆就算了。"

舒熠连忙拿回去："我拆，马上拆！"

他小心地拆开信封，里面并不是纸张，而是一个很轻的，像U盘一样的东西。

舒熠把这东西倒出来，拿在手上。

技术宅愣了三秒钟，很简单的一个蓝色边框塑料条，中间卡着一道白色试纸样的东西，上头浮现着两条红线。

技术宅心想，这是什么试纸？

繁星细心观察着他脸上的微表情，现在轮到她十分焦躁了，想用用舒熠说的那个AI微表情分析了，他到底在想什么？他是什么心情？他高兴吗？还是……

就在她胡思乱想的时候，舒熠磕磕巴巴开口了，他生平第一次说话都结巴了，仿佛舌头在紧张地打结："这……那个……这是不是验孕……那什么……这是验孕棒吗？你……我……"

繁星简单明确地说："是的。"

舒熠大叫了一声,这叫声特别大声,引得小路上跑步的人纷纷侧目,连不远处池塘里的天鹅都诧异地伸长了优美的脖子,警惕地护住窝在自己背上的毛茸茸小天鹅。

没等繁星反应过来,他已经冲到草坪上,腾空就是一个漂亮的侧手翻。

远处有人吹着口哨,还有人拍巴掌叫好。

舒熠又冲回来,双眼明亮地看着繁星,结结巴巴地问:"那……那我现在要做什么?我要准备些什么?怎么办,我现在能做什么?"

繁星觉得太好玩了,她严肃地说:"反收购。"

"反收购!"舒熠信心百倍地说,"一定能成功。"他揽住了繁星的肩,"我决定了,给老虎打电话。"

繁星问:"你真的想好了?"

舒熠回想起巴特说的话,巴特说:"你很爱你的太太,你马上就会有自己的孩子,你愿意破产吗?你愿意孩子出生就一无所有吗?我们总能想到办法的。"

他自信满满地说:"当然,现在不一样了,我有孩子了,我总得为孩子考虑一条退路。"

官司的胜利让全体股东多少松了口气,公司上下也精神一振。然而对反收购来说,局面并没有好转。股东们仍旧一盘散沙,高远山更不愧是老手,官司的结束一点也没有影响到他的步骤,他就像下棋一样,不焦不躁,不紧不慢,一点一点收紧收购的口袋,缩小自己的包围圈。

对此舒熠说:"高鹏的亲爹真厉害。"

繁星也觉得,高鹏顶多算小狐狸,高远山这是正宗的老狐狸,修炼几万年的道行,真不是盖的。

等到长河接近收购成功临界线时,舒熠终于拨出了那个电话。

巴特接到他的电话时十分自然,一点也不觉得意外,他早就料到了,不是吗?

巴特仍旧在他的豪宅里接待舒熠,这次繁星并没有前往,早孕反应让她精神很不好,舒熠也不愿意再让她耗神,所以她在家休息。

当巴特太太问起繁星时,舒熠简单地说她有点不舒服,巴特太太倒是十分关心,因为繁星给她留下了很好的印象,一个礼貌的、讨人喜欢的姑娘,虽然不是美国上流阶层那种聪明的主妇,但仍旧是一个很有异国趣味的朋友。

巴特仍旧和舒熠在雪茄室喝威士忌,舒熠挺爽快地喝了一口酒,就说:"OK,你知道我来找你的目的。"

"当然。"巴特说,"很高兴你信任我们之间的友谊。"

"我同意把公司卖给你。"舒熠说,"前提条件是,你们收购我那家私人企业,全部现金,你付得出来这笔钱,我知道。"

"没有问题,全部现金。"巴特问,"能问一下吗?是什么促使你来找我,如果你不愿意回答的话,也并没有关系,我仍旧很感激你选择了我们,而不是LR。"

"我太太怀孕了。"舒熠简单明了地说,"我想尽快地结束这件事情。"

巴特打消了心中最后一点疑虑,他高兴地举起酒杯,一语双关地说:"真是一个好消息,值得为此干杯!"

威士忌酒杯碰在一起,舒熠很痛快地一饮而尽,巴特也是,喝完酒后,他注意到舒熠的表情很复杂,巴特非常明白他的心情,他按住舒熠的肩,宽慰他说:"我知道从感情上来说,你很难接受你要亲手卖掉你所创立的公司,但你的理智告诉你,你做得很对,这是最好选择。"

"是啊。"舒熠长长地出了口气,不无感叹地说,"这是最好的选择。"

收购局面如此恶劣的情况下,舒熠出乎意料地提前弃子认输,他和MTC协议,决心进行并购交易。MTC财大气粗,无论如何,长河落入收购劣势。

MTC兴高采烈地进行对舒熠私人企业的收购,因为这种非上市公司的全现金收购最简单,然后舒熠会履行协议,将自己的上市公司卖给MTC。

中小股东们骂声一片,奈何目前情况下,舒熠根据持股比例有最大的投票权。他强行在股东会通过了这个交易。很多中小股东愤怒地与舒熠决裂。

这一着飞子终于打乱高远山的全盘计划,高远山被气得够呛,眼看着就要收购成功,结果功败垂成,竟然给别人做嫁衣,这是前所未有的事情。高远山视为奇耻大辱,决定在舒熠签字前想尽办法阻挠,所以高远山飞了一趟美国,亲自来见舒熠。

作为老狐狸,他可以让一步,同样做出管理层留任的许诺,还可以用更多条件来安抚中小股东，现在已经有不少人站在他这边，舒熠也面临两难境况。如果与MTC成功交易，那么他会从此失去所有中小股东的支持，管理层即使将来留任也会举步维艰。

事情还有挽回的余地，老狐狸对此有几分信心，因为自己拥有的股权已经甚多，MTC如果硬拼也是惨胜。

舒熠很慷慨地招待老狐狸在家吃饭，不过繁星最近早孕反应很厉害，所以叫了外卖，没舍得让繁星下厨。

开玩笑，不是谁都能吃到繁星做的饭。高鹏作为朋友是可以的，老狐狸目前还没有这资格。

老狐狸的表现也挺出人意料，就带了位助理，还买了鲜花水果上门，客气得像拜访一位朋友。双方见面时，更是虚伪而热情，好像久别重逢的老友。

假客套了一番之后，舒熠问："高鹏还好吗？"

老狐狸说："挺好的，除了在追求公司总机之外。不过，看他都瞎混什么朋友圈，近朱者赤，近墨者黑，毕竟你都娶了自己秘书呢。"

舒熠一点也不生气，他说："职业无高下，婚姻最重要的是找到对的人。"

老狐狸没试成下马威，一点也不沮丧，说："不过我真不明白你，不肯卖给我们长河，却要卖给MTC，你这是瞧不起民族产业吗？"

"不是，只是经营理念的不同。"

老狐狸对滴水不漏的回答非常不满意，左右打量舒熠："我是不是在什么别的地方见过你？"

"我跟高鹏去过您家吃饭,当时您在家,只不过晚上有应酬喝多了,所以只跟我们打了一个招呼就睡着了。"

"哦。"老狐狸敲敲额角,"总觉得你有点像我一个熟人……"

舒熠索性坦白了:"我妈叫舒知新,温故而知新的知新。"

老狐狸嘴里一口红酒"噗"地全喷出来了,助理吓得面无人色,繁星也惊诧莫名。

老狐狸的表情仿佛自己刚喷出来的不是红酒而是鲜血,他眼神错综复杂地看着舒熠:"你是知新的儿子。"

"对。"

老狐狸无言十秒,竟然声称头疼匆匆告辞,助理忙不迭帮他拿着外套,两人简直是落荒而逃。

繁星看着舒熠,舒熠特别坦然地吃着荠菜馄饨,这荠菜可难得了,在美国能吃到,多亏一位朋友帮忙推荐的中餐厅外卖。

繁星终于开口问:"他不会是你……亲爹吧?"

"那哪能呢,"舒熠说,"我长得比他帅,你不觉得吗?"

繁星问:"那他为什么是刚才那种反应?"

"他暗恋我妈多年,一直没追上。我妈当初可是T大一枝花,著名的女神。暗恋我妈的人要从五道口排到广安门桥。"

繁星问:"就这样能把他吓跑了?你亲爹到底是谁?"

舒熠说:"我小心眼儿,不想说。"

繁星佯装生气:"嗯,等回头孩子懂事了问我,我就说,妈妈也不知道你爷爷是谁,你爸小心眼儿,不告诉我。"

舒熠只好投降："不是不是，不是不想告诉你，其实是有点丢人……"

繁星问："还能比是高远山更丢人？"

舒熠说："差不离吧……俩老狐狸都是一丘之貉。"

被称为一丘之貉的老狐狸离开舒熠的公寓后，上车就惊怒交加地给另外一只老狐狸打电话："舒熠是你儿子！你的儿子竟然是舒熠！"

另一只老狐狸特别无奈："那又怎么样，他又不肯认我，有等于没有。"

高远山特别感慨："知新的儿子都长这么大了……还这么有出息……"

另一只老狐狸说："可不是，所以他不认我，随便他好了，反正总有一天，他会想明白的。"

高远山稍微占了点上风，起码自己的儿子还是肯认自己的，虽然最近正在跟自己大闹别扭，故意公然追求公司总机试图把自己气出心脏病。不过，他转念一想，就勃然大怒，朝着电话那端的老狐狸开火："你都不告诉我一声，我还在收购舒熠的公司，逼得他把公司麻溜儿地卖给美国人了，你说这要是让知新知道了，不得生气再不理我了。"

"远山，"电话那端的人惆怅地打断他的话，"知新已经过世了。她不会知道了。"

两个老狐狸一瞬间就沉默下来，共同怀念遥远岁月里，那一抹青春的亮色，和最单纯美好的回忆。

高远山说："有件事，我一直没有问过你，你当初是怎么跟知新吵翻了，让她带孩子出走，去了上海。"

老狐狸沉默了几秒钟,还是坦诚地回答了:"因为波粒二象性,我和她因为电子衍射试验结果吵起来了,你知道知新那个人,学术上最认真,谁也不能说服她放弃自己的观点。而我那时候又年轻气盛……一生气就住在实验室,没回家。过了几天我回去,她就已经走了。后来才知道,熠熠发烧39度,她一个人带孩子住院,找我我也不理她。"

高远山气得眼前发黑:"你这个浑球儿!"

"可不,"老狐狸说,"我是个浑球儿。"

高远山说:"要不是你还在为国家做贡献,我这回国就开车去山里把你拽出来打一架!"

老狐狸说:"没空,我们最近忙卫星发射。不然朝阳公园约一架,不就是打吗,看谁打谁!"

俩老狐狸还在放嘴炮,忙卫星发射那个突然回过味来,问高远山:"你刚才说舒熠要把他的公司卖给美国人?"

"可不。"高远山难得有点惭愧,这不是被他逼急了,不然舒熠也不会出此下策。

"这不可能啊。"到底是亲爹,对自己的DNA有几分自信,"这不像是舒熠会干出来的事。山穷水尽他都不会认输,这都远还没有到山穷水尽……我怎么觉得,这中间有古怪呢……"

巴特心情很好,简直是非常好,尤其舒熠签完字之后,他觉得整个世界没有再美好的事了。

大局已定,即使将来真有任何蛛丝马迹被舒熠看出来,也无所

— 333 —

谓了。

收购布局是MTC与韩国公司联手，精心设下的圈套。韩国公司早就想要剥离越来越利润微薄的手机业务，恰巧新款手机又出了故障，必须全球召回。所以在MTC的游说之下，韩国公司愿意将手机业务打包卖给MTC，并且双方默认把手机故障责任推给舒熠。

MTC另一计划就是收购舒熠的公司，因为舒熠的公司拥有太多国际专利了，如果做手机业务，无论如何绕不开舒熠的专利。与其每年每一款产品都给舒熠公司交钱，不如把整个公司买下来。MTC对舒熠公司垂涎三尺，尤其在自主研发最新的传感器受挫之后。巴特了解舒熠，他的私人公司有最好的传感器研发团队，因为研发太烧钱了，所以那家私人公司一直在亏损，但也有许多可以用得上的专利。所以他决定一石二鸟，把自己想要的一切都拿下。

行动当然需要非常非常小心，一点一点地接近目标，巴特非常有耐心，从韩国公司宣布手机故障是因为陀螺仪，MTC终于开始了正式的收网。

谁知道长河误打误撞，也相中了舒熠的公司。MTC也没想到长河会突然插一杠子进来，几乎让这个精心的布局功败垂成。

幸好MTC没有提前暴露收购迹象，所以巴特决心游说舒熠，果然，舒熠被他的条件打动了。

前有狼后有虎，巴特巧妙地借力打力，反倒在长河的收购压力下，逼迫舒熠最终还是选择了MTC。

很好，一边收购了韩国公司的手机业务，一边收购了舒熠的公司,完成了整个产业链布局,更重要的是,舒熠还贡献了他的私人公司,那家小公司对自己来说,也非常有用处,而完成这次收购后,MTC将一跃成为世界上最重要的移动电子设备生产厂商。

完美!

这是一次完美的收购战!

没有硝烟,没有腥风血雨,没有恶劣的厮杀。舒熠甚至因为MTC慷慨的允诺,对MTC愿意支持管理层留任而表达了谢意。舒熠唯一提出的要求是两个交易必须一起完成,虽然因为一家是上市公司,一家是私人公司,无法做成一份合同,但如果MTC中止收购舒熠那家私人公司,那么上市公司的收购协议也立刻无条件中止。

关于协议中特别约定这一条,舒熠并没有解释原因,但原因不用说也非常清楚,他担心MTC得到自己想要的,就不再履行承诺。

舒熠仍旧不知道其实对MTC来说,这两家公司他们都想要,非常想要。

巴特得意地给自己斟上一杯威士忌。

胜利的滋味,非常之美妙。

一切都进行得很顺利,首先买下了舒熠那家绝对控股的私人小公司,等待合法交割办完,同时办理更复杂的上市公司并购。

就在喜滋滋准备完成并购最后的手续时,突然MTC晴天霹雳地接到传票,通知必须中止这场收购。原因是违反《反垄断法》。

MTC公司错愕,法务仔细审核,这才发现舒熠那家个人公司有个特别不起眼的小业务,但这小业务跟MTC主营的手机配件业务是重叠的,一旦收购成功,确实MTC会在此业务占据过高的市场份额,违反了《反垄断法》。而他们把几乎所有审核精力全部放在两家上市公司的主营业务上,他们甚至仔细审核了那家私人公司的主营业务,但完全没发现这么小小的一点问题。

但现在这个问题竟然致命了。

巴特心里一沉,知道这八成不是一个疏漏或意外。

他抱着最后一线希望,与舒熠见面谈判。

虽然仍旧给舒熠倒上一杯威士忌,但他的内心其实十分愤怒,然而,这是谈判,不是吗?

他脸上堆满笑容:"亲爱的舒,我知道这个小问题也是你并不想看到的,我们能解决这个问题吗?毕竟,我们有足够的善意,而且,你也充分了解这一点。所以,让我们解决这个小问题吧,那是一个特别微小的业务,可能是因为疏忽,我们都没有留意这一点。"

舒熠说:"那可不是疏忽,你和我都清楚地知道这一点。我甚至精心地计算过,它需要达到的市场占有率比例。"

巴特看着他,终于渐渐地明白过来:"哦!天啊!你知道一切!"

舒熠非常坦然:"是啊,我知道一切。"

巴特一瞬间几乎想咬下自己一块肉,他牙关紧咬,过了好几秒钟,才说:"你这个计划太疯狂了。"

是的,以自己的私人公司为饵,甚至签署上市公司的并购协议,相当于全部身家的梭哈,赌的就是巴特会一口吞下饵,这近乎疯狂。

舒熠说:"我说过,我太太怀孕了,我想尽快地结束这一切。"

巴特不得不承认，这疯狂的计划巧妙而有效，自己被困住了。

一切的一切，只不过是因为他们贪心，先一口吞下了舒熠放出来的饵。

他咬牙切齿地说："你到底是怎么想出这种办法的，该死，你简直是我见过最疯狂的人。你这么做，简直是……"他无法用语言表达自己的愤怒。

舒熠说："当你不再把我当朋友时，我对自己说，OK，我也不用把你当成朋友了。我曾经在你和LR中间犹豫了一下，考虑到底把这个诱饵给谁，但你的表现，让我最终选择了你。LR起码是一个光明磊落、值得尊敬的对手，不是吗？"

巴特沮丧地发现，自己竟然无法反驳舒熠。

他只能打起精神来，维系最后的尊严："可是我们还能上诉到巡回法庭，我们可以抗辩这不构成垄断。"

舒熠十分有风度地举杯："祝你好运。"

在舒熠彬彬有礼地告辞后，巴特摔碎了自己最心爱的一瓶威士忌。

而高远山得知这一切之后，心情十分复杂，因为他扪心自问，如果到收购战最后阶段，跟舒熠谈判的时候，舒熠抛出来这个饵，自己一定会一口吞下去。那么此时此刻，糟心的可不正是自己？

高鹏这时候可得意了，如果有尾巴，这会儿他的尾巴一定摇得比暴雨天的汽车雨刷还快。他瑟瑟地说："看，要不是我拦着，进圈套的可不就是您了！"

难得他对亲爹说话用了"您"字，高远山也觉得格外刺耳，他冷

— 337 —

着脸说:"那可不一定,舒熠这招不见得对我有用。"

高鹏也不跟他再争执,沾沾自喜地说:"我跟小丽约会去了。"

小丽是总机姑娘的名字,高远山一听到这两个字,就觉得心脏又在怦怦怦地跳,跳得都快从胸腔子出来了,太阳穴也突突直跳,简直青筋直暴。

"滚滚滚!"他恨不得拿鸡毛掸子揍儿子,"快滚!"

高鹏看他被气得够呛,得意扬扬地走了。他说是跟总机姑娘约会,其实总机小丽有个特别稳定的男朋友,对集团太子爷的追求,她就觉得是场闹剧,根本就不怎么搭理他。

人生真是寂寞如雪啊。

高鹏孤独地想,开着几千万的跑车竟然都找不到一个合意的姑娘吃饭。

也许可以逗一逗那个狗仔顾欣然,他忽然兴冲冲地想到。自从得知那个凶巴巴特别讨厌的女人是做娱乐媒体,即所谓的狗仔队之后,他甚至都有了去追求一个女明星搞个大新闻的冲动。

到时候让顾欣然跪着求自己接受采访!

叫她竟然敢踹自己命根子!叫她趾高气扬!叫她凶巴巴!

他决定请宋决铭吃饭,最近顾欣然成天跟着宋决铭拍拍拍,难得宋决铭竟然安之若素,没准自己能想出个招,好好戏弄一下顾欣然。

他兴致勃勃给宋决铭打电话,结果宋决铭正在机场,要去美国开发布会。

高鹏顿时想要不要也飞到美国去凑个热闹,毕竟舒熠他们都在那里，多有意思啊。

但转念一想，老头子嘴上不说，其实这两天心里正难受，再说了，自己还在假装追求公司总机小丽，要是跑到美国去，岂不露馅了。

高鹏掏出手机，通讯录中存着"狗仔"两个字，正是顾欣然的电话号码。他手一滑，竟然拨出去了。

拨出去就拨出去吧，他觉得也没什么大不了，果然，顾欣然一接电话就凶巴巴："哪位？"

都已经不打不相识了，连他的通讯录都存了她的号，而她竟敢还没存他的电话号码。他皮笑肉不笑地想，得好好戏弄一下她。

他说："嘘，不要问我是谁，我是暗恋你的人。"

"神经病！"顾欣然"啪"就把电话挂了。

人生真是寂寞如雪啊！

高鹏将手机扔在副驾座上，仰天长啸。

老宋飞到美国，就在美国开了一场发布会。这是老宋坚持的，在美国向全世界媒体宣布，会更有力。

公关部忙得焦头烂额，因为要召集更多的媒体，还希望发布会的效果在国内有最好的传播。好在老宋的女朋友帮上了大忙。

老宋的女朋友叫祁雨珆，非常漂亮，也是个很开朗的人。

繁星和舒熠请老宋和祁雨珆吃饭，繁星很好奇老宋和祁雨珆是怎么认识的。

祁雨珆笑嘻嘻地说："不能说，这是缘分。"

老宋难得也期期艾艾："不能说，这是缘分！"

祁雨珺是著名的小花旦，红得不得了，顾欣然忙得连滚带爬给繁星普及："很红，很红，你知道吗？就是我在苏州盯的那个小花，她竟然跟你们公司的一个高管在谈恋爱，你不知道整个娱乐圈都轰动了！你们现在是娱乐头条，小花的粉都在跟别人安利讲解什么是陀螺仪，这技术又是如何高大上！这简直是多少钱都买不来的营销啊！"

繁星和舒熠都觉得挺高兴，倒不为别的，就因为老宋终于遇上了合适的人。看他与祁雨珺的样子，真的是十分相爱。

老宋现在动辄上娱乐头条，连带他服务的公司都被扒了个底儿掉。这次发布会，专门有人不顾时差给国内娱乐新闻媒体做直播。

老宋大约被狗仔队历练出来了，发布会开得气定神闲，对着无数摄像机特别从容。而且讲述的内容，又是他最擅长的。他以最踏实最详细的万次实验数据，指出手机故障的真正原因并不是陀螺仪，而是手机中另一个零配件——MTC生产的传感器导致。证据确凿，并欢迎全行业共同来验证这实验结果。

发布会当然轰动业界，国内娱乐新闻都进行了不遗余力的报道，当然重点有点歪，但宣传和传播效果还是显著。起码好多吃瓜群众都围观了这件事，对手机真正的故障原因有了认知。

市场应声而起，舒熠公司的股票暴涨，MTC灰头土脸，被怀疑与韩国公司联手欺骗消费者，因为MTC正打算收购韩国公司的手机业务。韩国公司迫于压力再次公开道歉，声称要重启调查，严查真正的故障原因，饶是如此，韩国公司也备受指责。MTC承受了更多舆论压力，就算是MTC申诉抗辩在《反垄断法》案子中获得胜诉，只怕他们也无法再按原计划进行并购。

几番权衡之后，MTC终于万分痛苦地决定中止收购计划。

MTC一直想要的是大鱼吃小鱼，趁着小鱼势弱的时候一口吞下，但现在小鱼游得太快，并且越来越大，强行硬吞会卡住喉咙。

性命攸关，还是寻找别的合适的小鱼吧。

资本是嗜血的，资本也是恐惧的，它们会计算每一分利益，并且获得最好的性价比。

舒熠让公司在收购战中毫发未损，全身而退，一战成名。

虽然外人并不明白发生什么事，但业界都几乎要喝一声彩，这一招着实漂亮。

中小股东这才明白他最终的目的，但还好，所有股东的利益得以保全。舒熠并不在乎他曾经担当的那些骂名。

"大股东就是用来背锅的，"他甚至开了个玩笑，"感谢大家给机会让我背锅。"

他风度翩翩，一点也不记仇，所以赢得了更多好感。

风雨过后，尘埃落定。

离开美国之前，舒熠带繁星再一次去Kevin Anderson墓地，向他告别。

这次两人再站在Kevin Anderson的墓碑前，更是感慨万千。

舒熠心中感激Anderson太太的证词，心里有很多话要说，但又觉得不必说了。他轻轻地用手指抚摸着好友的墓碑，默默地在心里说，谢谢你，老伙计。

远处，晴朗的天空蔚蓝，衬托着洁白的云朵，巨大的乔木已经长出巴掌大的新嫩叶子，极高处的树梢上还是茸茸带着白毫的新芽，东海岸的春天，一切都欣欣向荣。一架轻巧的遥控无人机，正以娴熟的弧线飞越花树的上方，像风筝那样，却又比风筝灵活得多，更像一只自在盘旋的大鸟。

那架无人机本来飞得很平稳，飞到墓碑上方时忽然失去控制，就在半空失去动力，急速垂直掉落，"啪"一声砸下来，舒熠眼明手快护住繁星："小心！"自己却被无人机砸中眉骨，幸好那架无人机很轻，饶是如此，也砸出一道伤口，开始渗血。

繁星赶紧掏出纸巾给他按住伤口，幸好出血不多，按压之后迅速止住了。

一个四五岁的小男孩奔过来，大约是知道自己闯祸了，他湛蓝的眼睛怯生生地看着舒熠，问："我砸到你了吗？先生，你在流血，哦，不，需要帮你叫911吗？"

舒熠捡起无人机，蹲下来和小朋友说话："嘿，这只是一道小伤口，像被小草叶子划伤的那样，并不严重。这是你的无人机吗？"

"是的。"

"你怎么操纵它？"舒熠问，"我没有看到你有拿遥控器。"

小男孩伸出手给他看："这个指环。"

小小的指环套在他的手指上，那是最新的概念版人体可穿戴智能装置，通过感应人体的手势动作来控制无人机。舒熠眼眶微润，他认出这产品，这构想本来是他提出的，老友精心地把它从构想变成了现实。

"真酷。"舒熠由衷地赞叹。

"是的，真酷！"小男孩骄傲地说，"PAPA做的。"

"你知道它的原理吗？它是通过陀螺仪来感应和定位人体的动作，然后将这动作换算成计算机指令，传达给无人机，让无人机根据指令，做出各种飞行、盘旋、拍摄、降落的动作。"舒熠耐心地向小男孩讲解，"因为技术不完善，所以你以后要在开阔无人的地方操纵它，并且身边有人帮助你，以免它失控导致更糟糕的后果。"

小男孩很清澈的眼睛注视着舒熠："我以后不会再偷偷玩它，我向你保证。你是我PAPA的朋友吗？你和这位夫人，是来看望我PAPA的吗？"

"是的。"舒熠说，"你PAPA是个伟大的工程师，也是我最好的朋友。"

"是的。"小男孩的眼神突然有几分黯然，"可是他现在不在了。"他的声音也低下去，"而且，这枚指环也不完善，有时候无人机会突然失去控制，比如刚才，我就不小心砸到了你。"他仰起小脸，"有人说我PAPA这样做是危险的，他因为失败的产品而失去生命，让家人都很痛苦，谁也不知道一次失败就会这么可怕，他有时候做得太多了，太快了。"

舒熠说："可他留下的光芒还在。"他指了指那枚指环，"这就是光芒。"

"我们走在一条充满荆棘和坎坷的路上，这条路几千年来一直有人走着，正因为有无数挫折和失败，才有一点一点微小的光芒。你不知道那火光会点燃什么,我们摒弃了日心说,我们拥有了电灯,我们有了电话,我们探索太空,我们有了海底电缆。每天我们都在享受这光芒,但总有人,永远有人,为了这光芒牺牲。有些人,注定是为了这光芒而生,也会注定为了这光芒而死。你PAPA是个伟大的人,他是为这光芒而生,也是为了这光芒而死。"

小男孩湛蓝的眼睛在熠熠发光:"我也要做一个像PAPA那样的人。"

"那可真是太棒了。"

远处保姆在大声唤着小男孩的名字:"Dave! Dave! Where are you(你在哪)?"

小男孩回头扬声回答:"我在PAPA的墓碑前!我在和PAPA的朋友说话。"

舒熠从口袋里掏出一个陀螺,说:"嘿,Dave,很高兴能认识你,这是送给你的。"

舒熠将它放在小男孩手心,轻轻一拧,陀螺迅速旋转起来。

小男孩看着飞速旋转的陀螺,眼神发亮,如有光芒。

舒熠知道,这光芒永远不熄,前赴后继,照亮人类历程的所有万古长夜。

【全文终】

外传

★奇妙的缘分

"前世五百次擦肩而过,才能换来今生的一次回眸。"

舒熠当然对这句矫情的话不以为然,从概率论上来说,一切相遇都是概率,而著名的六度分隔理论,你想认识这世上任何一个陌生人,只需要通过六个人就足够了。

从数学上来说,瓦茨-斯特罗加茨模型也足以观察六度分隔理论。

"前世五百次擦肩而过,才能换来今生的一次回眸。"

繁星第一次看到这句话的时候,还是十二岁,正是女孩子最矫情的时代,小小年纪谁没有在本子上胡乱涂写过几句伤春悲秋的话。繁星是守规矩的好学生,老师的宠儿,同学眼里的乖宝宝,老师要交的日记本总是干干净净,写满整洁的字迹。

说来也蛮奇怪的,乖宝宝祝繁星总是跟很调皮的女生做朋友,比如小学时班上成绩最差的关佳颖。关佳颖爸爸妈妈都在上海工作,爷爷奶奶隔代亲,难免溺爱,关佳颖总是做不完作业,老师批评也不怕,奶奶说了,哪能叫孩子写作业写到半夜的,所以关佳颖考试成绩总是拖全班后腿，不仅如此，关佳颖胆子比男生还大，每次欺负得班上那群男孩子神哭鬼叫的。

　　繁星喜欢关佳颖，因为她胆子大，敢做自己不敢做的一切。关佳颖教繁星练胆量，越是怕的事情越是一定要去做，比如女孩子都怕虫子怕蛇，那么下雨后她带着繁星去泥地里挖了好多条软趴趴的蚯蚓来玩，玩了半天，繁星再也不怕这种软溜溜的虫子了。

　　小学快毕业的时候，关佳颖要被爸爸妈妈接到上海念书去了，临分别时，繁星送了她一只很漂亮的发卡，是她攒了好久的零花钱买的。

　　关佳颖送了繁星一个非常漂亮带密码锁的笔记本，扉页上就写着这句话："前世五百次擦肩而过，才能换来今生的一次回眸。"

　　"我们要做一辈子的好朋友！"关佳颖很郑重地对繁星说。

　　繁星也很认真地点头。

　　关佳颖的字一直写得不怎么好，这句话一笔一画却写得格外认真，这个本子繁星好久都不舍得用。关佳颖去上海后就给繁星写信，因为繁星家里没有装电话座机，繁星也给她写信，两个人就靠书信往来。

　　少女关佳颖的初恋其实是一场暗恋，关佳颖的父亲生意越做越好，终于一掷千金买下一处顶级的学区房，小区隔壁就是著名的X大附中，然而业主的子女并不能保证都进附中，必须通过考试。

　　关佳颖被逼上梁山，每天下午都要去培优班集训，准备参加考试。

　　关佳颖去培优班的时间，正好是隔壁附中高中部的放学时间，所以几乎是每天，关佳颖都能看见附中著名的校草男神。

　　附中校草刚刚念高三，但他是全国奥赛的双料冠军，据说T大已经有意特招，F大也近水楼台伸出了橄榄枝，然而不知道为什么，男神气定神闲地准备高考。

校草其实瘦、高，长手长脚并不好看，还有点半大男生不修边幅的落拓感，然而关佳颖就这样被男神准确地击中了，关佳颖在信里花了整整四页纸，向繁星描述自己被电到的感觉。

繁星觉得蛮危险的，关佳颖还那么小，喜欢这么大一个男生，会不会是坏人啊？

关佳颖在信里斩钉截铁地写："他不会是坏人的，他成绩那么好！"

繁星后来想想那时候蛮傻的，但小女生啊，成绩好当然就代表一切都好，成绩好的男生当然是男神。

小女生关佳颖费尽心机，死缠烂打，终于在生日那天如愿以偿，得到父母送的礼物——一台拍立得相机。在十几年前，这当然是一份昂贵的生日礼物。关佳颖喜不自禁，早早就做了全盘周密的计划，偷偷把相机带在书包里，果然，冒险拍到了男神的照片。

虽然是背影，但正好是深秋的黄昏，法国梧桐叶子金黄，男神半侧着头似乎在眺望什么，只拍到他小半张脸。落日的余晖正好在他头顶，照得他头发茸茸的，像一朵蒲公英，也因为逆光的缘故，他那小半张脸模糊不清，看不清眉眼，只有光圈里的轮廓，依稀能看出是个很磊落的男孩子。

关佳颖依依不舍，把这张偷拍到的照片随信寄给了繁星，因为关佳颖的爸爸妈妈总是要检查她的书包，她虽然有自己的房间，但其实没有自己的秘密。万一发现这张照片，一定会天翻地覆地大闹。而繁星的父母就不管……关佳颖不胜羡慕繁星，有一对管头管脚的父母太烦了，尤其对青春叛逆期的小女生而言。

快点长大就好了，快点长大，就可以名正言顺去追男神了，快点长大，就可以反锁自己的房门，不让父母再动自己的东西了。她把照片寄给繁星，一半是觉得放在她那里更安全，一半也是想让繁星看看，喏，我喜欢的男生，真的很帅呢。

繁星郑重地替好友把照片藏在那个带锁的笔记本里，等待哪天关佳颖有机会，再从自己这里把照片取回去。

为了男神，关佳颖特别努力，真心实意想要考上附中，虽然她考进附中男神就要毕业去上大学了，但和男神做校友也很棒啊。

关佳颖从时新的台湾偶像剧里学到了"学长"这个词，陶醉地在信里又向繁星描述了一遍，自己如果能做学长的学妹，那真是太幸福啦。

结果关佳颖没能考上那所著名的附中，关家父母讨论一番之后，决心带女儿移民，这个决定很匆忙。临出国前，关佳颖仓皇地给繁星写了最后一封信，叮嘱她一定替自己保管好学长的照片。繁星的回信则被退回来，关家已经卖掉房子，查无此人了。

繁星升到中学，有了新的好朋友，但仍旧很惦记关佳颖，不知道她在异国他乡好不好，过得习惯不习惯。说过要做一辈子的好朋友，就是一辈子呀。

繁星十分顺利考进家乡排名第一的重点中学，刚念了几个月，就因为成绩好，被推荐去北京参加作文比赛。这在当地轰动一时，虽然繁星的父母都不大在意，班主任倒是很欣慰，因为她是繁星的作文指导老师，出了这样争气的学生，脸上有光。然而繁星跟父母说了两次，爹妈却都不愿意出这笔参赛的路费。

繁星心事重重，十几岁的少女，敏感而脆弱，问亲戚借，亲爹亲妈都不肯给钱，何况亲戚，再说，借了她拿什么还？问朋友借，小孩子哪来那么多钱，要好几百块呢。最后还是班主任猜到了，自掏腰包，又怕伤害到她的自尊心，所以特意跟繁星撒谎，说你爸爸下午来过学校，把钱交给老师了。

繁星心里明知道爸爸不会这样做，感激老师保全自己的颜面，更感激老师不遗余力的帮助，贴钱让自己参赛还这么体贴。所以在作文比赛中格外用心，一篇《我的理想》写得荡气回肠，拿到了全国二等奖，奖金是一千块钱。繁星早就想好了，八百块钱的路费参赛费是一定要还给班主任的，还有两百块对繁星来说，真正是一笔巨款，她要存起来救急，谁知道下次还会遇到什么事，经过这次她有了教训，能少去求父母就少求父母吧。

比赛结束后，主办方带着所有参赛的学生乘车去参观P大。学生们都很激动，P大啊，好多人心目中的最高学府，真正的顶级名校，多少学子向往的地方。

这也是繁星第一次到北京，也是第一次有机会看街景，前两天都关在宾馆里培训和参赛。

坐在大巴车上，她打量着这陌生的、全然不同的大都市，与故乡的南方小城比起来，或许是因为天气的缘故，这里更显得萧肃大方，天更蓝，行道树都已经落叶，连马路都宽阔好多。

赛后她的心情很放松，虽说是二等奖，但全国二等奖也只有五个人呢，何况还有奖金。她有一种终于不曾辜负老师期望的感觉，所以也很愉快。

P大的校园很大，湖边风景很漂亮，虽然是初冬时节，寒风凛冽，但大家都并不觉得冷。

老师宣布一小时自由活动的时候，繁星也不敢走得太远，就在湖边随意转了转。湖边有几株银杏树，金灿灿的叶子已经几乎全落了，繁星不由得弯腰，捡起一片，对着光一照，像一把金色的小扇子，映着光隐隐透出叶脉，非常好看。她想捡几片回去做成书签送给同学。来了北京一趟，总要给好朋友们带点小礼物，何况这是P大校园里的银杏叶，意头也好。

她兴冲冲拾起了落叶，一路走，一路看，无意间捡到一片银杏叶子，又大又黄，上面却有人用笔写了一个单词"GIMPS"，这个单词繁星从来没有听说过，也不明白是什么意思。她在心里想，不愧是P大啊，这里的人真厉害，看起来都那么有学问，这个陌生的单词一定是哪个老师或学生随手写下的吧。

这片叶子因为又大又完整，繁星没舍得丢，又因为上面写了字，也不适合送人，她就留下来自己做了书签，随手夹在英语词典里。

繁星大约是这时候才动了要好好努力争取考P大的心思，在此之前，她还是有点稀里糊涂，就是老实听话的好学生，老师让好好学习，她就好好学习。而且成绩好，父母多少会给点面子，不会劈头盖脸地骂她，求父母去开家长会的时候，自己也多一点底气。

但现在不一样了，她见到P大的校园，那座学府那样美，在北方纯净的天空下,银杏树的叶子铺了一地,像金色的地毯。风刮得天上一丝云都没有,北方的天空,真的是天高气朗,令人心胸为之开阔。

那是一个崭新的、全然不一样的世界。她向往的世界。

她拼命地学,拼命地学,她希望去最好的大学,那间学校里有温暖的阳光,有利落的风,有金灿灿的银杏树,有一汪温柔的湖水,那里的每个人看起来都是天之骄子,前途无量。如果能进入那个校园,那一定是她十几年人生里,最大的幸运。

每次背单词快要睡过去的时候,每次做习题到半夜的时候,每次厚厚的卷子让人生畏的时候,她就对自己说,祝繁星,你想要什么样的生活,你现在有机会自己决定。考上P大吧,考上P大你才有机会改变自己的命运。

整个高三她体重才八十多斤,瘦到裙子都要系腰带,因为吃饭纯粹是应付差事,脑子里全是各种习题。

每个同学都起三更睡五更,教室后面的黑板上写着高考倒计时,每天都有不同的测验和考试。

在那些头悬梁锥刺股的日日夜夜,她做完了全部的模拟卷,她背完了所有该背的单词,她记住了老师提过甚至没提过的全部知识点。高考的时候她其实整个人都有点麻木,进考场就做卷子,出考场就抓紧看一眼下一门考试的知识点。

终于考完全部的科目,全班同学回到教室,开最后一次班会。所有人都在狂欢,有人把书都撕了,还有人歇斯底里地唱歌,有人跳到桌子上模仿街舞,还有人撞翻了她垒在课桌上的书,其中就有那本厚重像砖头的英语词典。

金黄的银杏叶像蝴蝶一样飞出来，繁星弯腰捡起，叶子上的那个单词她还是不认识。但终于都结束了，人生最苦的一段日子，她把那片叶子微笑着夹回词典里，不管能不能考上P大，她都已经尽力了。

拿到录取通知书的时候，她还觉得有点像做梦。她知道自己考得不错，但也没想到能比平时模拟考试多出几十分，一下子以全省第三名的身份，录取P大最热门的专业。

当时顾欣然乐疯了，比她还要开心，将一枝花插在她头上，说："你呀你竟然是全省的探花，探花郎你好啊！"

繁星对于太好的事情，都有点忐忑，她都快要记不清楚自己是怎么去学校报到。入学安顿好行李，走去食堂吃第一顿饭，她站在湖边，望着那株银杏树，九月的北京天气清朗，满树小扇子在风中唰啦啦地摇动，像无数浓绿色的小手掌。

她心想真好呀，自己终于可以站在这里了，秋天的时候，又会是什么样的秋水长天，满地金黄。

繁星一直觉得那片在这里拾到的叶子给自己带来了幸运。她在互联网上终于查到GIMPS就是Great Internet Mersenne Prime Search的缩写，即搜索梅森素数的分布式网络计算。这是一个志愿者计划，每台个人电脑只要下载程序都能参加。可以利用电脑的闲置计算能力，计算最新的梅森素数。

她郑重地决定做一个GIMPS志愿者，加入这个计划。

无数个人电脑会通过网络组合成超级电脑，不停地计算，直到算出最新的梅森素数，听上去也很有意思，对不对？

在P大念书那几年，每年秋天她都要去湖边捡一些落叶，写上单词。只不过她每次写的单词都是"lucky"，就像写给几年前那个迷惘而无助的自己。隔着岁月的长河，她想说，加油啊小姑娘，你可以凭借自己的努力考上理想的学校，你会有足够的运气改变今后的生活，祝你好运！

大学生活总是过得特别快，一眨眼就临近毕业，同寝室的妹子们基本都不打算考研，大家纷纷在网上投简历，繁星也胡乱投了一些。

同寝室的二妹特别不理解："你怎么连这个都投啊？这个职位是秘书耶，我们专业还没人毕业了去做秘书吧？"

大姐说："你们不懂，她跟志远一定是商量过了，要选在一起的！"

繁星笑嘻嘻地说："其实是因为这个起薪最高，投！必须得投！"

二妹"扑哧"一笑，说你这个小财迷。

繁星一边发邮件，一边说："我胸无大志，就想选个钱多的，哪怕稍微累点也值得。"

二妹说："别谦虚了，你都D杯了还胸无大志！那我这超小A只能躺倒嘤嘤嘤嘤……"

大姐说："哎，你看了网上的段子没有，说一群人去应聘秘书，有人名校毕业，有人会写公文，还有人特别机灵会办事，结果最后老板选了胸最大的那个，你别说，繁星还真合适……"话没说完，二妹已经哈哈大笑起来。

繁星跳起来就笑着去捏大姐的脸，二妹赶过来救大姐，寝室里几个妹子滚成一团，差点把大姐的床都给压塌了。

谁也不知道命运会给予什么样的缘分。

十七岁的舒熠决定还是参加高考，虽然T大已经明确表态要提前特招，T大工程物理系的某教授还特意借着出差上海的机会来见了舒熠，表示无论如何，希望他可以去T大。

看看他沉默不语，教授都急了："你看，你只要选我们T大工程物理系，就可以直博，本科你要出国交流也行，你要不喜欢我，全系的导师随便挑。"

舒熠说："韩扬叫你来的吧？"

他直呼其名得毫不客气，教授不由得一时语塞，说："韩院士确实希望你能选T大，毕竟是他和知新师妹的母校。"

"他是他我是我，"舒熠说，"你回去告诉他，好好忙活他的一箭多星，别干涉我的私事。"

小小年纪的舒熠已经有了一种杀伐决断的凌厉锋芒，教授一直不明白韩院士纵横捭阖，上天能揽月下洋能捉鳖，领导人面前谈笑风生，在牛人辈出的校友里也是传奇人物，不知道为什么就拿儿子没辙，据说韩院士每年想见一次儿子都得托老校长居中递话，觍着脸求人。教授本来觉得可能是外表温柔内心强韧的知新师妹太厉害了，这么一看，不是知新师妹从中作梗，而是舒熠本人太有主见了。

教授铩羽而归，麻溜地告诉韩院士："不行，那孩子太轴了，不肯答应。要不您自己去做做工作？"

韩院士不敢。

你看，堂堂中科院最年轻的院士，学科带头人，鬃勋章获得者，专业领域最大的权威，跺一跺脚整个基地都要震三震，摆一摆手整个行业都要摇一摇。然而，天不怕地不怕，就怕儿子。

屃！

被人耻笑，全认了。

舒熠刚上小学时就自作主张把户口上的名字改了，韩熠变成了舒熠，韩院士那会儿还不是院士而是教授，韩教授小心翼翼问了一句。

舒熠冷冷地说："姓韩太难听。"

得，韩教授灰溜溜地连第二句话都不敢问。

从小舒熠都不叫他爸爸，他心里有愧，双重有愧，也不敢跟儿子计较。等儿子再长大点，他越发觉得这父子关系都快要颠倒过来了，舒熠比他还沉静，每次见了他都淡淡的，此去经年，韩教授奋发图强变成了韩院士，在儿子面前都没能多半分底气。

韩院士愁得头发都白了，跟组织上打报告要申请去F大教书，因为觉得八成舒熠是要去F大了。领导拿到这报告当然是大惊失色，找他谈心，恳切谈了半天，韩院士决定还是不申请调动了，毕竟确实走不开，更重要的是，舒熠不管是去T大还是F大，反正他见了自己一定掉头就走，自己真要杀去教书，学校肯不肯安排自己带本科生还两说，舒熠没准就立刻休学转校了。

命苦啊，妻离子散，儿子还不认自己，想离儿子近点还担心儿子跑路。韩院士握着小手绢，擦一擦心酸的眼泪，带着人爬到火箭里面检查电路元件去了。

舒熠决定参加高考之后，倒轻松了不少。高中班主任更是开心，舒熠的成绩八成是要考出个状元来，出个保送生哪有出个全市状元荣耀。

舒知新对儿子素来是放养政策，愿意参加高考，好呀，高考是难得的人生经历，经历一下又没什么不好。

就这样，舒熠成了附中高三莘莘学子中的一员，每天上学放学，做习题考模拟，不紧不慢踩着高三那环环相扣的紧张节奏。

这天他拎着书包走出校门，因为天光甚好，他不由得抬起头来，望了望远处的云。

他不知道在远处，有一个小姑娘，飞快地举起拍立得，拍下了一张他站在树下的照片。

舒熠心不在焉地应付完了高三，高考他考得潇洒随意，舒知新那几天正好有事要忙，母子俩生来从不在考试上发愁，她也没去送考。中午饭舒熠在考场附近随便吃的快餐，晚饭他自己回家煮了菜饭，吃完还看了电视玩了游戏。考完他估了估分，觉得发挥正常，舒知新也没问他，报志愿的时候舒熠看了一眼，就选了P大的物院。他知道自己考了六百多分（2005年高考上海卷所有科目总分为六百三十分），数学物理双满分不说，还拿过奥赛奖，稳投稳中。

等录取通知书下来，P大物院院长老周只差敲锣打鼓地庆祝，韩院士气急败坏，老周跟自己是多年宿敌积怨重重，儿子这是打人专打脸啊！

韩院士含着一口鲜血，跑到宿敌面前请吃饭，可怜天下父母心啊！父母心！

老周得意扬扬地说："用得着你拜托吗？看在知新师妹的分上，

我也得好好照顾熠熠啊！"

韩院士被宿敌再扎心一次，也只能含笑举杯："是，是，那是一定！"

韩院士都没敢在儿子的入学过程中露面，倒是开学后，借口开学术研讨会去了两趟P大，倒惹得P大校长心思活络地想请他去讲个学术公开课，毕竟某领域他是全世界最好的专家，又是院士，招牌锃亮。

韩院士吓得赶紧婉拒了，开玩笑，一讲公开课就得海报贴满校园，舒熠又不瞎，这不自己给自己找事吗？

现在还能装作若无其事，没事到P大逛逛，跟儿子的老师们聊个天，关心一下儿子的动态。来讲一次课那就毁了这一切！这一切！

韩院士委屈，然而，人丑不能怪社会，怕儿子不能怪校长，可不是自己咎由自取。

舒熠没在寝室住两天，就在P大附近租了个房，过着平时教室、图书馆、实验室，节假日就逛中关村的生活。当然，他韩院士的儿子，聪明真是十二分聪明，专业上一点就透，又有钻研精神，所有老师爱他爱得不得了，好几个人动心思，想劝说他直博。

韩院士既骄傲又伤感。

奈何儿子压根不认自己呀。

舒熠完全不搭理亲爹在不远不近的距离畏首畏尾，手足无措，跃跃欲试。

作为一个新生，他烦恼多着呢。

首先P大状元云集，天才众多，从小到大都习惯了鹤立鸡群的舒熠猛然发现自己竟然不是独一无二的鹤,这冲击力,不小。

其次,老师给的压力太大,老师们对知新师妹太照顾了,对知新师妹的儿子更是觊觎不已,比他那亲爹还烦。动不动把他叫去跟一堆博士师兄一块儿做实验研究课题。讲起课来也是稀里哗啦,给他特意开小灶,拼命填鸭似的塞给他,还一脸慈爱地说:"不懂你随时来问哈,不,你不可能不懂,你妈妈像你这么大的时候,这在她都是最简单的题,当年除了你爸,全系都没人跟得上她……"

舒熠觉得神烦,一个招人烦的亲爹已经很可恶了,整个物院有一群招人烦的师伯师叔祖,每个人对他垂涎三尺,恨不得分分钟把知新小师妹的儿子抓回家做关门弟子,简直更可恶了。

舒熠想,我选物院我脑残,我为什么不挑个跟亲爹亲妈都毫无关系的专业!

奈何亲爹手太长了,看他到P大开会的频繁程度都能猜到,估计自己真要想出奇招选个比如中文甚至哲学专业去念,这人估计都能觍得下脸混进哲学系当教授。

而且,当初选志愿,还是因为深刻在骨子里的喜欢啊。

喜欢数学和物理,那种纯粹的美。

那一年的十二月,教舒熠高数的老师把舒熠叫去,跟他讨论密苏里州立大学刚刚发现的第43个梅森素数:$2^{30,402,457}-1$。老师很兴奋,滔滔不绝地讲了半天,舒熠不知为什么,突然意兴阑珊。

出来后舒熠到湖边走了走,寒风萧瑟,昨天晚上刮了一夜的风,银杏树的叶子都快掉光了,冬天来了,再过一段时间,湖水会结冰。

舒熠漠然地想，四时嬗递，时间流逝，广义相对论，薛定谔的猫，哪怕能发现全部的梅森素数，这一切对湖水来说，有意义吗？对银杏来说，有意义吗？对自己来说，有意义吗？

所有的志愿者，只需要从网上下载GIMPS程序，就能加入梅森素数的分布式网络计算，然而，这一切又有什么意义呢？

焉知人类不是一台超级计算机中的小小元件。

自己看到的这个世界，焉知是不是真实。

他捡起一片银杏叶子，随手拿笔在上头写下"GIMPS"，然后扔掉那片叶子，看它静静地躺在一堆银杏落叶中。

因为写了一个词，这片叶子就能回到树梢上吗？

不，永远不。

因为写了一个词，这片叶子就会跟其他叶子不一样吗？

不，永远不。

自己会因为写过一个词发生改变吗？

不，永远不。

舒熠一瞬间万念俱灰，都动心想遁入空门了。

什么都是空的，什么都是没有意义的。

本来无一物，何处惹尘埃。

善哉善哉！

他转身离开。

一定是因为冬天太悲怆，忍忍吧，他劝说自己，毕竟冬天来了，春天还会远吗？

转眼寒假，寒假结束又开课，舒熠在大好春光里烦恼依旧。

湖畔草长莺飞，花红柳绿，连银杏都生出了新叶，枝头缀出好多嫩绿的小扇子。

舒熠被老师抓差，关在实验室里一个礼拜，终于搞完了那复杂的实验，走出门来，满眼春光。

吃了好多顿方便面睡了好多天实验室的舒熠，在食堂里啃掉了两个鸡腿，终于痛下决心。

不要在P大继续受师伯师叔祖们的折磨了。

爱谁谁！

知新小师妹的儿子跑路了，P大物院的师伯师叔们捶胸顿足，痛扼不已。

韩院士更是吓得连忙找到了最好的心理学教授，下功夫做足了功课，也没敢断言儿子到底是真抑郁还是装抑郁。

舒熠就这样挥一挥衣袖，不带走半片云彩地离开了P大，结束他在一堆慈爱长辈关切中的大学一年级生涯。

多年以后，舒熠回国创业，成天忙得不可开交，招了一个男助理，比他还不会料理杂事，过了两天泪眼汪汪请求去了研发团队。又招秘书，没两天就受不了压力辞职了，从其他部门调来一个秘书，坚持了三个月辞了，再招，再辞，从其他部门再调，人都不肯来……最后舒熠给HR下令，无论如何，出高薪也招个合适的秘书。

HR不遗余力，开出奇高无比的起薪，终于收到雪片似的简历。

管人力资源的副总特别诚恳地说："舒总，我都挑过了，这几个是胸最大的。"

舒熠加班通宵，正是坏脾气的时候，气得想扔简历，直到他一低头，看到简历上的照片。

副总觉得自己这件事干得机智，他把长得最好看的那个简历放在最上面。

除了胸大，人也要好看，毕竟是老大的秘书，自己以后也得天天看的。

人都喜欢好看的，果然，舒熠都没冲他发飙，就看简历去了。

舒熠心想那就试试呗，还是P大的小师妹，人又这么清爽。肯投简历给这个职位，这真是缘分啊。

繁星进了公司果然勤勤恳恳，是个十分称职甚至远超过舒熠期望值的好秘书。舒熠无意中发现，她有一个习惯，即是GIMPS的志愿者。

她会用个人电脑在闲置时，加入寻找梅森素数的计算，舒熠觉得挺有意思的，一个女孩子，非数学专业毕业，也对这个感兴趣，不知道是什么样的机缘触发。

舒熠甚至想要告诉她，公司的电脑也可以加入GIMPS志愿，但想想他没明说，只是替她下载了这个程序。

繁星开机的时候，果然十分惊喜。

她还以为是IT部同事的功劳，专程自掏腰包买了点心去请那些IT男，搞得IT男们受宠若惊又惊喜莫名。

小姑娘还蛮可爱的。

舒熠觉得，她就像一尾鱼，活泼泼地游在那一方小天地中，隔着透明的玻璃缸，他像只大猫蹲在鱼缸边观察，兴致盎然。

只不过大猫那时候还不知道，鱼不仅可以看，还可以吃。

很多很多年后，繁星趁双胞胎睡午觉了，在储藏室整理单身时代的一些旧物，舒熠给她帮忙，两个人难得有片刻宁静，翻看一下旧相册，打趣一下对方还没认识自己时的好时光。

繁星拿起一个旧本子，不料从里面"啪"一声掉出张照片，是很久以前的拍立得照片了，照片上的人影已经模糊，那时候的立时成像技术不像现在这么稳定。但还看得出来是个子高挑的男生，挺显目。

舒熠不由得捡起照片，仔细看了看，才问："这是谁？"

他最近像个醋罐子，有时候甚至都吃儿子的醋，繁星决定逗逗他，她说："这是我十几岁那会儿的暗恋对象啊！帅吧？可帅了！"

舒熠又仔细看了看照片，不置可否。

繁星玩心大起，再补上一句："我当年可喜欢他了，刻骨铭心，初恋。"

"哦？"舒熠果然皱起眉头，"你对他刻骨铭心，那你对我呢？"

繁星说："你跟他比……嗯……你们两个是完全不一样的呀，他是有光环的，是在我记忆里有光环！"

舒熠不知道为什么笑得露出八颗牙齿："你十几岁时去过上海啊？"

繁星还在编故事，冷不丁听他冒出这么一句，琢磨一下不对，问："你怎么知道这照片是在上海拍的？"

舒熠笑眯眯地说："我不仅知道这照片是在上海拍的，我还知道这照片里的人是谁呢！"

繁星不知为何有种恍惚上当的预感。

事实是，预感是真的，当霸道总裁穿了件十分像校服的运动衫，拎着双肩包站在树底下摆出一模一样的姿势时，繁星终于认出来他其实就是照片里的人。

舒熠开心地追着繁星问："你十几岁的时候就暗恋我啊？为什么我不知道啊？你那时候怎么认识我的？你怎么拍到这照片的？你是不是在校门口看过我？我是不是真的在你记忆里有光环？你刚刚亲口说的呀，为什么不理我……"

太烦了！

繁星恼羞成怒，回身追打他。

她那点花拳绣腿，打在舒熠身上，跟挠痒痒似的，他一伸胳膊就把她整个人都抱起来，揉进怀里深深地一个吻。

繁星说："其实这照片不是我拍的。"

舒熠懒洋洋摸着她的背，像大猫抱着心爱的猫薄荷，他说："没关系，反正现在照片在你这里，这是缘分。"

是啊，奇妙的缘分。

窗子开着，清风吹拂着窗帘。

窗下垒着一摞旧书，都是繁星还没来得及收拾的，其中还有一本半旧的、砖头样的厚厚词典。

他们都不知道，词典里还有一片金黄的银杏叶，那也是，这奇妙缘分的见证。

★★情醉十年不能醒

高鹏崩溃了,他从来没有体验过这样的人生,带娃!

带两个娃!

精力充沛、上蹿下跳、充满各种提问和探索精神的男孩!双胞胎!两个!

不到五分钟,他的办公室一片狼藉,因为两个娃竟然无师自通学会了操纵MR①系统!

国际顶尖的MR技术,他最最引以为傲的产品。

简单便捷易上手,有很强的互动性。

这是当年他对研发团队做出的要求,研发团队辛辛苦苦工作好多年,烧掉成亿成亿的资金,终于做出了令人满意的产品。

果然简单便捷易上手,起码俩娃几分钟就学会了,果然有很强的互动性,在他办公室展开星球大战,一时间炮火齐鸣,激光扫射,量子束飞来飞去,战舰舱做了270度原地回转,他瞬间差点被强大的虚拟

---

① Mix reality的缩写,即混合现实技术,包括虚拟现实和增强现实。

视效给晕得甩到房间外去。

俩娃一个戴着头盔一个挥着指挥棒，整个办公室已经在MR系统的作用下变成了效果逼真的舰桥。

这本来是高鹏当初的恶趣味，可是落在俩小恶魔手里的时候，恶趣味就变成噩梦了。他爬上桌子，试图从小恶魔手里夺过指挥棒。

小恶魔大呼小叫："警报！舰桥遭受入侵攻击！重复警报！舰桥受到攻击，全员进入战斗！"

另外一个小恶魔戴着头盔就冲上来："大芒舰长，我是英雄战斗舰驾驶员小果，我来救你。"

高鹏被俩小恶魔一个抱住后腰，一个扯住大腿，差点就跪下了。

费了九牛二虎之力终于夺过指挥棒，还没关掉系统，小恶魔已经通过头盔指挥战舰舱又做了一个大回旋甩尾动作，高鹏差点被甩到桌子底下。指挥棒脱手而出，掉落下去，另一个小恶魔眼明手快，早出溜爬到桌子底下抢走了。

廉颇老矣啊，高鹏生出一股浓浓的悲伤，从前被舒熠欺负，现在被他的俩娃欺负，他要再不加油生孩子，这辈子可能都轮不到他的娃骑在舒熠头上作福作威了。

高鹏抱着玉石俱焚的决心冲到墙边，"啪"一下子，关掉了房间的总电源。

MR系统立刻跳到了备用电源。

这还是他当年提出的要求，万无一失，增强用户黏性。

高鹏只觉得自己作茧自缚，只好跟小恶魔谈判："你们把指挥棒放下,我带你们出去玩。"

小恶魔挥舞着指挥棒,战舰飞行在茫茫星海,银河系擦肩而过。

另外一个小恶魔摇头晃脑:"不听不听,就是不听,这个最好玩,我们就要玩这个!"

高鹏都快要被满屋子特别逼真的视效摇晃晕了,小恶魔操纵得比成人还要娴熟,舷窗外嗖嗖地飞过星球,战舰在陨石雨中飞快穿梭,时不时为避开陨石还做连续高难度回旋动作。高鹏要抓狂了,明明是俩娃,怎么比专业人士还玩得顺溜。

他说:"有更好玩的,我向你们保证,有更好玩的!VR玩不玩?那个比这个互动性更好!"

小恶魔思考了一秒钟:"我爸说VR没有MR好玩!"

一提到舒熠,高鹏就快哭了。

高鹏决定狠狠地伤害两个小恶魔,谁叫他俩这么欺负自己。

他随随便便地说:"你成天把你爸挂嘴边,你看你爸你妈结婚十周年,都不带你们去。"

"结婚十周年有什么好玩的。"

"就是啊,婚礼也不好玩。"另一个小恶魔接腔,"他们结婚我们都没去,结婚十周年有什么好去的。"

高鹏抓狂了:"他们结婚你们在哪儿呢?"

小恶魔浑不在意:"火星啊,我爸我妈结婚,我们俩当然还在火星,都还没被孕育出来呢。"

另一个小恶魔补充:"连小蝌蚪都还不是。"

高鹏再次败在小恶魔学得良好的生理卫生知识下。

高鹏决定跟俩娃讲道理:"你看,他们俩婚礼的时候,你们俩连小蝌蚪都不是,所以你们没能出席婚礼,但现在他们俩结婚十周年,你们俩已经这么大了,应该可以参与一下庆祝活动啊。"

小恶魔同情地看着他:"高叔叔,你不要因为自己搞不定顾阿姨,就嫉妒我爸我妈过二人世界。"

另一个小恶魔用柔软的小手摸了摸高鹏的头发:"高叔叔真可怜,这么多年还是单身狗哦!"

高鹏感受到了全宇宙深深的恶意。

他喃喃自语:"我为什么要答应舒熠替他看孩子啊?"

小恶魔再次同情地摸摸他的头发:"因为你打赌输了啊。"

高鹏仰天长啸。

"舒熠,我一定要报这一箭之仇!"

三千公里外,三亚,晚霞漫天,椰风阵阵。

正站在料理台前忙碌着准备晚饭的舒熠,无缘无故就突然打了个喷嚏。

繁星问:"怎么了,是不是空调太冷了?"

舒熠说:"没事。"他调侃,"没准是老宋又想我了,正在念叨我。"

繁星说:"我看老宋不会想你,没准是高鹏,两个娃那么皮,你怎么能扔给他呢。"

舒熠搂住繁星的腰："谁叫他当年觊觎你的。他当初不是信誓旦旦想要照顾你吗？这辈子他是甭想照顾你了，不如给机会让他照顾一下你的两个儿子。"

繁星又气又好笑："高鹏怎么就觊觎我了，他当年明明觊觎的是你，还说你是他的人，谁都不能动你！"

"不可能！"舒熠难得有点恼羞成怒，"他什么时候说过这种话？"

"2017年2月，飞往美国的飞机上，他自己那架湾流，当时在场的可不只我，还有冯总、李经理，你不信问他们去。"

时间地点人证一应俱全。

舒熠一时语塞："这……高鹏怎么会这样胡说八道呢！"

"那我可不知道，也许人家对你是真爱。想想也对啊，一听说你出事，立刻飞到美国去救你。这都不是真爱，什么才是真爱？"

"那你也飞到美国去呢。"舒熠将繁星抱起来，放在料理台上，认真地问，"你是不是真爱我？"

繁星认真地想了想："上一个十年是，下一个十年，看表现。"

舒熠不满意这个回答，他用额角抵住了繁星的额角，眼睛亮晶晶的，直视着她："什么表现？今晚的表现？"

纵然是十年夫妻了，繁星也不禁脸一红，轻轻在他肩头上推了一下："放我下来，我去调馅。"

舒熠在她额角上吻了一下，放她下来。

两个人一个揉面，一个调馅。

没有盛大的庆典，十周年结婚纪念，舒熠和繁星选择了一起到三亚，在曾经住过的清水湾度假酒店别墅里，度过这个温馨而浪漫的日子。

繁星说："想当年你在这里跟别人求婚。"

舒熠赶紧表态："感谢她不嫁之恩。"

繁星："我不是这个意思，我就是想问问，你到底什么时候对我……嗯，心怀不轨的？"

舒熠："那不是心怀不轨，那是心动。"

繁星伸出手指戳了戳他的胸口："那，什么时候心动的？"

舒熠抓住她的手指，放在嘴边吻了吻，却笑而不答。

繁星再想追问，他已经揭开锅盖："水开了，下饺子吧。"

繁星决定晚上牺牲点色相，好好将这个问题问清楚。这么多年了，他总是顾左右而言他，她总隐隐约约觉得当年好像是上当了。

还没等她琢磨出一个计划，舒熠已经牵起她的手，将她安顿在椅子上。

"等我端饺子来给你吃。"

繁星坐在那里，环顾左右，忽然生了感慨。这么多年过去了，这幢别墅保持得很好，装修仍旧跟她记忆里的一模一样。就仿佛这十年的时间，只是倏忽一瞬。她不知不觉想到很久很久以前的那个除夕，自己刚刚跟志远分手，满心悲伤强颜欢笑地跟舒熠在这里包饺子。那时候，她是怎么也不会知道，会是这样一段缘分的开始。

她还记得当时舒熠说饺子里包硬币是"大菊（吉）大利"，她笑得眼泪都出来了，但又不能跟CEO解释为什么好笑，可是越看他困惑的眼神，就越发觉得好笑，只能忍住笑，撒谎说："您鼻尖上有面粉。"

舒熠扭过头去想照镜子："哪儿？"

她急中生智，趁他扭头，赶紧用手指沾了点面粉，走到他面前，踮起脚做擦拭状。她用沾了面粉的手指轻轻在他鼻梁上一抹，还故意给他看手上的面粉，骗得他信以为真。

她的脸上不知不觉露出笑容，那时候的自己，可还真有点小小的急智。

彼时彼刻，身份不同，自己更多的是小意谨慎吧。

十年竟然就这么一晃就过去了。

舒熠端了饺子来，笑吟吟地看着她，忽然说："哎，别动，你脸上有面粉。"

繁星愣了一下，有点狐疑地看着他。

他伸出手指，似笑非笑在她鼻尖上点了点。

繁星突然发现自己其实就坐在舒熠当年坐的位子上，而对面的水晶装饰砖，清清楚楚如一面镜子一般照着她的脸，哪里有什么面粉。

十年前干的坏事被抓了现形，繁星措手不及。像小狐狸被人薅住了尾巴，讪讪地说："那个水晶砖……"

"十年前就在那儿了。"舒熠坐在她旁边，搂住她的腰，两个人脸并脸，像并蒂花一样，被水晶砖映在镜面里。

繁星觉得被算计了，竟然当年他看得清清楚楚，明明知道自己那点小花样的！

繁星喃喃地说："你真是不动声色，老奸巨猾！"

舒熠悠悠地说:"你要再敢说我老,过会儿我会证明自己不老,一点也不老。"

繁星觉得自己已经是盘子里的饺子,待会儿估计连渣都不剩。她有点伤感:"你实在是太狡猾了。"

舒熠随手开了红酒,给她倒上一杯,说:"你怎么不问问我当年为什么不揭穿你啊?"

繁星很乖地问:"你当年为什么不揭穿我?"

舒熠说:"这就是你刚才那个问题的答案。"

繁星愣了一下。

舒熠将她的手贴到自己胸口:"那一刻,它怦地就动了一下。我对自己说,不要揭穿你呀,不然你就不会那么自在了。你一直那么小心翼翼,我可不能轻举妄动把你吓跑了。事关我的终身幸福,把你吓跑了我可不知道要追多久,才能追上你。"

繁星看着舒熠,他的眼睛还是那样明亮,只是瞳仁里全是她。

过了好久,繁星说:"老谋深算!"

CEO终于生气了:"就地正法!"

此间乐,不思蜀。

CEO觉得三亚特别好,非常好,两人世界尤其好。

多少年了,每天早晨都是被大芒小果冲进卧室掀被子,打打闹闹就起床。

孩子们精力丰富,他又努力做个好爸爸,一次都没睡懒觉,睡到自然醒这种事,实在是再也没有过的事情了。

三亚真是太好了。

繁星被他抓住了多少年前的把柄,每天乖得像只小白兔一样,虽然兔子急了也咬人。舒熠摸了摸自己脖子上的牙印,欣慰地想,幸好在三亚啊,都不用见人,不怕她咬。

所以当老宋打来电话,要求他回公司参加发布会的时候,舒熠断然拒绝。

老宋说:"你别太过分了啊,你都已经放了一周的假了。我替你准备发布会,忙得我连老婆孩子都顾不上,你享受享受就赶紧回来吧,适可而止。"

舒熠说:"每年发布会都是我开,今年你试一试。"

老宋说:"我不干,一个人在台上讲俩小时新产品,口干舌燥的。"

舒熠说:"今年穿戴式智能产品,你知道演示起来很有趣的。"

老宋说:"反正我不干!你要敢撂挑子,我就给繁星打电话。"

一物降一物,全公司没人拿舒熠有辙,老宋唯一的撒手锏也就是找繁星。

舒熠懒洋洋的,说:"随便你。"

反正繁星这几天是被他降伏了的,他不怕。

老宋痛心疾首地给繁星打电话,说自己已经忙得天天晚上半夜才能回家,到家孩子都睡了,早晨没等孩子起床他又出门了,连孩子的面都见不上,这实在是忍无可忍,再这样他就不干了。

繁星毕竟有大芒小果,感同身受,立刻答应去说服舒熠。

没想到连美人计她都使出来了,舒熠还是不答应。

多少年了,好容易能这么轻松地休假过二人世界,叫他回去主持发布会。

不!愿!意!

他不动声色就买了一堆杧果回来给繁星吃。

繁星爱吃杧果,又是三亚杧果最好的季节,新鲜杧果特别好吃,繁星一口气就吃了一大个。

一边吃,繁星就一边说:"你别指望拿这个贿赂我,老宋都忙成那样了,你早点回去帮忙不行吗?"

舒熠躺在她旁边的沙发上,说:"我病了,不舒服,所以不能去开发布会。"

繁星觉得挺可笑的:"你怎么比大芒小果还幼稚呢!哪儿病了?怎么病了?"

舒熠起身,扶住她的后脑勺,深深一个长吻,吻得缠绵深入,好久好久,才放开她。

繁星瞠目结舌地看着舒熠。

他十分无赖地指着自己渐渐肿起来的脸颊,回答她说:"现在。"

★★★再见美人鱼

很久很久以前，当高鹏还是个小朋友的时候，他得到了一本漫画。

那本漫画的名字叫《美人鱼》。

那个故事一点也不好玩，小美人鱼救了王子，王子却不知道，并且误以为是公主救了自己。结果人鱼公主化成了蔷薇色的泡沫，消失在清早第一缕晨曦里。

这给高鹏小朋友心里留下了久久不能磨灭的悲伤。

他悲伤的是王子怎么能傻成这样，连谁救了自己都搞不清楚。

这么傻的王子，他父王都不怕把王位传给他会亡国吗？

高鹏其实是跟第二十九任女朋友去的巴厘岛。

高鹏数学很好，所以虽然有无数女朋友，但每一个女朋友到底是自己交往的第多少个，这个他还是清清楚楚的。

本来那是一段浪漫的旅程。

第二十九任女朋友是个药理学博士，导师曾获诺奖，就学于世界上最尖端的生物医学实验室。

高鹏觉得挺好的,他之前交往过六个女博士,一个比一个有趣。他因此懂得了不少地球物理、比较文学、古生物学(古孢粉学方向)、应用数学等等专业知识。

没想到在巴厘岛,因为α-Amanitin对抑制真核RNA聚合酶,特别是聚合酶II转录的问题,两人吵起来了。

大半夜的,药理学博士女朋友怒不可遏:"最讨厌男人不懂装懂!"

高鹏说:"你不能因为我不是这专业,就质疑我的观点。"

吵到最后,女博士说:"分手!"

高鹏也怒了:"分就分!"

高鹏虽然生气,还是有风度的,半夜叫前台又给自己开了间房。

总统套房。

他搬进去就睡着了。

第二天早晨醒来,高鹏有点后悔,觉得半夜跟女士吵架,不管出于什么原因,总之没有风度。

他订了鲜花红酒,决定去向药理学女博士道歉。

结果女博士已经退房飞走了。

高鹏还是很失落的。

好好的两人来旅行,就变成了失恋。

主要还是女博士先说的分手,而且毫无留恋。

高鹏心想我这么帅,她竟然这么狠心,这不可能啊。

之前六个女博士都在分手后仍旧跟他是朋友,偶尔还相约吃个饭,甚至研探一下有趣的学术问题……

高鹏自视甚高，觉得哪怕交往时间不长，如惊鸿一瞥呢，也应该念念不忘，必有回响，才是他真正魅力的所在啊。

谁知道第七个博士女友，哦不，前女友，竟然不按常理出牌。

高鹏一郁闷就决定在巴厘岛独自待几天。此时他非常庆幸前女友坚持要来巴厘岛，原本他都是带女朋友去马尔代夫的。好在马尔代夫岛特别多，每次换一个女朋友的话，他就换一个岛，这样纹丝不乱。

但这个博士女友偏不喜欢马尔代夫，要来巴厘岛。巴厘岛就巴厘岛吧，他尊重女士的意见。

到了此时此刻，他才觉得巴厘岛的好，要是在马尔代夫，都是成双成对的情侣，自己孤零零一个人能待吗？巴厘岛多热闹，这么多人，晚上在酒吧里还能结识新朋友。

高鹏就开始了他前所未有的接地气的度假生活。

白天出海玩一下，游泳滑水冲浪，晚上跟各色人等喝一杯，天南地北地闲聊。他称之为接地气的度假。

比起用私人飞机降落在马累，换水上飞机到除了服务员外半个其他客人都看不到的高端度假岛屿来，巴厘岛的这种日子当然是接地气的。

关键他这么学识渊博（骚包爱炫），见识过人（花钱乱逛），这下可有大把机会将陌生人震得瞠目结舌。

因为他去过太多普通人没去过的地方了。

比如哥斯达黎加，比如加拉帕戈斯群岛，比如堪察加半岛等。

来巴厘岛度假的人群当然都爱玩，可是这爱玩，跟他完全不是一个量级的。

他也曾北极冰盖上见过带着两只幼崽的北极熊，他也曾南非摸过企鹅，他在南极搭乘过观光潜艇下潜，他在赤道看过卫星发射。

关键是，这些经历统统是真的，亲身经历所以讲起来栩栩如生，不由得人不信。

每天晚上他都是酒吧最受欢迎的人，还有好几个旅行爱好者，每天都等着他，迫不及待地向他请教去各种世界小角落的攻略。

高鹏觉得巴厘岛的日子也不错，在这里自己真是一个陌生人，没有人知道他父亲是谁，没有人知道他身家亿万。他就像一个最普通的游客，得到关注全凭自己的过人之处。他很满意这种状态，特别自信，哪怕自己身无分文，兼职做个潜水教练什么的，都可以傲视业界，勇夺第一。

这天高鹏睡到自然醒，吃过酒店送到房间的brunch（早午餐），闲闲地踱出酒店。相熟的出租车司机揽客，热情地要拉他去海边转转，高鹏突然心血来潮，说去看看市集吧。

人文自然吗，他天天在海里泡着，自然已经看够了，就去看看人文吧，为这接地气的度假写上精彩的一笔！

市集里人很多很乱，但感觉也还不错。

他看到街边一家小店，橱窗里摆着一些贝壳工艺品，看着还不错的样子，于是就推门走进去了。小店不大，也没什么顾客，有个满脸皱纹的老妇人坐在柜台后看店，又黑又瘦又干巴，佝偻着身子，简直像一千零一夜里说的女巫。此外就一个游客模样的女孩子正在边逛边讲电话，一口标准的普通话："这有什么啊，不就是你们公司一高管想要追求你，你把你那个冰雪美人的劲儿拿出来，不怕冻不死他！"

高鹏虽然觉得听人讲电话不礼貌，可这中文吧，在英语环境里一个字一个字特别清楚地往耳朵里跳。

他为了避嫌，就往屋子角落里走去，心想现在都什么女孩子，动不动就公司高管追求。公司高管有这么饥渴吗？有这么不长眼吗？拒绝就拒绝，还冰雪美人，这真以为自己是安妮·海瑟薇呢。

他虽然走得远了，但断断续续，一句半句，还是飘到耳朵里来。

"我看……也挺好的……你不如试一下跟他发展发展？"

得，还是一脚踩好几条船，劈腿也不怕劈成圆规！

高鹏逛了逛，觉得有几样东西还真不错，挺有意思，是其他地方没有见过的。仔细挑了几样，那边竟然还在没完没了地讲电话。

"真正的那种帅，是你一看就想要睡他！都不带犹豫的！"

真是掷地作金石声的真理啊！

这句话确实说得有道理，高鹏满意地想，起码得长成自己这样，女人一见了自己就往上扑，不冲着钱就冲着人，这才是真正的帅吧。

高鹏很愉快地决定转身看看，能说出这种至理名言的女人长什么样，结果挺失望的。因为那女孩戴着硕大的太阳镜，遮去了半张脸，就看到嘴唇上涂的YSL52号口红。这个口红又被称为星辰色，是《来自星星的你》里头全智贤用过之后，在东亚女性中迅速走红的唇膏颜色。他起码买过一打送各色女朋友，能不认识吗？

不过这唇膏却很少有人涂得好看，因为这么Rouge Rose的颜色，必须像全姐姐那样，肤若凝脂才好看。东亚女性常人很少有那种女明星级的透白亮皙的肌肤，所以罕见有人涂得好看。

这姑娘竟然还不错，是闪闪发光的那种白皮肤，衬得这唇像阳光下绽绚的玫瑰一样娇艳好看。

鼻梁也不错，架着那么大的宽幅太阳镜，都觉得笔挺笔挺。要是眉眼好看，这还真是个美人啊。

可惜他没机会看到美人眉眼，美人掏钱买单，讨价还价起来，说一口流利的英文，简直是……指天打地，为了省几个卢比舌灿莲花，砍价砍得那老太太都词穷，到末了，还让老太太送了她一串贝壳手链。

然后，她就拿着东西，飞快而满意地闪人了。

高鹏耸耸肩，真不知道尊老爱老，老太太做生意挣几个钱容易吗？

所以他结账的时候就说，这些一共多少？

老太太颤巍巍算了半天，说是十五美金。

他掏出二十美金，慷慨地说不用找了。

老太太果然眉开眼笑，双掌合十，口中念念有词，也不知道说的是什么本土话，大约是祝福语。念了半天，才帮他包好商品。

高鹏拿着东西正打算出门，老太太忽然又叫住他，在柜台里找了半响，翻找出来一条红绳系着贝壳的手链，要给他系在左手手腕上。

高鹏想拒绝。

开玩笑，他左手手腕上常年戴的都是PT的三问，朗格的红十二小三针，或者拍卖级别的雅典珐琅等等身价昂贵的名表，这突然系个几毛钱的贝壳手链算怎么回事？不怕把他的潜水表给磨花了啊？

但老太太郑重地按住了他的手，对他咕咕哝哝说了一大堆话。老太太英语发音非常不标准,高鹏听了半天,好像是说这贝壳是美人鱼吻过的,所以能给他带来因缘和好运。

好吧,好运就好运,也算是个吉祥物件。

高鹏决定尊老爱老,暂时就戴上吧。

老太太满意地替他系好,然后又双掌合十,祝福了半晌,才送他出门。

高鹏走出小店才几十米远,就遇上了堵车。这在巴厘岛非常常见,因为岛上道路狭窄,机动车众多,还有摩托车四处穿梭,常常就跟沙丁鱼罐头似的,塞成一团。

太阳正烈,高鹏想穿过街道到对面去走,刚迈出没两步,突然身后传来一阵引擎的轰鸣声,他回头一看,一辆摩托车正笔直朝他冲过来,说时迟那时快,身边一个女孩子尖叫:"小心!"整个人扑出来用力将他扯了一把,试图让他避过。

摩托车来势太猛,仍旧撞上了他的半边身子,将他整个人撞得腾空而起飞了出去,摩托车车把正好刮过他左手手腕,手腕上那系着贝壳的红绳被刮断了,贝壳四散飞溅,那女孩右手戴着的手链也被刮断,其中有一颗贝壳飞起,还差点弹到他眼睛。

我靠!这是什么好运手链?

这是高鹏落地前最后一个念头,然后他就摔落在地昏迷了过去。

高鹏运气特别好,醒来后他才知道自己飞起来的时候正好落在了水果摊上,将杧果龙眼什么的砸碎一地,他自己那张帅脸,也幸好落在了杧果堆里,所以虽然污了一脸的杧果泥,却奇迹般没有划出一点伤。

只是撞到了头，脑震荡，他在医院里躺了三天，每天天旋地转地犯恶心。而且只能说英语，一说中文就恶心。

医生说是因为头部受伤，偶尔也有这种例子，因为头部受伤对大脑的语言功能有影响。国外也出现过这种现象，比如只能说德语不能说法语什么的。

高鹏心想自己还真是福大命大，也幸亏那路过的姑娘拉了自己一把，不然以摩托车那种时速，正正撞上来自己一定命丧街头。

不知道那姑娘有没有受伤，高鹏一直惦记着要找找这位救命恩人。但据说当时她和路人一起把自己送到急救车上就离开了。

人海茫茫，游客往来，每天都有无数人来到这岛上，每天也有无数人离开。他连她的脸都没来得及看到，就记得她拽住自己的那只手，那样急迫，那样用力，想把他从危险中拉出来。

夜深人静，他一边躺在床上忍住脑震荡的恶心，一边使劲回忆她那声尖叫。但人在高度紧张和危险的状态下，声音其实和平时不一样，那声尖叫真的又尖又利，并不悦耳。

而且他已经对车祸前后的事感到记忆模糊，医生说是因为受伤导致的，他使劲地想，她那声尖叫到底说的是哪国语言的"小心"，他竟然都已经拿不准了。英文？法语？日语？韩语？甚至，是不是中文？

他都已经无法确定。

什么信息都没有。这救命恩人就像一滴水一般，消失在巴厘岛深沉的大海里。

你能在大海里找出一滴水吗？

不能。

高鹏也就放弃了。

很久很久之后,高鹏突然在一个他最讨厌的人手腕上看到一条伤痕,那条伤痕跟晒伤似的,很浅很淡,不怎么容易看出来。

因为是很讨厌的人,所以他就忍不住毒舌:"怎么,年轻不懂事的时候,你还闹过割腕自杀啊?"

顾欣然那战斗力,油盐不进,刀枪不入,浑不在乎地抬起手腕看了看那道伤,说:"姐们儿会闹自杀?你也不打听打听去,这全世界都完蛋了,我也不会自杀。这是见义勇为的伤痕,见义勇为你知道吗?"

"就你这白雪公主——的后妈的心肠,还见义勇为?"

顾欣然终于被激怒了:"真的,我那年去巴厘岛度假,路上有辆摩托车突然失控冲过来,我看着那车直朝一个人撞过去,我就赶紧拽了他一把,不然那人就被撞死了。后来急救车来了,周围所有看到的人都说幸亏我拉了那人一把,不然就真的没救了。一条人命呢!我曾经救过一条人命呢!"

顾欣然骄傲地挺起她那36D的傲人胸围。

高鹏却五雷轰顶。

再见美人鱼!

不是再见!美人鱼!

而是,再次见到,美人鱼。

美人鱼还没怎么样,也没化作蔷薇泡沫,活得好好的。

可是王子已经五雷轰顶外焦里嫩了。

高鹏想起很多很多年前,自己刚刚看到那本童话的时候。

他的心里充满了悲伤。

他悲伤的是王子怎么能傻成这样,连谁救了自己都搞不清楚。

这么傻的王子,他父王都不怕把王位传给他会亡国吗?

生平第一次。

高鹏开始担心他父亲的商业帝国了。

后记

十来天前，买了馥郁清丽的芍药，插在瓶中清供，等今天再去花市，发现芍药已经不见踪影，花市里已多得是紫莲和茉莉，惆怅地想，花期易过，若要赏芍药，只能再待明年。

旧历四月，刚刚立夏，虽然换了夏季的衣裳，但还没有到吃粽子的时节。四季嬗递，流转无声，时光就是这么匆忙，只有偶尔驻足回首望，才会觉得弹指惊心。

因为算来已经有三年没写过后记，上一部作品《寻找爱情的邹小姐》出版，还是三年前的事情。

这三年里发生很多的事情，有好的，有坏的，有重要到可以等将来老了写进个人回忆录的，有细碎繁琐不足为外人道之的。那天与朋友聚会，说起来，自己已经出道十二年了。

唔，还好，并不觉得十分疏懒，因为可以为自己的第二十三部作品，第十八部长篇小说写后记了。

《爱如繁星》是一部非常特别的作品，虽然过往的每一部作品，对作为创作者的我而言都是独一无二，但《爱如繁星》还是很特别呀，在

它还没有完成的时候，我就说，这部小说的主题词叫"新生"吧。

因为遇见真爱，是一次新生。

所有的新生都是脱胎换骨，就像螃蟹和蝉，会蜕去不再合适躯体的硬壳，就像凤凰于烈火中涅，就像每一个你我，在现实的激流中以痛楚和伤口，勇气和执着，微笑和眼泪，塑造自己，改变自己，成为更好的那一个自己。

不破不立。

我们处于一个瞬息万变的时代，资讯发达，朝夕万里。

可是，总有一些东西是不会变的，比如我们心里的某些执着。

很高兴在这部小说里，写了一群心中有执着的人，虽然他们每个人执着的人或事并不一样，可是都是一群很有趣的人。不拧巴，跟生活不较劲，哪怕是一地鸡毛，仍旧乐观而积极。

一直觉得越勇敢越幸福，但繁星是我写过最勇敢的女主，以往的女主们总会有点，但繁星不会啊，她是会唱黄梅戏《为救李郎离家园》的人，迎难而上，越战越勇。

很高兴写了这样一个简单而纯粹的故事，没有狗血，没有离奇，没有生离死别，就是万人如海的城市里，一对寻常的红尘儿女遇见了彼此，相知，相爱。

感谢各位看官大人在我的微信公众号连载这个故事期间，对我的各种鼓励，没有你们，这个我在沙滩上吹着海风灵机一动诌出来的故事，写不到这么长，也不会写得我自己如此"嗨皮"。与你们在每章连载下的互动交流是令我非常开心的事情，这让我回到一个很简单的状态，就像刚刚开始写作的时候,我知道自己并不是独自站在黑暗中唱歌,因为有你们不断地发出声音,让我知道,我可以大胆地,勇敢地,往前走。

人生或许是一条孤独而漫长的道路,有时候我们不知道还要走多远,也不知道前方会有什么。

所以需要写作,需要讲述,需要一个个故事,就像暮春时节落英缤纷,乱红如雨,有一朵花从枝头飘落到水面,随着流水缓缓向前。

也许这朵花最后会浮浮沉沉,最终无人赏惜,化为春泥,来年再绽芳颜。也有可能在水流的前方,会有人看到它,随手拾起它,端详它,感受到它的美,想到它还开在枝头的样子,万紫千红,是春天如锦如绣的一部分。

多谢你拾起这朵落花。

愿它给天涯一方的你,带去一瓣春天。

匪我思存

2017年5月9日

写于武汉

***

本故事纯属虚构,

书中涉及技术方面的相关知识皆为情节需要所虚构,

并不完全符合事实。

图书在版编目（CIP）数据

爱如繁星 / 匪我思存著. —北京：九州出版社，2023.2
　ISBN 978-7-5225-1456-7

　Ⅰ.①爱… Ⅱ.①匪… Ⅲ.①长篇小说－中国－当代 Ⅳ.①I247.5

中国版本图书馆CIP数据核字（2022）第222530号

爱如繁星

作　　者	匪我思存　著
责任编辑	陈丹青
出版发行	九州出版社
地　　址	北京市西城区阜外大街甲35号(100037)
发行电话	（010）68992190/3/5/6
网　　址	www.jiuzhoupress.com
印　　刷	三河市中晟雅豪印务有限公司
开　　本	880毫米×1230毫米　32开
印　　张	12.5
字　　数	265千字
版　　次	2023年10月第1版
印　　次	2024年4月第1次印刷
书　　号	ISBN 978-7-5225-1456-7
定　　价	48.00元

★ 版权所有　侵权必究 ★